滄狼行
卷12
群龍無首
指雲笑天道

目錄

CONTENTS

第一章

汪直集團

天狼道：「島津氏之所以對汪直集團大力扶持，
為的不僅僅是錢，他們有入主中原的野心，
那個上泉信之就是為島津氏探路的，
所以若說有人堅決反對和談，
那一定是這島津氏為首的日本人。」

天狼分析道：「徐海說過，島津氏長久以來之所以對汪直集團大力扶持，出人出力，為的不僅僅是錢，掠來的百姓或者是西洋的槍炮，他們有入主中原的野心，而那個上泉信之，就是得了島津氏好處，為島津氏探路的，所以**若說倭寇內部如果有人堅決反對和談，那一定是這島津氏為首的日本人**。

「不過島津氏和汪直徐海一夥更多的是平等合作關係，每次汪直和徐海去搶劫的時候，事先跟島津氏訂立契約，帶多少兵，搶哪個地方，贓如何分，這些都是事先約定好的，即使這樣，島津家還會派兩個漢奸陳東和麻葉帶人在後面監視，以防止徐海私吞好處。所以他們應該決定不了汪直的大政方針，可是作為有力的合夥人，可以很大程度上影響汪直的決策，畢竟汪直手下最能打，最凶悍的還是這些正宗的日本倭寇，而島津氏的部隊是正規軍，比起那些單打獨鬥的浪人和劍客，戰鬥力無疑更強。

「再有就是那些獨狼式行動的日本浪人，這些人在內戰中失了土地，一無所有，只能跟著汪直集團打劫為生，而且我聽一個日本朋友說過，這些人好勇鬥狠，戰鬥幾乎就是他們生存的意義，一個月不打仗不砍人，就渾身不自在，就是吃飯的時候也是一手抓著刀，跟著汪直的那些中國人只要有錢賺，有口飯吃，自然不願意冒生命危險，而這些浪人劍客則正好相反，我擔心嚴世蕃如果從中挑撥，讓這些人集體發難，汪直只怕也難以控制局勢。」

鳳舞抓住天狼的手，天狼感覺到她掌心汗濕一片，她通過胸膜振出的聲音也明顯發著抖：「天狼，這麼危險，怎麼辦？」

天狼微微一笑，拍了拍鳳舞的香肩：「你不用太擔心，我說過，這次和談不用多作口舌之爭，嚴世蕃說得再好，也不可能幫著汪直去消滅陳思盼，**我只需要抓住這一條就行，先幫汪直火拼陳思盼，以顯示我們的誠意，然後再讓他們派人來杭州找胡宗憲談通商的事情**，剛才我已經說過，汪直他們若是新吞併了幾萬廣東海賊，又不能搶劫沿海，那就會主動急著通商，到時候各種條件，自然是我們說了算啦。」

鳳舞還是眉頭緊皺：「可若是嚴世蕃挑動日本人鬧事，比如你說島津家有意扶持陳思盼，若是他們到時候直接阻止汪直去攻擊陳思盼，你又作何應對？」

天狼眼中神光一閃：「這點是不會有變化的，從汪直的角度來說，正因為陳思盼跟日本人勾結，有威脅到他地位的可能，所以他才要及時出手滅了陳思盼，而且徐海跟陳思盼可謂殺父之仇不共戴天，打陳思盼他一定是最積極的一個，如果他們內部連這點意見也無法統一的話，徐海也不會兩次上岸跟我們談這事了，可見他們對此事是非常迫切的，即使島津氏作梗，也不會影響汪直的決定。」

鳳舞反駁道：「可是現在有嚴世蕃這個奸賊啊，如果他能說動島津氏，甚至肯為島津氏入侵中原作內應，那島津氏就可能會改變態度，轉而對汪直施加更大的壓力，不許他去消滅陳思盼。」

天狼微微一笑：「島津家現在是離不開汪直的，無論是汪直上交的巨額錢財，還是賣給他們的洋槍火炮，都是島津家的急需，而且汪直集團現在海上的力量非常強，就是島津家想跟他現在翻臉，至少在海上，也不是汪直的對手，所以島津家唯一能做的，就是以不派兵為要脅，可是汪直正好跟我們訂了停火和議，巴不得日本人暫時不摻和呢，所以這一點不足為懼。」

鳳舞的眉頭舒展了開來：「那嚴世蕃看來也沒有什麼辦法來制約你了，天狼，**我唯一擔心的，就是嚴世蕃會不會一不做，二不休，在島上對你出手。**」

天狼微微一愣，這個他倒是從來沒有想過，笑了笑，看著鳳舞說道：「他為什麼要做這種事？嚴世蕃是個貪生怕死之徒，且不說他的武功雖高，但未必能殺得了我，就算他動手殺我，汪直和徐海會放過他？」

鳳舞咬牙道：「天狼，你不知道，嚴世蕃因為我的關係，現在已經恨透了你，他也知道這次事情結束後，你就會帶我走，永遠脫離他的控制，所以這次他不惜孤身犯險，就是要除掉你，如果一切手段都行不通的話，我覺得他是會親自出手的。」

天狼沒有說話，腦子裡飛快思考著鳳舞說的，嚴世蕃對自己的殺意十分明顯，這次自己前去與倭寇商談和議，更是斷了他以後流亡海外的退路，**於公於私，這次他都會孤注一擲，與自己搏命**，至於是親自出手還是另尋殺手，甚至是下毒行刺，都很難說。

天狼「哼」了聲：「兵來將擋，水來土掩，這個奸賊若是真的想動手，我正好取他性命，為天下除一大害！他若是死在倭寇那裡，正好坐實了他通倭叛國的事情，這也是最好扳倒嚴黨的辦法！」

鳳舞憂心道：「天狼，我覺得你還是太低估嚴世蕃了，此賊是天下最邪惡的人，且武功絕世，智計無雙，即使以你今天的功力，只怕也略遜於他，而且**這狗賊一向算無遺策，凡事皆會預留退路，絕不會頭腦衝動說幹就幹，他如果真的想殺你，一定做好了周密的安排**，這點你千萬要留意。」

天狼道：「謝謝你的提醒，反正嚴世蕃究毫做了什麼安排，我現在也不知道，空自擔心亦是無用，上了島後，我會小心，實在不行的話，你跟我跟得緊一點，嚴世蕃絕不會為了殺我而傷到你的。」

鳳舞臉上現出一絲笑容，別有一番風情：「這個辦法好，這個壞蛋絕不敢動我的，你到了島上，可不許亂跑，更不能扔下我，明白了嗎？」

天狼心中一動：「鳳舞，你是不是早就想到這一點了，所以才故意露出女人的特徵，就是要嚴世蕃知道你的存在，對不對？」

鳳舞得意地道：「不錯，若是我扮成一個粗漢，那惡賊便看不出我了，我得讓他知道我跟你在一起，如果他想動你，除非先殺了我。」

天狼感動地說道：「鳳舞，你為什麼要對我這麼好，我李滄行何德何能，值得讓你如此付出？」

鳳舞扭過頭，避開天狼熱情的眼神，幽幽地說道：「也許這就是你我命中註定的緣分吧，天狼，不管怎麼說，**此生我的心只屬於你一人，為了你，我可以付出一切，包括我的生命**，只希望你不要懷疑我，更不要恨我。有些事情現在我不方便說，以後我一定會在合適的時機解答你所有的疑問。」

天狼突然一把將鳳舞抱進懷裡，**不知為何，他在她身上找到一種奇怪的感覺，這是多年前跟小師妹在一起時才會有的**，他很明白自己愛的還是沐蘭湘，但是此刻的感覺驅使他拋開所有的道德約束，他只知道，懷中這個女人，是自己一生要珍惜，要保護的。

鳳舞沒有掙扎，靜靜地靠在天狼的懷裡，二人一言不發，海風吹拂著兩人的頭髮，把鳳舞身上淡淡的蘭花香帶進天狼的鼻子裡，他的心跳得很厲害，跟沐蘭湘的一樁樁往事不覺又浮上心頭。

鳳舞嘆了口氣，腹語道：「你抱著我，心裡想的還是她，對不對？」

天狼沒有說話，環著鳳舞的手卻抱得她更緊了。

鳳舞美目淚光閃閃，囈語道：「天狼，我無數次地恨自己為什麼這麼不爭氣，明知你愛的是沐蘭湘，卻還是要執迷不悟，也無數次狠下心不再看你，可是只要一聽到你的聲音，我所有的防線就崩潰了，**天狼，我並不介意你心裡有她，甚至可以允許你把我當成是她，只求你不要趕我走，就讓我代替沐蘭湘來陪你，好嗎？**」

天狼虎目中也是淚光閃閃：「鳳舞，我太自私，太混球了，這樣傷害你，你卻如此對我。如果老天能把我的心掏空，讓我不再想我的小師妹，我會毫不猶豫地答應娶你，可是我真的做不到，我一閉上眼就看到她，甚至在抱著你的時候都在想著她，鳳舞，這樣委屈你，你也願意？」

鳳舞哽咽道：「你沒有發現麼，現在我的一舉一動都是在模仿沐蘭湘，從她的動作，到她用的香粉，我若是想讓你愛的是我，有必要這樣嗎？我就是知道你心裡只有她，我又不捨得放棄你，所以**我寧願當她的替身，至少現在在你的懷**

裡，我很幸福，也很滿足，別的事情我也不願意多想，就當是個讓我永遠也不願意醒過來的夢，我怕一睜眼，這個美夢就會破滅，而你也會離我遠去。」

天狼聽了鳳舞的告白，抬起鳳舞的下巴，只見她美麗的眼睛裡，早已淚如泉湧，他心如刀割，恨自己不能放下舊情，忘掉過去，卻一再辜負這樣的好姑娘，沉聲道：「鳳舞，我答應你，我會試著愛你，盡力地去忘掉沐蘭湘，這次只要我不死，回來一定娶你。」

鳳舞幸福地閉上眼睛，嘴唇微微抖動著，誘惑著天狼，緊緊貼著天狼胸膛的酥胸則是劇烈地起伏著，每一下碰撞都讓天狼渾身發熱，淡淡的蘭花幽香鑽進天狼的鼻子裡，讓他眼前生出種種綺麗的幻覺，彷彿這會兒自己正抱著朝思暮想的小師妹，那微微嘟起的，正是自己再熟悉不過的兩片紅唇，天狼情不自禁地低下了頭，向那兩片紅唇吻去。

正在此時，天狼忽然感覺到艙外有一聲不同尋常的異動，顯然是有人的心跳了一下，他迅速地以擒拿手法把懷中的鳳舞一推，整個人如離弦之箭射出窗外，一眨眼的功夫，黃山折梅手幻出萬千爪影，招招都是精妙之極的擒拿手法，直奔來人的咽喉。

來人似乎沒有料到天狼的動作和反應如此之快，但顯然也是頂尖級的高手，就在這一剎那間作出反應，不退反進，左右拳帶起一陣天青色的罡風勁氣，與天狼那紅色的氣勁纏鬥到一起。

「乒乒乒乒」的拳掌相交之聲不絕於耳，天青色的罡氣跟紅氣在空中不停地碰撞，震得船上的木欄艙板一片搖晃，偶爾有幾拳幾掌被兩人用上乘的功夫引到這些地方，頓時飛起一片木屑斷欄。

天狼的眼睛已經變得血紅一片，對面的人功力之高，超過了他的設想，居然能以硬碰硬地接他五六十招，而毫無退後的跡象。今天天狼沒有用天狼刀法，但黃山折梅手也是頂尖的拳腳功夫，配合著鴛鴦腿和玉環步，近百招下來竟沒有占到一點上風。

來人使的是少林派的正宗拳法，剛猛有力，中間還揉和著日本的唐手、空手道等格鬥功夫，腳下的步法則像泥鰍一樣，滑溜溜的遊身而走，天狼幾次重拳出擊都撲了個空，甚至險些被其趁勢反擊。

來人裹在一團青氣之中，身形也只是隱約可見，看不到他的廬山真面目，天狼一咬牙，終於以拳腳使出了天狼刀法，一招「天狼破軍」，右手使出掌刀，疾切來人的脖頸，而左手打出一招半月形的紅色氣功波，直奔來人的心口而去。

那人似乎對天狼在如此狹窄的空間裡居然還能使出如此爆炸性的武功而感覺

到奇怪，「咦」了一聲，一個大旋身後退兩步。

他沒有選擇一飛沖天，因為人在空中無處借力，處於被動，而這狹窄的船艙邊道上也沒有給他騰挪閃轉的空間，他的兩隻手腕併在一起，雙掌如並蒂花開一般，先是放到腰間，然後猛的大喝一聲，向前推出，只見一道天青色的氣功波浪從他的掌心噴湧而出，和天狼打出的紅色光波撞到了一起。

「轟」地一聲，一陣木屑飛舞，天狼和來人之間隔著的三步距離上，船板連同護欄一起消失得無影無蹤，就連邊上的船艙都被炸了個大洞，有兩個正在船艙中的倭寇，被這一下巨大的爆炸生生地震飛出七八步外，飛到船艙的另一邊，這會兒正抱著頭，在地上呻吟翻轉呢。

飛舞的木屑紛紛落下，徐海那張陰冷蒼白的臉浮現在天狼的面前，臉上的天青色一閃而沒，他的胸口在劇烈地起伏，看得出剛才那一下逼他使出了真功夫。

天狼冷冷地看著徐海，沉聲道：「徐兄，偷聽別人的話，不太好吧。」

徐海的臉上顯得有些尷尬，乾笑一聲道：「狼兄，請不要誤會，我是來看看你坐船是否能適應的，初上海船的人，不管功夫再高，多少會有些頭暈目眩，腸胃不適，你看，我這裡有些安神醒腦的藥丸，本來是準備給你服用的。」他說著，從懷中掏出一個青瓷小瓶，遞給天狼。

天狼搖搖頭：「多謝徐兄好意，我看是沒有這個必要了，初上船時確實有些不適，但我在那裡打坐運功了一陣，現在已經無妨啦。」

徐海剛才偷聽偷看了半天，只見天狼和同行之人又是手拉手，又是摟摟抱抱，甚至那人哭出聲來，卻是一句話也沒有聽到，他在上船的時候並沒有留意到鳳舞是女兒身，一開始還以為天狼口味特殊，喜好男風，仔細看了鳳舞之後，才發覺她**星眸竹腰，胸部挺拔，分明是個易了容的女兒身**，這才一時驚訝，心跳得快了一下，讓天狼察覺到異常，一下子跳出船艙出手。

徐海收回瓶子，他智慧極高，剛才這一下拖延時間，已經想好了說詞，笑道：「狼兄的武功果然名不虛傳，以前看你出手大殺四方還不覺得，真正交過手才知道厲害，小弟甘拜下風！」他一轉頭，對著跟過來的十幾個手下道：「還愣著做什麼，把受傷的兄弟抬去醫治，一會兒把這裡修好！」

天狼冷冷道：「一些三腳貓的功夫罷了，不值一提，倒是徐兄，沒想到你使的是少林正宗的羅漢神拳，還融合了東洋的唐手與空手道，真不簡單。」

徐海臉上現出一絲得意：「小弟當年在杭州虎跑寺當僧人時，曾機緣巧合與寶相寺的一相大師相遇，蒙他看得起，指點過小弟兩手功夫，所以這少林的羅漢拳、韋陀掌、無影連環腿及火焰刀等功夫，多少都會一點。」

天狼意外地說：「哦，徐兄還有緣跟一相大師學藝啊，一相大師可是當今頂尖高手，身兼少林和寶相寺兩門絕學，怪不得徐兄年紀輕輕，卻有如此造詣。」

天狼嘴上說著，心中卻想，一相大師為人最是心胸狹窄，甚至對自己的嫡傳徒弟不憂和尚都留了一手，卻對徐海這個並沒有拜入門下的外寺小和尚傾囊以授，實在是件怪事。

徐海見天狼話說一半停了下來，似是陷入思考，立即反應過來天狼所想，微微笑道：「狼兄可是不信在下所言？」

天狼搖搖頭：「不是，徐兄所用的分明就是少林絕技，你並非少林弟子，大概也只有一相大師這個昔日的少林棄徒，才會教你這麼多少林功夫，只是在下有些奇怪，徐兄既然學成了這麼多門絕藝，一相大師又怎麼會捨得讓你跟叔叔下海遠行，而不是收歸門下呢？」

徐海臉上閃過一絲意味深長的表情：「剛才我冒犯了狼兄，現在就權當賠罪好了，狼兄所問之事，在下自當知無不言。一相大師當年來虎跑寺，看我根骨不錯，又是掛單在虎跑寺的僧人，便有意將我收到寶相寺門下，可是我一直是由叔父供養的，由於叔叔長年出海，幾年才來一趟虎跑寺，因此一相大師便教我一些武功，大概是想激起我習武的興趣，好招攬至其門下。」

天狼聽了道：「這就是了，一相大師當年被趕出少林，心中自是恨極了少林派，這樣正好教你少林派的功夫，那些絕學會讓任何一個習武之人都為之入迷的，就算萬一你不能跟他加入寶相寺，反正教的也不是寶相寺的功夫，能把少林絕技給洩露出去，也算出了口惡氣。」

徐海笑了起來：「狼兄所言極是，本來那虎跑寺也是有一些南少林的僧人充當護院武僧，在下自幼就學了不少少林的入門和中級武功，正好可以接上一相大師所傳的那幾門絕藝，二十二歲那年，在下算是有所小成，練成了羅漢拳和拈花指這兩門武功，一相大師也在那時候正式要求我加入寶相寺，可正好在那年，我叔父從海外歸來，極力要我下海助他，狼兄也知道，我二十多年全是靠叔父養活，養育之恩不能不報，所以也只能對不起一相大師了。」

天狼點點頭，正待開口，卻聽到鳳舞換了男聲，在自己身後說道：「徐首領這偷聽和龜息的功夫，也是跟一相大師學的嗎？」

徐海臉色微微一紅，鄭重其事地行了個禮：「在下當時確實是好心想要給狼兄送藥，沒想到冒犯了狼兄和這位姑娘，實在是抱歉，還請二位多擔待。」

鳳舞的氣還沒有消，「哼」了聲，把頭扭向一邊，也不看徐海。

徐海看著鳳舞，道：「狼兄，在下還不知道這位……姑娘的身分呢，原以為他是狼兄的助手，可是剛才……」

鳳舞氣得一跺腳：「剛才怎麼了，你還有臉說！」

天狼笑著擺了擺手，對鳳舞說道：「鳳舞，徐兄也是為了我們好，再說人家道過歉了，你就不要不依不饒啦。」

徐海雙眼一亮，失聲道：「鳳舞？這位就是鳳舞姑娘？」

鳳舞眉毛一揚：「怎麼，我需要冒充別人嗎？對了，你怎麼知道鳳舞的。」

徐海道：「不知鳳舞姑娘是不是認識小閣老？」

鳳舞臉色一下子變得煞白，如同罩上一層嚴霜：「好好的提那人做什麼，嚴世蕃跟你說了什麼？」

徐海趕忙道：「鳳舞姑娘，在下並不知道你和小閣老的過節，只是聽小閣老說過，如果碰到你，一定要把你請去見他。」

鳳舞向地上啐了一口：「我才不要見他，還有，現在我的身分是跟隨天狼去你們島上談判的錦衣衛使者，難道你徐首領要為了聽命於嚴世蕃，不惜壞了和談的大事？」

天狼心中一動，道：「徐兄，你並不是嚴世蕃的手下，為什麼要幫他做這件事，他給了你什麼好處，又跟你說過多少有關鳳舞的事？」

徐海環視一下四周，下令道：「我跟兩位貴客有事商量，你們全都退下，沒我吩咐，不得接近客艙三十步以內，違令者扔海裡餵魚！」

徐海身後的幾個手下連忙行禮退下，徐海將窗戶已經緊緊關上，天狼對鳳舞使了個眼色，鳳舞心領神會，倚在門口警戒著。

徐海道：「狼兄，小閣老說鳳舞是背叛他的殺手，而且知道許多他和我們來往的秘密，所以一定要想辦法抓到，這到底是怎麼回事？」

天狼道：「徐兄，嚴世蕃是在撒謊，試想若是鳳舞真的知道他這麼多秘密，早就去告發他了，還用得著你們去抓捕嗎？」

徐海聽了道：「我也覺得不對勁，但嚴世蕃這次來我們島上，一出手就是五百萬兩銀子，說是給我們的見面禮，條件就是要我們設法拿下鳳舞姑娘，還說鳳舞一定會跟著狼兄來雙嶼島的。」

鳳舞恨恨地說道：「還真是讓這傢伙算到了。」

天狼心中一凜，**看來情況要比想像中的麻煩**，嚴世蕃不僅知道自己會來，連鳳舞會跟來也算到了，若不是自己提前搞定了徐海，事情還真的會非常棘手，**以嚴世蕃的狠辣與聰明，肯定不會把寶押在徐海和汪直身上，後面還不知道有多少手段等著自己。**

想到這裡，天狼道：「徐兄，鳳舞姑娘和小閣老以前是有些過節，因為陸總指揮和小閣老合作過，把鳳舞派去小閣老那裡一段時間，最後鬧得不太愉快，鳳舞知道了一些小閣老的事，所以他一直想盡辦法想把鳳舞重弄回他那裡，如果他自己出手，會和陸總指揮公開翻臉，所以才找上了你們。」

徐海「哦」了一聲：「可是他當初可沒跟我說鳳舞是錦衣衛，只說這女人是個叛徒，而且一直跟在你狼兄的身邊，這回正好可以借機把他拿下。」

天狼哈哈一笑：「我是錦衣衛，這回是代表胡總督來跟你們和談，我帶的副手理所當然也是錦衣衛啊，徐兄就沒考慮過這一點？」

徐海皺眉道：「我當時也想過這一點，還勸汪船主不要急著把錢收下，可是汪船主還是答應了嚴世蕃，狼兄，本來我以為你帶的副手是個男子，還鬆了口氣，沒想到鳳舞姑娘還會易容改扮之術，這下子上了島後，我不能保證汪船主不會對她出手。」

鳳舞質問道：「怎麼，你們寧可不和談了，也要受嚴世蕃的指使，做這綁架之事？」

徐海緩緩說道：「狼兄，你我已經互相交了底牌，也算是朋友了，我告訴你此事，不是為了和談，而是不想害了朋友，也請你理解我的難處，畢竟船主不是我，汪船主一向是言出必行，收了錢的事一定會做到，如果你這樣帶著鳳舞上島，只怕會出事。趁還沒到島上，我的船趕緊掉頭，把鳳舞姑娘放回寧波港，狼兄可以另選一個同伴，實在不行，你一個人來也可以。」

天狼問：「徐兄，嚴世蕃應該對你們交代過，抓鳳舞的時候千萬不可以傷到她吧。」

徐海點點頭：「不錯，他說若是傷到鳳舞一根頭髮，這錢就不會給了。」

天狼道：「徐兄既然如此有誠意，我也不妨直言相告，嚴世蕃曾經追求過鳳舞姑娘，可是鳳舞鄙夷其為人，所以嚴辭拒絕，為防他的毒手，就回了錦衣衛，可嚴世蕃卻是賊心不死，一再地想用各種手段把鳳舞姑娘給搶回去，我跟那嚴世蕃的仇，也是因此而結的。」

徐海道：「這個在下明白，狼兄和鳳舞姑娘的真面目，雖然在下沒有見過，但一定是郎才女貌，佳偶天成，而小閣老的好色之名世人皆知，老實說，敢拒絕權傾天下的嚴世蕃，這樣的女子我都無法想像。」

鳳舞不屑地道：「世間女子不追逐權勢的多了去，不喜歡嚴世蕃的也很多，不，應該說是喜歡他才奇了怪呢。」

徐海搖搖頭：「狼兄，不管怎麼說，你畢竟是為了鳳舞姑娘和小閣老結下仇來，現在汪船主站在他那一邊，你若是帶了鳳舞姑娘上島，只怕會出事，還是暫時忍一忍，先讓鳳舞姑娘回去吧，這樣對大家都好，也不讓我為難。」

鳳舞恨恨道：「徐首領，嚴世蕃這回就是準備在島上加害天狼的，有我在，他不敢動天狼，所以才要用這種下三濫的法子，先把我跟天狼分開，他再下毒手，你說，要是換了你是我，這個時候能回去嗎？」

徐海一愣：「小閣老是為了這個，不惜要狼兄的命？」

天狼正色道：「**他想取我性命的原因很多，鳳舞之事是一個原因，更重要的，還是胡總督的和議和招安方案會斷了他財路，更斷了他以後逃亡日本的通道，所以他會不惜一切地設法在這次和談中取我性命**，我若是死了，他還可以栽贓胡總督，只要胡總督倒了，他就可以在東南換上自己的人，為所欲為了。」

徐海長嘆一口氣：「怪不得嚴世蕃這回肯下這麼大血本，看來這錢我們還收不得，只是汪船主既然已經答應了，又有什麼辦法？」

天狼表情堅毅地道：「不用擔心，我相信汪船主是個聰明人，他會分得清其中的利害關係，任那嚴世蕃有千般手段，我只有一條應對，**那就是對你們以誠相待，以心取信**，嚴世蕃能掏出五百萬兩銀子，可他不可能幫著你們消滅陳思盼，我只要把這條談好了，那麼鳳舞和我都不會有事。」

徐海猛的一拍手：「好，狼兄，你這個朋友我交定了，這次我一定會助你過關的！」

寧波外海百餘里處的舟山群島。在大明嘉靖年間便是海賊與倭寇們的樂園，自從幾十年前朝廷的海防崩壞以來，這裡就連做做樣子的水師巡邏也沒有了，戰敗的東洋武士，狡猾的中國海商，遠道而來的佛郎機人，以及無數懷著發財夢的沿海漁民，紛紛來到這片樂土，希望能找到人生的樂趣。

海風捲起一陣陣怒濤，隨著狂風呼嘯，拍打著雙嶼島的礁石，這些浪頭在礁石上撞得粉碎，變成一片片的白色泡沫，緊接著新的一波大浪又會接踵而來，偶爾在大浪的間歇期，幾隻海鷗落在這些被千沖百煉的礁石上，悠閒地理著自己的羽毛，巡視著這一色海天。

雙嶼島是一片方圓三百多里的大型島嶼，也是位於舟山群島南部的第一大島，春秋時候這裡就有人類活動了，屬於越國領地。

雙嶼島上有六座兩三百米高的小山峰，遠遠地從海上望去，就像六座橫在島上的群山，因此這雙嶼島又名「六橫島」。

這裡港灣眾多，島嶼的北部乃是一個半月形的天然良港，經過島上倭寇數十年的經營，成了一個可以停靠兩三百艘大型商船的碼頭，與之相應的島上建築也應運而生，佛郎機人建的尖頂木製教堂，住著東洋人的低矮木屋區，以及名為「天妃宮」的青樓妓館交錯其中，混合著碼頭市集上各國商人們大聲的吆喝與叫賣聲，倒是別有一番風情。

雙嶼島上最高的雙頂山上，高高地矗立著一座日式風格的城寨，從外到裡，三道圍牆高矮有致地分布著，箭樓與鐵炮塔星羅密布，在內環上面對大海的方向，還傲然挺立著十餘門千斤重的紅衣巨炮，內環中，則高高地豎立著一座富麗華美的天守閣，正是雙嶼島島主，海商巨寇汪直所居住的地方。

海風吹拂著汪直花白的長鬚，他的一雙三角眼微微瞇著，注視著遠處海面上一艘從北方正向港口行駛的大海船。

他的服飾極其華美，頂級的絲綢衣服上不僅雕龍繡鳳，更是飾以鴿子蛋大小的珍珠瑪瑙，頭上的玉簪乃是一塊最頂級的血玉翡翠，而鼻翼間兩道深深的法令紋不僅透出歲月的風霜，更能顯示出這人狠辣果決的個性。

嚴世蕃今天也換了一身紫色的綢衣，一身珠光寶氣，戴著瑪瑙殼眼罩的臉上，隱隱地現出一絲殺氣，他與汪直並肩而立，二人不約而同地看著遠處的那艘海船，各懷心思，沉默不語。

還是汪直先開了口，微微笑道：「小閣老，天狼和鳳舞來了，這回能如你所願了吧。」

嚴世蕃眺望著遠處那艘大海船的樓臺處，一個傳信兵正在使勁地打著旗語，道：「兩人都來了？」

汪直點點頭：「嗯，徐海打了信號，兩人都在船上。小閣老，我有言在先，你和那天狼的個人恩怨，你們自己解決，而且要等到我跟天狼談完了之後再動手，如果你執意要為私怨壞了我和談的大事，休怪我不給小閣老面子。」

嚴世蕃那隻獨眼閃過一絲陰冷的寒意，哈哈一笑：「汪船主，既然嚴某與你有約在先，自然不會毀約棄諾，只希望你也能遵守和我的承諾，那兩人上島之後，先幫我把鳳舞拿下，至於天狼嘛，就不勞你費心了。」

汪直嘆道：「小閣老，我這次肯答應你此事，完全是出於以後想跟你深度合作的考慮，你既然以小閣老之尊屈駕我這小島，我自然不能不給你這個面子，只是鳳舞當真與錦衣衛，與胡宗憲沒有關係嗎？」

嚴世蕃「嘿嘿」一笑：「怎麼，汪船主信不過我？」

汪直眉頭一皺：「豈敢，只是若是這鳳舞與錦衣衛沒有關係，不是官府之人，這回又怎麼會跟著天狼一起來參與這談判之事呢？」

嚴世蕃的表情變得冷厲而可怕：「汪船主有所不知，這鳳舞乃是被訓練多年的頂尖殺手和探子，極擅刺探情報，當年陸炳與我們合作的時候，曾把此女派到我府上，我一時被她的美色所迷惑，不慎洩露了一些重要情報出去，此女得到這些把柄之後，便翻臉離開我嚴家，所以為保我父子身家性命，我非得此女不可。」

汪直「哦」了聲：「這麼說，這個女人還真是錦衣衛的？」

嚴世蕃否認道：「不，汪船主誤會了，陸炳派鳳舞來我這裡時，並沒給她刺探我嚴家情報的任務，只是這天狼本來出身江湖，一直和我們嚴家扶持的江湖勢力日月神教和巫山派過不去，後來他得知日月教和巫山派是我暗中資助的之後，就千方百計的找我麻煩，也不知他用了什麼辦法，竟然讓這個賤人對他死心塌地，甘願為他所用。

「如果是陸炳得到那些情報，倒還好說，畢竟此人官迷心竅，只要我們父子不與他為敵，他也不會對我們翻臉，這天狼卻是存心置我嚴家父子於死地，他找到那些情報，就是想和這次我跟汪船主合作的事情一起上報，想要告我一個通倭謀反之罪。」

汪直聽聞道：「小閣老，既然天狼早就有你的不利證據，他又身為錦衣衛副總指揮，為何不早早地面君舉報呢？」

嚴世蕃哈哈一笑：「這就是我父子的本事了，**皇帝成天修仙問道，不理朝政，所有上奏都需要經過內閣，也就是經過我嚴世蕃之手，有誰想彈劾我父子，我就先辦了他**，天狼深知此點，所以一直隱忍不動，前一陣想要趁著那仇鸞得寵之時，挑動仇鸞出面鬥我們，結果怎麼樣？我只要動一根小手指頭，仇鸞就家破人亡，所以天狼這回更是不敢造次，要先拿到我與汪船主合作的鐵證，再讓那胡宗憲立下大功，趁著面君的機會再告我父子黑狀。」

汪直恍然道：「原來如此，這麼說來，這回天狼帶了這鳳舞一起來，也是來者不善，想要讓她搜尋證據了？」

嚴世蕃道：「不錯，如果要談判，天狼一個人就可以了，還帶個女人做什麼，這又不是遊山玩水。這鳳舞精通刺探、易容之術，混到島上後，就會易容查探島上的各處守備，那胡宗憲一直在整軍備戰，這麼多年來不斷地企圖派人混進島內查探虛實，若是這次借機查得了島上的防備情況，那他們下次出兵就不會去幫汪船主消滅陳思盼，而是會直接奔著雙嶼島來了！」

汪直瞳孔猛的收縮了一下，冷哼道：「我這雙嶼島也被官兵和海賊攻擊過二十多次了，固若金湯，從沒有外敵能上島半步，更別說島上遍佈高手和忍者，就算真的知道了島上的防備情況，擺開來打，老夫也不怕幾萬官軍。」

嚴世蕃哈哈一笑：「汪船主的虎威，嚴某自然是佩服得緊，只是不怕一萬，只怕萬一，現在胡宗憲手下編練新兵，戰鬥力遠非以前衛所兵可比，若是有人暗中破壞島上的炮臺和機關，外部再以強兵突襲，這雙嶼島可是汪船主經營多年的心血，萬一有個閃失，您多年的積蓄可就毀於一旦了，不可不查啊。」

汪直嘴角抽了抽：「小閣老，鳳舞還沒有在我這裡從事間諜活動，我只憑你一面之詞就拿下她，似乎不妥，而且剛才你也說了，她是陸炳的手下，我為了你那五百萬兩銀子就得罪陸炳，影響和談，似乎有些太不上算吧。」

嚴世蕃臉色微微一變，那隻獨眼的眼皮跳了跳：「汪船主，咱們可是有言在先，你要幫我拿下鳳舞，這可是你當著眾位首領點了頭的，現在若是反悔，只怕對汪船主的名聲不太好吧。」

汪直冷笑一聲：「可那時小閣老只說這鳳舞是從你府上叛逃的奸細，並沒有說她是錦衣衛中之人，更沒有說她這回會作為天狼的副使一起前來。小閣老，我很喜歡你的五百萬兩銀子，也希望能和你長期合作，但這些跟與胡宗憲即將達成的和議相比，還是只能退居第二，你的銀子還請收回吧，這個生意做不成了！」

嚴世蕃突然笑了起來：「汪船主，你早就打定了不抓鳳舞的主意，現在才說出來，能告訴在下原因嗎？」

汪直撫了撫自己的長鬚：「小閣老智謀絕世，想必已經猜到了吧，您不妨直言，也許還能改變老夫的主意呢。」

嚴世蕃收起笑容，道：「汪船主現在一心念的，就是**和胡宗憲達成和議，能接受招安，此生可以榮歸故里，而不是做一個徒擁金山，卻不能衣錦還鄉的孤魂野鬼，是不是？**」

汪直點點頭：「我這輩子已經什麼也不缺，就是不想死後連祖墳都不能進，連家鄉的最後一眼也看不到，年輕的時候出海討生活，一點也不留戀故土，現在上了年紀，思鄉之情卻是無以復加，小閣老說中我心事了。」

第二章

雙嶼島

雙嶼島上風格與中原迥異，彙聚了各國商人的集市，
還有「天妃宮」外各國佳麗，一個個搔首弄姿，
倭寇海賊們的吼叫聲和女人們淫蕩的笑聲，
順著海風直往天狼的耳朵裡鑽，
讓他的臉微微一紅，加快了腳步向前走。

嚴世蕃繼續說道：「可是汪船主也不能完全相信那胡宗憲，更不會以手下這數萬兄弟的生命作為賭注，一旦被胡宗憲一步步地套上鉤，尤其是被他誘騙上了岸，到時候就是任人魚肉、受人擺布，汪船主怕的，也是落得梁山好漢招安後的下場吧。」

汪直沒有說話，眼光看向遠處的大海，長嘆一聲，算是默認。

嚴世蕃微微一笑：「我這次來，是一直在跟胡宗憲唱反調的，給您分析了各種被胡宗憲矇騙、陷害的可能，所以您雖然內心深處希望和談成功，接受招安，但理智上又讓您需要有我這麼一個人給您從反面來分析，因為你畢竟不知朝中大勢，不知道中間的利益糾葛，**如果沒有我在這裡給你潑冷水，從另一面敲敲警鐘，就算以您之智，也會不自覺地陷入圈套吧。**」

汪直眼中神光一閃，一雙三角眼睜了開來：「小閣老既然知道老夫的心事，卻又留了下來，這又是為何呢？」

嚴世蕃回道：「胡宗憲現在已經脫離了我的控制，不再聽我的號令，他是真心招安還是緩兵之計，老實說，我現在也看不出來，但我的目的跟您說得很明白，我希望和你汪船主合夥賺錢，順便也認識一些佛郎機和日本朋友，如果你這裡真的出什麼事，我斷了這層關係，那就什麼也得不到啦，所以在確保你汪船主不出事這點上，你我的目的是一致的。」

汪直嘆了口氣：「小閣老，我實在不知道你和令尊是怎麼想的，你們已經權傾天下了，還要在海外找什麼退路，就算給你們逃得海外，做個富家翁，又怎麼能甘心呢？」

嚴世蕃道：「伴君如伴虎，皇帝喜怒無常，想要罷相殺人，不過是一句話的事，想那夏言，二十年的首輔，還不是一句話就掉了腦袋，我父子二人跟他打交道越多，就越是恐懼，不得不給自己找條退路。再說了，一朝天子一朝臣，就算今上能不找我父子麻煩，裕王可是跟徐階、高拱、張居正這些清流派大臣打得火熱，皇上常年服用丹藥，沒準哪天就說去就去，到時候裕王登基為帝，我父子必死無葬身之地，所以得提前做些安排。」

汪直道：「我這身在海外之人，做夢就想**用錢買個回鄉終老**，小閣老坐擁天下大權，卻想著逃亡海外，實在是太有意思了。」

嚴世蕃嘴角勾了勾：「嚴某不覺得這有什麼意思，戴著面具在刀尖上跳舞罷了，不過有一點是你我合作的基礎，就是**我們都不希望你被胡宗憲給賣了**，這樣我的退路斷了，你更是性命不保，沒有人會平白地故地為他人謀好處，說白了想的還是自己，只是如果能通過幫助別人給自己帶來好處，那何樂而不為呢？汪船主，這就是我留下來的原因，你明白了吧。」

汪直臉上露出滿意的笑容：「小閣老，你來雙嶼島也有一個多月了，今天才終於跟老夫一吐心聲，很好，為我們的誠心合作，你我歃血盟誓吧。」

嚴世蕃爽快地道：「悉聽尊便。」

汪直回頭道：「來人，上酒，我與小閣老要盟誓。」

身後兩個肌肉發達的相撲力士暴諾一聲，抱起早已準備好的一個大酒罈，另有兩名絕色婢女跪著獻上兩隻金碗，相撲力士抱著酒罈，把金碗滿上，汪直和嚴世蕃先後掏出隨身的小刀，刺破中指，滴在酒中，然後仰脖喝下，空碗相對，兩人放聲大笑，震得閣樓欄桿上的幾隻海鳥紛紛展翅飛走。

嚴世蕃抹了抹嘴：「好了，汪船主，船快靠岸了，我也得去看看我的老朋友和老情人，就不耽擱您的時間啦。」

汪直點點頭：「那就有勞小閣老了，老夫在『海神殿』已經擺下了場子，一會兒還請小閣老和天狼一起前來。」

嚴世蕃雙足一動，身形如大鳥般一飛沖天，徑直從十餘丈高的天守閣頂躍下，在那兩名婢女的驚呼聲中，雙足在空中互相踩腳背借力，輕飄飄地如同一朵浮雲緩緩地降下，只一個起落，就飄到了牆外，驚得眾多守兵瞠目結舌，嚴世蕃卻瀟灑地一搖手中摺扇，自顧自地大步向外走去。

汪直冷靜地看著嚴世蕃的這番表現，驚道：「想不到嚴世蕃的武功竟高到了這種地步，只怕我這島上無人是他對手。」

站在汪直身後，如同一座肌肉山巒的毛海峰不服氣地說道：「瞧他那癆病鬼的樣子，輕功內功好點，真打起來能不能給力還難說得很。我一拳下去，看他還怎麼防。」

汪直嘆了口氣：「海峰，你什麼時候能用點腦子，姓嚴的武功歹毒陰邪，跟他說話都有一股寒意，不要說是你，就是阿海跟你聯手，都不一定打得過人家呢，**做人一定要能準確判斷敵我的強弱，若是連這點都做不到，只怕你在海上一天都活不下去。**」

毛海峰歪了歪嘴，看向大海，突然興奮地說道：「義父，你看，海哥發信號過來了，說姓嚴的不懷好意，要我們千萬別聽他的扣下鳳舞。」

汪直重重地一拳擂在天守閣的護欄上，大理石面頓時出現一個大大的拳印：「臭小子，不早說，害我白白浪費一滴血！」

天狼站在海船的樓臺上，鳳舞小鳥依人地站在天狼的身後，表情複雜地看著遠處雙嶼島上「天守閣」的嚴世蕃如同黑色的幽靈一樣凌空直下，幽幽地道：

「天狼，這惡賊是故意做給我們看的，看來幾個月不見，他的終極魔功又有進步，這一下能凌空飛墜三十多丈，已經是練到第九重了。」

天狼臉上也如同罩了一層嚴霜，嚴世蕃露的這一手，以自己的功力只能勉強達到，而嚴世蕃落地後居然可以面不改色，摺扇一搖就閒庭信步，這顯然是自己做不到的，看來鳳舞所說嚴世蕃功力在自己之上，並非虛言。

不過天狼一向是對手越強，戰意越盛的性格，「知難而退」這四個字他從來不知道怎麼寫，聽到鳳舞的話後，他哈哈一笑：

「就算嚴世蕃的武功高過我一些，但真打起來，我也有信心斃他於斬龍刀下，此賊上次和我交手，沒見到有厲害的神兵，而且他打起來貪生怕死，氣勢不足，而我可以不要這條命也要除掉這個禍害，他的武功沒有高到我拼命也打不贏的程度，所以我沒什麼好怕的。」

鳳舞一臉崇拜地看著天狼：「天狼，**我最欣賞你的就是這種一往無前的男兒氣概，這才是我心中的英雄**，不過天狼，你還是要作好準備，嚴世蕃看來是和汪直談好了，要不然也不會這樣挾技炫耀，上了島後，你要低調些，不要激怒汪直，以免性命不保。」

天狼抓住鳳舞的纖纖柔荑，暗語道：「你錯了，嚴世蕃一定是跟汪直沒談攏才會這樣的，若是汪直就能出手幫他把你拿下，那一定會也動手攻擊我的，他連自己出手都不用，何必要顯露武功呢？」

鳳舞秀目一亮：「對啊，我怎麼沒想到呢。」

天狼看了一眼不停打旗號的徐海，虎目中冷芒閃閃：「徐海已經倒向我們了，他在向汪直發旗語說明我們的來意，以及嚴世蕃不可信，他是汪直最信任的助手，就是為了賣徐海一個面子，汪直也不會直接抓你的，因為我跟徐海說過，如果要抓你，除非從我的屍體上踏過去，得罪嚴世蕃還是毀了和議，任他選擇。」

鳳舞道：「只是我一直奇怪，汪直也是智計絕倫之人，不然也不可能混到今天的地位，為什麼就只看中嚴世蕃的五百萬兩銀子，答應來抓我呢，他不可能不知道我跟錦衣衛有關係吧，不然為何會這次和你一起來？」

天狼笑道：「連徐海都想到的事，汪直怎麼可能想不到，你太低估這個老狐狸了，依我判斷，汪直只是故意答應嚴世蕃，好把他留下，因為汪直不知道朝廷內部的事，也不知道胡宗憲是不是真心要招安，還是設計害他，所以需要嚴世蕃作為一個反面的發聲筒來提出相反的意見，他好從中做出取捨，免得被我們單方面牽著鼻子走。**這就是所謂的制衡之術**，當今皇帝也是喜歡用這套權術來制約臣子，以免一家獨大，架空君權。」

鳳舞恍然大悟，一抹笑意上臉：「這麼說，汪直也不想把我獻給嚴世蕃了？」

天狼道：「他沒有任何這樣做的理由，嚴世蕃上島，這尊卑之勢已經易位，現在是嚴世蕃有求於汪直，要打通一條通往日本的避難通道，而不是反過來給汪直提供招安和議的機會，畢竟對汪直來說，**除了錢以外，還有一個恢復合法身分，好衣錦還鄉、魂歸故里的訴求，而這個願望，是嚴世蕃的錢所買不來的。」**

鳳舞「嗯」了聲：「既然如此，你就要好好地迎合汪直，反正胡宗憲這回給了你極大的許可權，你可以對他們做的讓步也多，不要給嚴世蕃抓什麼把柄就行，記住，談成了才能全身而退。」

天狼搖搖頭：「不，我不會為了只保自己的安全而無原則地讓步的，鳳舞，**這次談判很重要，決定了東南上千萬人的未來，甚至決定了大明的存亡**，所以輕易的讓步，有可能會換來對方百倍的進逼，我這裡態度一軟，那嚴世蕃趁機落井下石，汪直還有他背後的日本人，佛郎機人都會以為大明軟弱可欺，將會得寸進尺，那以後想要再強硬也就難了。

「胡總督做了這麼多的文章，費了這麼多的心血，以前多年都沒有跟倭寇和議，一直堅決地打，甚至遷移沿海百姓入內地也不妥協，這才逼得倭寇難以為繼，不得不主動地派徐海上岸求和，這就說明了本次談判是要以我們為主導，而不是給倭寇擺了個鴻門宴就嚇到，我不能讓胡總督和數萬將士們浴血奮戰得來的戰果，輕易地斷送在談判桌上。」

鳳舞手心滲出了汗水，她的秀眉緊蹙著，暗道：「可是這裡畢竟是龍潭虎穴，倭寇的老巢，你若是一味用強，惹毛了汪直，再加上有嚴世蕃搞鬼，到時候和談不成，反而把命送在這裡，不也照樣會壞了抗倭大事嗎？」

天狼微微一笑：「鳳舞，莫要擔心，汪直的底線就是想要和談成功，但自己不會立即接受招安上岸，沒關係，這回哪怕他不鬆口，我也會幫他消滅陳思盼的，只要陳思盼一滅，多出幾萬張海賊的嘴，也由不得他不讓步。這些我自有計較，態度上要強硬，要高高在上，但具體的條件可以細談，可以先給他們看得見的好處，就像我對徐海那樣，你覺得那樣會讓汪直對我動殺心嗎？」

鳳舞的眉頭舒展開來：「你總是有主見，但我提醒你，這次有嚴世蕃搞鬼，還是小心為上，若是勢頭不對，該退讓的還是退一退，大不了這裡應承了，讓胡宗憲拖延辦理，反正只要全身而退，就不會有問題。」

天狼點點頭：「你不用擔心我，上島之後要防嚴世蕃對你暗下黑手，談判的時候，若是他們不要你在我身邊，那就按跟徐海約定的，跟他夫人王姑娘在一起，嚴世蕃膽子再大，也不敢在雙嶼島上欺負徐海的老婆。」

鳳舞秀眉一揚：「哼，讓本姑娘跟個妓女在一起尋求保護，若不是不想讓你分心，我是死也不肯的。」

天狼神情嚴肅，一雙虎目緊緊盯著鳳舞的雙眼：「鳳舞，不要任性，王姑娘雖然身在風塵，但那是因為她父親實在不是個東西，連累她入了青樓，她身為女子，肯賣身救父，是很高尚的行為。我聽徐海說，此女來雙嶼島後，一直勸徐海要改邪歸正，將功贖罪，甚至還拿自己的私房錢去給一些倭寇搶掠來的女子贖身，把她們放回大陸，而不是看著她們被賣到日本為奴為妓，這樣的女人是值得敬仰的，哪能當成尋常妓女看待！」

鳳舞張大了嘴，訝道：「當真如此？」

天狼正色道：「不錯，王翠翹確實是個奇女子，她本就是出身官家大小姐，受過良好的教育，從小知書達禮，深明大義，即使墮入風塵，仍是堅守自己的氣節，徐海能娶到這樣的女人，是他的福氣，也是我大明的福氣。」

鳳舞的小嘴不自覺地嘟了起來，沒好氣地說道：「對，人家是官家大小姐，有氣節，不像我這個特務頭子的私生女，刁蠻任性，還對你不誠實，只會扯你後腿！」

天狼沒想到鳳舞連這也會吃醋，笑了起來，拉起鳳舞的手，道：「我未來的娘子怎麼會對別人的老婆吃醋呢？」

鳳舞抽出手，賭氣道：「誰答應嫁你了？我還要考慮考慮呢。再說，你這個人見一個愛一個，萬一在這兒待久了，沒準把這個女人拐跑了也說不定呢。那屈彩鳳不也當過徐林宗的女人，現在還不是對你死心塌地的?!」

天狼臉色一變：「鳳舞，你把我當成什麼人了，見到美女就走不動路的無良浪子嗎？我既然答應娶你，就不會再對別的女人，包括小師妹有任何念想，我知道你對我的感情，又怎麼會捨棄你的真心去招蜂惹蝶呢，你對我這點信心都沒有？」

鳳舞臉上露出喜色，吐舌道：「人家只是跟你開開玩笑嘛，我才沒這麼小心眼呢，只要你肯一心一意地對我，我就知足了，男人三妻四妾也沒什麼，你以後若是有中意的女子，娶回家來，我也不會介意的。」

鳳舞越說聲音越低，到最後低下頭，擺弄起自己的衣角來。

天狼沒想到鳳舞會說這樣的話，對鳳舞正色道：「我怎麼會有這種想法，娶了你以後再去找別的女人呢？鳳舞，**你為什麼要說這樣的話？是在試探我對你是**

不是真心的嗎？」

鳳舞避開天狼的視線，看向海面，幽幽地道：「其實有些話我是想跟你成了親以後再說的，但我怕這次會出意外，天狼，如果我死了，你一定要好好活下去，找一個好姑娘，最好是回武當找沐蘭……」

天狼打斷鳳舞的話，急道：「你今天為什麼這麼奇怪，腦子裡哪來這些亂七八糟的想法？」

鳳舞眼波流轉，平時活靈活現的大眼裡，卻帶著莫名的憂傷，顯得心事重重地說：「你別多問了，有些事我現在不方便說，即使這回我們能全身而退，有些事情也是我們所不能決定的，只要你心裡有我一席之地，我不會介意你找別的女人的。」

天狼心中疑雲更盛：「到底是怎麼回事，鳳舞，**你的愛一向很強烈霸道，絕容不下別人，為什麼今天的態度如此奇怪**，難道……」

天狼一下子住了嘴，眼前浮現出嚴世蕃那張醜陋邪惡的胖臉。

鳳舞抬起頭，一雙美目中淚光閃閃：「天狼，你不要多問了，也別再逼我，你只要知道，我今天跟你說的，都是我深思熟慮後吐露的心聲，如果你**以後想找沐蘭湘，我絕不會攔著你，只是，有一個人絕對不要去找，這就是我對你的唯一**

請求。」

天狼眉頭一皺：「你是想說屈彩鳳？」

鳳舞點點頭，「你找誰都可以，就是別找她。相信我，你如果跟她有什麼關係，絕對不會有好結果。」

天狼疑道：「鳳舞，**莫非你爹準備對巫山派下手？**」

鳳舞搖搖頭：「沒有，自從你在我爹面前力保巫山派後，我爹暫時不會對巫山派出手，再說，現在最恨巫山派的是嚴世蕃，巫山派和嚴世蕃翻臉之後，我爹也需要借助巫山派來牽制日月教，怎麼可能自毀其助力呢。」

天狼心下稍寬了些，自從他上次跟陸炳說過自己和屈彩鳳的關係後，他的心裡就有些七上八下，陸炳對屈彩鳳的敵意顯然比對沐蘭湘要高出許多，不知為何，他感覺到陸炳對沐蘭湘很少主動提及，甚至有些躲閃，只有在自己跟沐蘭湘直接接觸的時候，陸炳父女才會委婉地提醒自己這個女人傷害過自己。

可是對屈彩鳳，態度就完全不一樣，陸炳多次警告要他遠離屈彩鳳，鳳舞對她的敵意也是寫在臉上，這讓天狼大感不解。

天狼隱約感覺到，**陸炳和屈彩鳳的矛盾才是真正不可調和的**，對於沐蘭湘，由於其出身武當，錦衣衛不可能明著消滅武當這個皇帝御筆親封的修道大派，而

巫山派的綠林身分，以及收留大批無家可歸的孤兒寡母的行為，卻是皇帝所不能接受的，在這個私人賑災都算是給皇帝臉上抹黑的時代，巫山派的這種行為無論其動機如何，都已經構成謀逆了。

也許在皇帝和陸炳的眼裡，巫山派和倭寇並沒有什麼不同，擁眾十餘萬，勢力遍及南七省的巫山派雖然沒有公開扯出反旗，但其性質已與造反無異。尤其巫山派手上擁有太祖錦囊，等於擁有了合法政變的道具，只要建文帝後人再次出現，拿出傳國密詔，就可以掀起推翻皇帝的大叛亂，其殺傷力遠遠超過倭寇，這才是真正讓皇帝夜不能眠的心腹之患，遠不是鳳舞所說的因為要牽制嚴世蕃父子就可以放過。

天狼突然想到這陣子陸炳一直很少在自己面前出現，而是讓鳳舞一直陪著自己，現在還有什麼事情能比解決東南倭患更重要？北邊的蒙古暫時消停了，陸炳又現身南方，**除了對付巫山派，還會有別的解釋嗎？**

想到這裡，天狼心裡升起一絲寒意，盯著鳳舞的眼神犀利如劍，抓著鳳舞的手也不自覺地使上了內力，厲聲問道：「鳳舞，你跟我說實話，**你爹是不是趁機去消滅巫山派了？**」

鳳舞心跳明顯加快，但很快便恢復鎮定：「天狼，你胡思亂想什麼，我爹答應過你暫時不會動屈彩鳳的，再說，現在屈彩鳳可以幫忙對付嚴世蕃，我爹又怎麼可能自毀臂膀？」

天狼虎目圓睜，質問道：「不對，屈彩鳳手裡有太祖錦囊，這是你爹做夢都想得到的東西，所以他趁著我來談判，不在的時候，正好可以下手，難道不是嗎？」

鳳舞嘆了口氣：「天狼，為了屈彩鳳，你寧可要我的性命，是不是？」

天狼怒火更盛，胸膛劇烈起伏著，聲色俱厲地說：「鳳舞，我現在沒心思跟你扯這些無聊的男女之事，你只要回答我，你爹是不是去消滅巫山派了？如果你對我說謊，我一輩子也不會原諒你！」

鳳舞眼中噙滿淚水，一動不動地盯著天狼那幾乎要噴出火來的雙眼：「我說了沒有這回事，你卻不信，既然不相信我，又為何要問我?!天狼，到如今你仍不相信我對你的真心？」

天狼恨恨地說道：「鳳舞，我就是太相信你對我的真心了，所以才認定你爹這回會對屈姑娘下手，於公於私，他都有充分的理由做這件事，對皇帝，他若是奪得太祖錦囊，或者滅了巫山派，讓太祖錦囊永遠消失，這是極大的功勞；對你，他滅了屈彩鳳，就是剷除你一個強勁，她不像沐蘭湘已經名花有主，所以對你的威脅要遠遠大於小師妹，這就是你們必置她於死地的原因，對不對？」

鳳舞咬著自己的嘴唇，編貝般的玉齒已經把嘴唇咬得鮮血淋漓，她痛心地說：「你既然這樣認定了，問我又有何意義！如果你這麼肯定這次和談是我和我爹合夥騙你，是為了消滅巫山派的行動，那你就先殺了我，再去救你的屈姑娘吧！」

天狼怒極，抬起手，眼中紅光一閃，大聲吼道：「你道我不敢嗎？」

鳳舞閉上眼睛，兩行清淚順著臉頰流下：「我就知道我和你會是這樣的結局，動手吧！」

天狼心亂如麻，突然看到鳳舞脖子上那道劍痕，神智一下子清醒過來，昔日鳳舞對自己多次捨命相救的畫面又在眼前浮現，天狼的心軟了下來，手也慢慢放下，籠罩全身的紅氣漸漸消散。

他長嘆一聲，重重地一拍船欄，厚重的欄桿被他硬生生打成了齏粉，在風中一片飛舞。

徐海從塔臺上跳了下來，手裡還拿著兩面信號旗，看著流淚的鳳舞和怒氣滿滿的天狼，疑道：「狼兄，出什麼事了？」

天狼脫口而出：「徐兄，掉頭，回寧波，我有急事。」

徐海不敢相信自己的耳朵：「天狼，你瘋了嗎？這時候掉頭回去，等於斷送和議，你真的要這樣做？」

天狼被徐海這樣一吼，發熱的腦子給海風一吹，一下子清醒過來，徐海說得對，不管怎麼說，已經到了這裡，不可能回頭了，就算要救屈彩鳳，也得等這邊的事情結束了以後再說。

他咬了咬牙，看也不看鳳舞一眼，對徐海說道：「徐兄教訓得是，剛才是我一時衝動，對不起。事不宜遲，我們這就上岸吧。」

徐海點點頭，看了一眼天狼身後閉目流淚的鳳舞，遲疑了一下，道：「狼兄，你跟鳳舞姑娘發生什麼事了？這回你們可是要同生共死的夥伴，趁著現在還沒上岸，有什麼誤會先解除的好，必要的話，我也可以幫幫忙。」

天狼的怒火一下子又騰燒起來，道：「沒什麼誤會，這個女人騙得我好苦，我這次就是給她騙來談判的，然後她再背著我做壞事，徐兄，這事你不用勸了。」

徐海嘆了口氣：「狼兄，雖然我不知道你跟鳳舞姑娘的恩怨，但是我看得出，鳳舞姑娘對你是一片真心，甚至為了你可以不惜性命，你這樣對她，是不是有點太過分了？讓嚴世蕃看笑話，你就高興了嗎？」

聽到這話，天狼如同一盆冰水從頭澆下，他轉頭看向岸上，一里之外的碼頭上，嚴世蕃一襲紫衣，手裡搖著摺扇，肥頭大臉上，一隻獨眼正冷冷地向這裡張望著，嘴邊則掛著一絲似笑非笑的奇怪表情，顯然剛才自己在船上的動作，都給他看得清清楚楚。

天狼背過身，閉上眼，默念兩遍冰心訣和清心咒，感覺好了許多，靈臺也變得一片空明，這才看著流淚的鳳舞，道歉說：「鳳舞，是我一時衝動，對你太過分了，對不起！」

鳳舞幽幽地道：「你若是哪天衝動殺了我，也會對著我的屍體說對不起，是不是？」

天狼搖搖頭：「我為什麼要殺你？無論如何，我都不會對你下殺手的。」

鳳舞突然柳眉倒豎，杏眼圓睜，怒髮衝冠地吼道：「天狼，只要是動了你的女人，你就要殺我，甚至只要是你懷疑我和我爹碰了你的女人，你也要我的命，不是嗎？」

天狼被鳳舞的氣勢所震懾，不自覺地後退一步，繼而一挺胸膛，沉聲道：

「屈彩鳳不是我的女人，但是我的朋友，你們若是想取她性命，我絕對不能接受，你們殺我可以，但不能傷害無辜的人！」

鳳舞咬著牙，嘴脣上鮮血淋漓：「無辜？你哪隻眼睛看到我和我爹去傷害屈彩鳳了？我若是因為你腦子裡胡思亂想給你殺了，這才叫無辜，你懂嗎！」

天狼道：「如果是我錯怪了你，錯傷了你，我會一死向你賠罪。」

鳳舞放聲大笑起來：「天狼，你覺得我為你幾次三番連命都不要了，就是為了要你賠我一條命嗎？我鳳舞算是你的什麼人？你說你要娶我，你心中有我，卻為了一個別的女人來要我的性命？」

天狼一時語塞，心裡萬丈怒火轉瞬間變成了滿滿的內疚，急急道：「鳳舞，是我的錯，我剛才太衝動了，我說過，無論如何我不會殺你，也不會傷害你，對不起。」

鳳舞絲毫不領情地說道：「天狼，不用跟我說對不起，剛才我幾次解釋沒有這回事，可你根本不信，你既然不相信我，那就根本談不上愛我，枉我為你付出這麼多，想不到到頭來我連屈彩鳳都比不上。不用多說了，天狼，你我的約定作廢，以後你想怎麼樣就怎麼樣，只當我鳳舞瞎了眼，蒙了心！」

鳳舞說完，看也不看天狼一眼，一跺腳，身形騰空而起，玉足在身後的船欄桿上一點，如流星一般射向島上。

鳳舞輕功極高，將要落入水面時一提氣，在水上輕輕一點，身形便再次躍起，如此這般，最後穩穩地落在了岸上的碼頭。

嚴世蕃臉上掛著一絲不懷好意的笑容走向鳳舞，天狼心中大急，深悔自己剛才的舉動，這會兒也顧不得跟徐海再解釋什麼，也同樣騰空而起，連水面都不降落，在空中雙足互點，自借自力，這正是陸炳所傳的絕世輕功「**御風萬里**」！

這會兒正是順風，天狼周身騰著紅色的天狼勁，如同一隻大鳥般展翅飛翔，在岸上眾人一片驚嘆聲中，飄然而落，站在鳳舞的身邊。

嚴世蕃那隻獨眼跳了跳，哈哈一笑，道：「天狼，你的功夫看來又進步了不少啊，沒想到你在東南這麼忙，還有時間增進功力，我真該對你刮目相看才是。」

天狼冷冷地回道：「小閣老，你這樣大搖大擺地以真面目現身在這雙嶼島，就不怕有人認出你，向朝廷告發你的通倭之舉嗎？」

嚴世蕃得意地說道：「告發？向誰告發？朝廷嗎？天狼，你這麼聰明的人，怎麼到現在都不明白，我就是朝廷！任何告發我的信，最後都會到我手上。」

天狼咬牙道：「你得意不了多久了，以後有的是新帳老帳一起跟你算的。」

嚴世蕃「嘿嘿」一笑：「那就要看你有沒有那麼長的命等到這一天的來臨啦。天狼，你搶了我的鳳舞，卻又不好好珍惜，你看！都把她氣成啥樣了。鳳舞，看來你選擇的男人並不疼你，要不要考慮一下回到我身邊？」

鳳舞向地上啐了一口：「男人沒一個好東西，嚴世蕃，你別得意，我就是做尼姑也不會回頭找你的，你就死了這條心吧！」

嚴世蕃哈哈一笑，那隻邪惡的獨眼從鳳舞的身上挪開，移到天狼的身上：「天狼，你們錦衣衛竟然私下裡和倭寇接觸，就不怕我參你們一本，連你到陸炳全部一竿子打倒麼？」

天狼道：「我們來這裡和議是受胡宗憲胡總督的命令，也上報過皇上的，為的乃是國事，跟你這惡賊的情況能一樣嗎？」

嚴世蕃搖搖頭：「你說你來這裡是為國事，皇上會信麼？一個錦衣衛，帶著私開海禁的條件，跑到這雙嶼島上和倭寇們談判，只要我發動手下的言官御史們一彈劾，就是那些清流派的大臣們也不會放過這個參倒胡宗憲的機會，到時候就是皇上也不會保你們的！他可沒公開下旨意允許和談與開海禁，天狼，只怕你折騰來折騰去，最後和議不成，還要賠上身家性命，值得嗎？」

天狼挺胸道：「只要是利國利民的事情，就算賠上我的命又有何妨！嚴世蕃，我警告你，你在我手上的把柄可不少，**若是你真的想使壞，我就把你從勾結蒙古人到在義烏搞鬼的事全抖出去，我看你有多少手多少眼，能阻止半朝官員的上書彈劾，不讓皇帝看見！」**

嚴世蕃獨眼瞳孔收縮了一下，厲聲道：「你敢！」

天狼冷冷地道：「上次我們在南京城外曾經說好，你不使壞，我自然不會把這些事情公佈出去，畢竟陸總指揮交代過，不要和你正面為敵，可你若是不依不饒，必欲置我於死地，那就別怪我魚死網破了。」

嚴世蕃「哼」了聲：「你是不是以為你這次來，就憑著三寸不爛之舌，便可以說服汪直，跟胡宗憲講和？別做夢了，他們可是倭寇，一日為匪，終身是賊，指望他們能聽話接受招安，太陽得從西邊出來了！」

天狼微微一笑：「在我看來，汪直徐海他們雖然罪惡滔天，但早已有悔意，所謂放下屠刀，立地成佛，所以我願意來助他們一臂之力，可是你，身受國恩，卻禍國殃民，毫無一點回頭的想法，對你這號人，我連拉一把的興趣都沒有，在我天狼的眼裡，你還不如汪直呢。」

嚴世蕃臉上的肥肉跳了跳，身上黑氣隱隱一現，眼中的殺機也閃現出來，天狼感覺到嚴世蕃的殺意，本來抱著的雙臂垂了下來，莫邪劍交到左手，右手按到劍柄上，眼中紅光一閃：「怎麼，想在這裡動手嗎？我正好想領教一下你的終極魔功進展到何處了！」

鳳舞柳眉一橫，退後半步，站到天狼身邊，別離劍也取了出來，二人雖然沒有任何眼神和交流，但很自然地擺開了紫青劍法的起手式「紫電青霜」，只要嚴世蕃一出手，便是迅如雷霆的反擊。

嚴世蕃收起了出擊的架式：「天狼，我可不會傻到在這裡和你動手，我嚴世蕃權傾天下，何等的尊貴，跟你這種賤民作生死搏，實在不值得，你連我的一根汗毛都比不上，這回你給胡宗憲辦事，我就放你一馬，看你還能說出什麼花來！」

嚴世蕃話音剛落，便身形一動，瞬間幻出七個黑影，一下子消失在十幾丈之外，身形之快，讓眾人根本反應不過來。

天狼緊繃的肌肉鬆弛下來，嘆道：「此賊武功之高，當真是我平生所僅見，可惜不走正道。」

鳳舞收起別離劍，也不看天狼一眼，自顧自地向前走。天狼連忙伸出手去拉鳳舞：「等一等。」

鳳舞重重地甩開天狼抓著自己的手：「別碰我！」

天狼知道鳳舞現在傷心欲絕，再多的解釋也沒用，只能說道：「對不起，鳳舞，我不知道要怎麼向你道歉才能讓你消氣，只是現在你我身處龍潭虎穴，處處是殺機，只有齊心協力，才能險中求生。」

鳳舞冷笑道：「天狼大俠什麼時候需要別人幫忙才能活下來？你的英雄之氣一發，無論是嚴世蕃還是汪直，都只有退避三舍的份，我只不過是個不自量力，癡心妄想，又一直在欺騙你，利用你的錦衣衛間諜罷了，不敢分你天狼大俠的心，要你照顧我。你去忙你的和議大事，我去做我的事，你我就此別過。」

天狼心中暗暗叫苦，女人的脾氣一上來，十頭牛都不可能拉得回來，尤其是自己為了屈彩鳳甚至不惜放話威脅，更是觸動她敏感的心弦，這下子她放出如此狠話，怕是決心已下，這時候再勸，只怕她也聽不進去。

「鳳舞，我們的事以後再慢慢解決，島上危機四伏，我們團結在一起才有希望，若是分開，只怕會有危險，嚴世蕃一直盯著你，汪直的動向又不清楚，我實在是放心不下。」

鳳舞冷笑道：「你放心不下？別開玩笑了，天狼大俠只會放心不下他的屈姑娘和巫山派，我一個連真面目都不敢露出來的錦衣衛間諜，又有何德何能，讓天狼大俠放心不下呢？實話告訴你吧，**我來這裡有自己的任務，跟你的和議不相干**，你去談你的招安通商，我去做我的事，大家互不干擾！」

天狼心中一動，拉住鳳舞的手，鳳舞本能地想要掙脫，這回天狼卻用上了內力，把她的玉腕牢牢地箍住，不讓她有脫身的機會，道：「你爹真的對你另有任務？」

鳳舞「哼」了聲，道：「我就實話告訴你吧，我爹確實對我已另有安排，你去吸引汪直和嚴世蕃的注意力，我則趁機在島上打探各處的防備，這次機會難得，我爹多年來無數次派人偵察此地，都一無所獲，這就是我此行的任務，你明白了嗎？」

天狼做夢也沒想到陸炳派鳳舞跟自己上島，居然是為了此事，他這會兒來不及罵陸炳的心狠手辣，再次置鳳舞於危險之地，只能說道：「不行，太危險了，你對這裡一無所知，到處亂撞，被發現是遲早的事，再說了，你是我的副使，談判的時候只有我在，他們又怎麼會不生疑？」

鳳舞秀目中冷芒一閃：「我們不是說好了麼，你去談判，我跟徐海的老婆在一起，到時候我自有辦法從她那裡脫身。」

天狼訝道：「你有什麼辦法能讓王翠翹聽你的話？」

鳳舞嘴角勾了勾：「你可別忘了王翠翹是個大孝女，雖然她父親拋棄了她，可若是我以他父兄的性命要脅，不怕她不就範。」

天狼脫口而出：「你怎麼能這樣！」

鳳舞撩了撩被海風吹散的頭髮，淡淡地道：「天狼，你是第一天認識我們錦衣衛嗎？今天我就讓你見識一下我們行事的手段，我爹可從來不會做什麼無用功，更不會打無準備之戰，派我來之前，他早已把王翠翹的底細查得很清楚，她家人的信就在我這裡，你想不想看看？」

天狼心頭又騰起一陣怒火：「這麼說來，你早就打定了主意，要離開我去行動，對不對？」

鳳舞表情變得冷酷無比：「不錯，就是如此，我就是這麼一個冷血腹黑的殺手，我一直在利用你，你現在看清我真面目了，就別再說什麼要娶我的話了，告訴你吧，我這樣死皮賴臉地黏著你，只是為了找個更能讓我執行任務的依靠罷了，現在你去談判，就是對我最好的掩護，如果我失手被擒，也絕不會連累到你，你聽明白了嗎？」

天狼胸中一陣血氣翻湧，眼中幾欲噴出火來：「難不成你在船上是故意激怒我，故意做給嚴世蕃他們看的？」

鳳舞認真地說：「不錯，我知道一提屈彩鳳你就會抓狂，只不過我沒想到你反應這麼大，不過這樣也好，你吼出你的心聲，這樣反而裝得更像，連徐海都著了道兒，天狼，我還得感謝你呢。」

天狼心中彷彿千軍萬馬都是嘶吼，他的心聲也隨著不斷發抖的手吼進了鳳舞的心裡：「鳳舞，難道你幾次捨命救我，也是在演戲，也是在完成任務？」

鳳舞眼中淚光閃閃，把頭扭向一邊，似乎不願意回答這個問題。

天狼的手上加了一把力，鳳舞的腕骨都在作響，她眉毛一皺，轉過頭，直視天狼的雙眼，暗吼道：「不錯，都是我爹安排的，都是他吩咐的，他要我接近你，引誘你，套住你，留住你的人，獲取你的心，要你一輩子為他死心塌地的賣命，我是他的殺手，他要我做什麼我就做什麼，如果他這回要我去找嚴世蕃，我也會毫不猶豫的投進嚴世蕃的懷抱，我這樣說，你滿意了嗎？」

天狼心如刀割，木然地鬆開了手，鳳舞揉著被捏得通紅的玉腕，道：「你好自為之，別因為我的事誤了談判，不必等我！」說完，身形一動，一下子消失在港灣後的人海之中。

天狼站在原地，心裡五味雜陳，他還沒有完全從剛才鳳舞的話中反應過來，也不知道鳳舞是故意氣自己，還是真的要做什麼，等他意識到不對，無論如何得先把鳳舞留下時，面前伊人的蹤跡已經不見。

徐海充滿疑惑的臉則出現在他眼前：「狼兄，怎麼了？鳳舞姑娘人呢？」

天狼恢復了神智，無論如何，自己得給鳳舞打掩護，不能壞了她的事，畢竟一個不留神，她就可能會送命，比自己去談判要危險多了。

天狼故意哈哈一笑：「女人嘛，脾氣總是很大，剛才一言不和就不理我了，這會兒想必是直接去尊夫人那裡了吧。」

徐海皺眉道：「我還沒跟內子打招呼呢，她這麼去不太好吧。」

天狼心中暗暗叫苦，臉上還是笑了笑：「徐兄，少安勿躁，我想鳳舞應該和尊夫人很投緣的，先不管她了，正事要緊，我們這就去見汪船主吧。」

徐海點點頭，回頭對身後的一個手下說道：「焦七，回家一趟，跟夫人說一下，鳳舞姑娘乃是貴客，千萬不能怠慢了。還有，除了我以外，誰也不許把鳳舞姑娘帶走，就是汪船主也不行，聽到沒有？」

焦七聞言道：「汪船主若是來找鳳舞姑娘也不行？這個，小的只怕不敢。」

徐海眼中冷芒一閃：「不錯，這是我的命令，如果汪船主來，就叫他找我好了。」

焦七不敢再問，應了聲是，帶著幾個手下匆匆向鳳舞離去的方向走去。

天狼心中暗罵鳳舞實在太任性，在這島上人生地不熟的就亂跑，但天狼現在顧不及鳳舞，和議之事是第一位，於是臉上露出一絲笑容：「還要勞駕徐兄引路，我這就去見汪船主。」

徐海手向前一指：「狼兄請隨我來，順便一路上我給你介紹一下我們島上的風情。」

天狼點點頭，跟著徐海一路走去。

雙嶼島上風格與中原迥異，彙聚了各國商人的集市，還有「天妃宮」外各國佳麗，一個個搔首弄姿，輕羅薄紗，甚至一截美腰露在外面，一些喝醉了酒的粗野海盜狂笑著把這些妓女們抱在懷裡就往屋裡鑽，倭寇海賊們的吼叫聲和女人們淫蕩的笑聲，順著海風直往天狼的耳朵裡鑽，讓他的臉微微一紅，加快了腳步向前走。

徐海笑了笑，快走兩步跟上天狼：「狼兄為何如此不解風情？這島上的姑娘比起中原熱情奔放得緊，一會兒談完了，要不要兄弟我給你介紹幾個？」

天狼正色道：「徐兄這話為何不對尊夫人去說呢？」

徐海笑著搖搖頭：「我跟你不一樣，我已經成家了，自然不能像以前那樣瘋玩，可是你老兄尚未婚配，難得出海一趟，玩一玩不也挺好？」

天狼心裡滿是鳳舞的安危，隨口應了兩聲，繼續前行。

徐海輕嘆了口氣，壓低聲音說道：「狼兄可是和鳳舞姑娘鬧彆扭了，才讓她一氣之下離開？」

天狼心中暗道：我能告訴你她來島上是要做啥的嗎？但他突然想到也許可以

通過徐海看住鳳舞，讓她不至於去冒險，於是裝作抱怨道：「這女人的心眼啊，比針尖還小，說翻臉就翻臉，真是讓人受不了。」

徐海臉上露出一絲壞笑：「狼兄，剛才我在打旗時，聽你們可是提到另一個女子？」

天狼心道，看來徐海是誤以為自己有別的女人，引得鳳舞吃醋因而負氣離開，這正是個好藉口，於是點點頭：「只不過是個認識的朋友罷了，鳳舞卻特別敏感，幾句話就發無名火，要死要活的，後面的事你都看到了。話說回來，徐兄，真要感謝你當時幫我解圍，鳳舞的性子烈，一時想不開沒準真的會搞什麼事來，那這和議也就談不成了。」

徐海哈哈一笑，向後使了個眼色，後面跟著的一群手下們連忙收住腳步。

徐海和天狼向前走了幾步，跟這幫人拉出幾十步的距離後，徐海低聲道：「這種事我見得多啦，別說是你老兄，就是我，以前跟這島上的姑娘們打情罵俏慣了，結了婚以後，有時候一時半會兒改不過這個性子，也會惹得我家那口子不高興，不過她性子沒鳳舞這麼烈，最多只是幾天不理我罷了。

「我告訴你個好辦法，其實她越是對你這樣，就代表她越在乎你，你現在跟她解釋沒用，也許她就躲在哪個地方盯著你呢，你要是假裝在這島上買醉，找幾個姑娘陪你，八成她就會自己跳出來啦，到時候你再一下子把她抱在懷裡，我包管她什麼氣也消了。」

天狼心中暗笑，想必徐海經常用這法子對付王翠翹，但嘴上卻說道：「哎呀，徐兄這法子實在是高，只是今天談判很重要，等事情談完後我再試試。」

徐海點點頭：「正事要緊，放心吧，你這事包在我身上了。」

天狼裝著不在意的樣子，隨口道：「徐兄，我還是有點擔心，鳳舞一個人負氣跑開，在島上人生地不熟的，要是給當成間諜抓起來就麻煩了，你也知道，那嚴世蕃現在正愁找不到破壞和議的理由呢，要不勞駕您一趟，回去保護鳳舞，別讓她亂跑。」

徐海哈哈大笑起來：「狼兄對鳳舞姑娘可真是寶貝得緊啊，沒想到你這樣的英雄豪傑，竟然也會如此憐香惜玉，本來狼兄開了口，我是應該走這一趟的，可是汪船主已有令在先，至少第一天的談判，我是一定要參與的，你放心吧，我先派人回去支會內子一聲，她可是精明能幹得緊，一定會照顧好鳳舞姑娘的，你就放心吧。」

天狼知道徐海是不可能回去了，自己再堅持只會適得其反，引起徐海的疑心，只能心中暗嘆一聲，讓鳳舞自求多福了。

徐海和天狼商議既定，徑直帶著天狼直奔山上的城堡。

天狼是第一次見到這種日式的山城，與中原地區建在平地上的那種風格大為迥異，城牆完全是由石頭堆砌而成，堅固而結實，城牆後的垛口中間還留了一個小孔，天狼看到垛口後面戴著圓錐形斗笠，拄著由地及胸這般高度的火槍（鐵炮），目光警惕的倭寇鐵炮手，就完全明白了過來，這個孔是專供守城槍手們使用的射擊孔。

和土匪山賊的那種山寨也完全不同，山城的大門是一座吊橋，即使是山城，仍然在三牆外挖了一條深壕，足有三丈寬，裡面放滿了尖刺木樁，任何攻城方想要越過都非易事。

隨著徐海的到來，高大的吊橋緩緩降下，一扇鐵鑄的大門慢慢打開，毛海峰一身犀皮鎧甲，露出兩個膀子，大笑著向天狼迎了過來：「天狼兄，好久不見，別來無恙？」

天狼對這個肌肉發達的蠻人並沒有什麼惡感，笑著拱手道：「托毛兄的福，還行，請問汪船主現在城內嗎？」

毛海峰點點頭：「義父已經恭候大駕多時。海哥，義父派我來此迎接天狼使者，咱們這就上去吧。」

徐海突然問道：「小閣老也在嗎？」

毛海峰道：「義父特別吩咐，今天同時接待天狼使者和小閣老，有什麼話，二位可以但說無妨。」

天狼早知會是如此，也不意外，昂首闊步，拾級而上。

第三章

御賜金牌

天狼從懷中掏出一面金牌，這是胡宗憲特地把嘉靖帝
給自己便宜行事的權杖給了天狼，現在果然派上了用場。
天狼舉著金牌，沉聲道：「此乃皇上御賜金牌，
見牌如見君，汪直眾人，還不速速跪下？」

進了三城後，只見裡面並沒有什麼縱深，只有一條可容納三四人並肩走的小路蜿蜒而上，小路的另一邊，則是二城的城牆，這二城比起三城高了三四丈，即使三城淪陷，敵軍入城，二城的守軍也可以借著居高臨下的優勢，對衝進城中的敵軍給予痛擊，二城的城牆上長滿各種青苔，看起來陰森潮濕，滑溜得緊，顯然就是防止敵人攀爬上來而設計的。

沿著這條小路，天狼一行人走進二城，最裡面的本城也是基於同樣的設計理念，比二城又高了四五丈。

天狼進了本城的大門後，直入眼簾的乃是城牆一側正對著海面的六尊千斤巨型銅炮，天狼在錦衣衛時見過這種火器的圖紙，知道**這種炮來源於佛郎機**，號稱**「紅衣大將」**軍炮，可發數十斤重的實心彈或者開花彈，威力驚人，一炮過去可以炸死數十甚至上百敵兵，大明朝現在還沒有這種巨炮，想不到在這倭寇的島嶼上竟然見到這種大殺器。

天狼乍看到這些紅衣大將軍炮時，吃驚不小，腳步也停了下來，一邊的徐海看在眼裡，心中暗喜，這些巨炮是特意從倉庫裡搬出來的，而大批的鐵炮手火槍兵，也有不少是從船上的水手抽調而來，城堡的防衛比起平時至少加強了三倍，就是要在天狼面前炫耀武力，以增加談判的籌碼，包括島上一行，也是想讓天狼看到雙嶼島貿易的繁榮，改變其腦子裡認為雙嶼島只不過是個海盜窩的印象。

不過看來最後震撼到天狼的，還是這幾尊紅衣大將軍炮，這些可是汪直的看家武器，放在天守閣的本城上，足可以打到海上四五里外的船隻。

明軍的水師戰船，只需要挨上一炮，就一定是船毀人亡，汪直前幾年秘密聘請佛郎機工匠打造了十門巨炮，都沒捨得搬出來，因為怕島津家見到後，會死乞白賴地非要這東西不可，但今天為了談判，也顧不得許多，把這壓箱底的寶貝也掏出來了。

徐海道：「狼兄可是對這巨型大炮有興趣？」

天狼意識到自己的失態，笑道：「在下從沒有見過如此巨大的重炮，汪船主可真是厲害，只是不知這些巨炮是否可以移動，或者能不能安在戰船之上？」

徐海搖搖頭：「此炮名為紅衣大將軍，一炮重逾一千二百斤，炮下有輪子，可以在陸地上機動拖運，如果是防守城堡嘛，炮口對著大海，可轟擊從海上登陸的敵軍，若是敵軍上了岸，就可以把炮移到另一面，用於防守山城，攻擊戰船時用的是實心鐵彈，一炮可以轟沉一條一百五十人的木製三桅戰船，陸戰時則可以發射開花彈，這種彈藥中間放的是鋒利的鐵片和釘子，炸開以後會四散飛濺，有極大的殺傷力。」

天狼沒有聽過這種開花彈，只知實心彈，不由得倒吸一口冷氣，看來倭寇的武器確實先進，怪不得在打仗時占絕對優勢，看來不完全是倚仗那些日本浪人的勇悍。

天狼提醒自己不能在倭寇面前露出羡慕或者嘆服的表情，以免氣勢上被倭寇壓倒，談判就會陷入被動了。他微微一笑：

「徐兄的火器確實先進，我看那些操作火炮的乃是黃髮碧眼，人高馬大的西洋佛郎機人，火槍手們則多是戴著斗笠，身材矮小的日本倭寇，不知城堡的防衛全交給這些外人，若是他們起了異心又當如何？」

徐海一下子噎住了，這個問題他曾經幾次和汪直提過，只是由於大炮的使用極其危險複雜，炸膛率也極高，這種大將軍炮若是發射時人站在炮後，會給巨大的後座力直接震死，所以炮手都是高薪雇傭來的佛郎機人，而日本的鐵炮手在日本國內的內戰中早已經練得技術爐火純青，鐵炮火器需要把彈丸從槍口裝入，再用鐵棍將槍膛磨熱，然後以後膛的引線燃燒後擊發，速度和精度都很差，新手每分鐘也難得打出一兩發，而這些日本鐵炮手卻可以做到一分鐘打出六槍，因此汪直也重金收買了兩千多東洋鐵炮手來為自己看家護院。

只是這些畢竟是外人，為汪直效力完全是看在錢的份上，若是有人出價更高，難保不會反水，徐海為此幾次勸過汪直，可汪直卻很自信，這個世上沒人能出比自己更高的價，於是今天也把這些人都拉了出來，可是天狼在這些人嚴整的軍容下，一眼就看出了問題的所在，讓徐海心中好不懊惱。

徐海沉吟著，想著應對之詞，一邊的毛海峰卻搶著嚷嚷起來：「天狼兄，這些人都是我義父重金挖過來的，他們妻小家人也都被接到了島上，為我義父服役多年了，不會起異心的。」

天狼笑了笑：「在下一時心念所至，隨口一說罷了，毛兄請不要往心裡去。」

毛海峰似乎對天狼的話很不開心，重重地「哼」了聲，正待反脣相譏，徐海連忙出來打圓場：「我看時候不早了，汪船主應該等急啦，咱們還是先去海神殿再說吧。」

天狼跟著徐海一路前行，這本城的內部還算寬大，方圓大約有兩里左右，除了一座巨大的天守閣以外，就是一排低矮的平房，天狼注意到這些房屋都沒有窗戶，鐵門緊閉，上面上著大鎖，門外則有十餘名持刀護衛的東洋刀客防守，他意識到這一定是槍炮的彈藥庫，如果是糧倉的話需要透氣陰涼，不可能連窗戶也沒有的。

匆匆幾眼，天狼就對本城的結構了然於心，這裡不是適合大量人居住的地方，純粹只是一個軍事要塞，看來汪直的重要物品、藏寶都在本城中，正面強攻的話，除非幾萬大軍，不然很難攻破，若是改為長期圍困，這裡乃是海島，大軍在島上的補給非常困難，也難怪汪直有如此底氣敢和朝廷叫板，即使海戰失利退守孤城，也足以堅守自足。

想著想著，天狼跟著徐海等人走到了天守閣的樓下，這是一座寶塔型的建築，足有七層之高，牆壁上貼著金箔，老遠看著就是金光閃閃，顯示汪直作為海賊之王的權勢與財富。

底樓則是一座寬大的大殿，二十級臺階下的一個由漢白玉石砌成的廣場上，數百名全副武裝，皮甲鐵盔的刀手和劍客們抱刀而立，六十名長戟兵則舉戟相交，架起一座戟陣，森寒的殺氣透過那冰冷的戟身和這些人冷冷的眼神四溢。

天狼明白這是**汪直給自己的一個下馬威**，也是要看看自己的膽色，他冷笑一聲，不和徐海多說，徑直前行。

走到第一道戟門的時候，那兩個戴著鬼面具，披著齊肩紅髮的戟兵沒有一點撤下的意思，天狼眼中紅光一閃，輕輕喝了聲「開」，一陣淡紅色的氣浪向外噴洩而出，那兩名戟士也運起功抵禦，可是哪比得上天狼勁的爆發，周身剛一運氣，便被一股大力推得向後兩步，腳下不穩，那戟門自然也被打開了。

天狼剛才用了五成力，從這些人的氣勢上看，這個力度正好，既能推開這些士兵，又不至於把他們震倒弄得太難看，就這樣，天狼一路前行，整個人如同包在一團紅光之中，所過之處，震得戟士們紛紛撤戟後退，在外人看來，像是那些戟士們自行撤去戟門，就這樣，走過五十多步，那道三十道戟門組成的陣勢不復存在。

汪直坐在一張雕龍繪鳳的黃金龍椅上，換了一身黃袍，戴著高高的帽子，看著天狼一步步地向自己走近。兩側站著六七名戴著面具的高手護衛，天狼遠遠地就能感覺到這些人的強勁氣息，俱是強一流的好手。

在這個能容納兩百多人的大廳裡，汪直獨坐正中大椅，兩側的幾十張座椅上，則坐著汪直集團的大小頭目，一身紅甲的上泉信之亦在其中。

左首第一張椅子醒目地空著，那是徐海的位子，右首第一張座位上，嚴世蕃臉色陰沉，不知在想什麼，大廳中央，則擺著一把破舊寒酸的小馬扎，看來是給天狼留的座位。

天狼昂首闊步地走上大殿，徐海和毛海峰上前向汪直行禮，汪直面無表情地點點頭，二人各回其位，徐海坐回左首那張空椅，毛海峰則站到汪直的身邊，抱臂而立。

天狼站在殿中，既不說話，也不就座，目光冷厲如電盯著汪直。

汪直微微一笑，道：「殿中所站的，可是這次奉了浙直總督胡宗憲之命，前來商議通商開禁之事的特使，錦衣衛天狼？」

天狼點點頭，道：「錦衣衛天狼，奉我皇密旨，前來此地與汪船主協商剿匪招安之事。」

此話一出，一邊的倭寇頭目們全都嚷嚷起來，個別嗓門大的直接叫道：「什麼，你來不是談通商開禁的嗎？」

「汪船主，這是怎麼回事，兄弟們都是聽說可以開禁了才來的啊。」

「汪船主，朝廷看來沒有誠意，別談了，繼續打吧！」

「就是，這個錦衣衛一路過來就東張西望，我看他是以和談之名查探我們虛實的，可別放跑了他！」

嚴世蕃臉上閃過一絲得意的微笑，瞇著獨眼，一言不發。

汪直的臉色也沉了下來，等到議論聲小了下來後，才緩緩地開口道：「天狼，老夫曾經派徐行首兩次上岸，也見過胡總督，當時可是說好先通商開禁，再談其他的事，可你卻不提這最重要的通商，只提什麼招安，這是什麼意思？」

天狼從徐海的嘴裡知道了不少倭寇集團的情況，這些中層的集團頭目和小船主們並不知道汪直的真正計畫，也沒有什麼招安的心理準備，汪直的意思本來是想以通商開禁的好處引這些人支持自己，以後再慢慢走招安的路，要知道這些人多數是心狠手黑的海盜出身，對招安毫無興趣，這也是嚴世蕃可以用來破壞和議的重要籌碼，剛才這些人的本能反應證實了這一點。

天狼不卑不亢地道：「對日本海禁乃是我大明的國策，豈有朝令夕改之理？多年來倭寇集團打劫商船，攻擊沿海城鎮，殺我兵將，掠我百姓，這筆帳不解決，又怎麼能談開禁通商？」

這話一出，那些大小頭目們一個個都對天狼怒目而視，不少人已經把手放在刀柄上，看向汪直，只等他一聲令下，就要一擁而上，把天狼亂刀分屍了。

汪直的眉頭緊鎖著，一雙鷹眼神光如電，緊盯著天狼的臉：「天狼，你的意思是我們是匪，多年來禍害了國家，現在朝廷要先跟我們算清舊帳，是嗎？我可以把這個理解成你是想對我們集團宣戰嗎？」

天狼哈哈一笑，這回他用上了幾分內力，震得殿中眾人心中氣血浮動，耳邊如灌狂風，不少人連忙打坐運功抵禦，除了少數幾人外，別人都沒見識過天狼的功夫，這下子全都清楚了天狼的深厚功力，剛才喊打喊殺叫得最凶的幾個凶悍之輩，這會兒也都安分許多，不敢再隨便出聲了。

天狼笑畢，毫不退縮地直面汪直：「汪船主，如果要宣戰的話，直接開打就是，何必用得著我天狼以錦衣衛副總指揮之職走這一趟？我再說一遍，今天我來，**不僅是代表胡總督，也是代表了皇上**，奉了皇上的密旨，這個先招安剿匪，再開海禁的方針，也是皇上的意思，**沒有商量的餘地**。」

嚴世蕃忽然乾笑兩聲，那破鑼般嘶啞的嗓音彷彿有一種魔力，立即吸引了所有人的目光：「天狼，我怎麼沒聽說過皇上有這道旨意？」

天狼面不改色，也不看嚴世蕃，道：「難不成嚴侍郎來這雙嶼島上，也是奉了皇上的密旨嗎？既然如此，何不出示一看？」

嚴世蕃雖然號稱小閣老，但他並沒有入閣，官職乃是工部侍郎，這點除了汪直徐海等幾個高級倭寇頭目，那些普通的海盜首領們並不知曉。

天狼說著，從懷中掏出一面金牌，這是胡宗憲特地把嘉靖帝給自己節制東南、便宜行事的權杖給了天狼，以備不時之需，現在果然派上了用場。

天狼高舉著金牌，沉聲道：「**此乃皇上御賜金牌，見牌如見君**，汪直眾人還不速速跪下？」

此牌一出，識貨的嚴世蕃臉色一變，他沒有想到胡宗憲居然把這塊牌子也給了天狼，汪直嘴邊肌肉也跳了跳，但他仍然沒有一絲起身拜接金牌的意思，不動如山地道：

「老夫早已棄明入海，稱雄海上，現在老夫自立為徽王，號五峰先生，不受任何皇帝的管束，天狼，你這塊牌子只能在大明境內讓大明子民下跪，這裡的英雄好漢都跟大明已經沒有關係，自然也用不著拜磕大明皇帝。」

天狼微微一笑，轉向嚴世蕃：「嚴侍郎，不管你來此是不是有密旨，見牌如見君，你是不是想說你也叛明入海，不受大明皇帝的管束了呢？」

嚴世蕃咬咬牙，站起身，一撩前襟，對著金牌恭敬地下跪磕頭：「臣嚴世蕃見過皇上，吾皇萬歲萬歲萬萬歲！」磕完頭後，氣鼓鼓地坐回座位，這下鬧得自己灰頭土臉，好沒面子，氣焰也不似剛才那樣囂張。

天狼收拾完嚴世蕃，轉向汪直，正色道：「汪船主，你的這個徽王乃是自封的，這個暫且不說，但既然你取名一個徽字，說明你沒有忘了自己出身的南直隸徽州，如果你真的對大明已經毫無眷戀，不再視自己為大明的子民，又何必取名還要帶一個徽字？」

汪直眉毛挑了挑，沒有接話。天狼繼續環視大殿，高聲道：

「各位多數都是我中原人氏，因為各種原因下海為寇，但無論如何，你們的根是在中國，是在大明，你們的祖先埋骨之地，你們的宗族祠堂，你們的親戚家人也都還在大明，現在之所以說跟大明沒有關係，無非是氣話而已，又或者是怕大明清算你們通倭之罪，你們的血管裡流的是中華之血，不是學著日本人那樣剃個月代頭就真的成了東洋人了，大夥說說，你們想不想做大明的子民？還是一輩子只想做海上漂零的孤魂野鬼？」

徐海第一個跟著說道：「我徐海願意做大明的子民。」

不少頭目被天狼的話打動，一看徐海帶頭回應，都紛紛說願意當大明的臣民，只是有些人還半信半疑地表示，大明皇帝可是下了旨意說下海通倭者是要滅族的，就算自己想繼續當大明臣民，那皇帝會放得過自己嗎？

汪直道：「天狼，你很會說話，不過眾兄弟們說得也有道理，就算我們想回頭做大明的子民，那就得遵守大明的法律，我們這些下海的人全都得滅族，如果這就是我們回去當大明子民的代價，那弟兄們肯定不答應的。」

天狼笑著道：「汪船主，我知道眾位兄弟擔心朝廷會秋後算帳，所以這次我來，特地持了皇上御賜的金牌，就是向大家轉達皇上的旨意，**如果大家能將功贖罪，接受招安，那朝廷就會既往不咎，赦免大家的罪過，甚至還會根據大家出力的程度，給各位加官晉爵，讓各位可以榮歸故里，得享榮華富貴。」**

汪直嗤了聲：「天狼，空口無憑，你這話能作數嗎？要知道就是梁山好漢接受朝廷招安，也是有正式身分的公差持了朝廷的詔命來宣布的，哪會像你這樣，一個錦衣衛拿了塊金牌，說什麼就是什麼？」

《水滸傳》在這時候已經流行，這些倭寇們即使多數不識字，也在村頭鄉里聽過說書藝人們的忠義水滸傳，對裡面的故事和橋段全都耳熟能詳，今天汪直擺了這麼一個類似梁山好漢們接受招安時的場子，正是用了大夥都知道梁山好漢接受招安後無好下場的預期心理，來表示強烈的反對，以把和談的議題從招安向通商開禁上轉移。

果然，此話一出，原本安靜下來的頭目們又嚷成了一片。

天狼對汪直的反應早有預料，老神在在地道：「汪船主，老實說，朝廷肯派我來和議，商量招安之事，已經是很有誠意了，梁山好漢們能接到朝廷的正式冊封，是因為他們的軍力強大，可以攻州掠縣，消滅朝廷的討伐軍，甚至能降服不少朝廷大將，最重要的一點，是宋江等人心懷忠義，甚至冒險潛入京城想要面君，表達自己希望為朝廷效命的願望。

「可是各位呢？且不說你們在戰場上現在還無力與朝廷的大軍抗衡，梁山好漢們攻陷過幾十個州府，你們到現在為止只劫掠過一些村鎮，最大的也就是打進過兩個縣城，連一個州府城也沒有進去過，朝廷的大軍一到，你們只能聞風而逃，靠著船多的優勢逃回到島上，即使是現在，也不敢和朝廷堂堂正正地在陸地上交戰，在這東南，你們鬧到現在也不過是一塊牛皮癬罷了，朝廷只要把沿海的居民往內地一撤，你們就搶無可搶，若是真的有實力攻州奪府，打進杭州，還用得著主動找朝廷商談議和之事嗎？」

上泉信之冷冷地說道：「天狼，你不用顛倒黑白，大家都清楚，就是朝廷的堂堂宗總兵，也給我們打得全軍覆沒，兵敗身死了，這戰場上誰占了上風，大家都清楚，不是你幾句話就能改變的。」

群盜們本來被天狼壓得沒話說，這一下也都跟著興奮起來，紛紛隨聲附和。

天狼的嘴角勾了勾：「上泉頭領，如果我沒記錯的話，當年你帶著幾十個東洋刀客，想要武力偵察我大明的虛實，讓你僥倖竄到了南京城下，最後又如何了呢？我大明無需動用官軍，只要出動數百錦衣衛，加上一些自發來助戰的江湖俠士，就讓你的這小部隊全軍覆沒，只有你一個人受傷被擒，若不是胡總督想和汪船主商談議和之事，為表誠意把你放回，只怕你早成刀下之鬼，**所謂敗軍之將不可以言勇，亡國之臣不可以論謀**，這個道理，你不知道嗎？」

上泉信之羞得滿臉通紅，上次他雖然被送了回去，但被錦衣衛嚴刑拷打，折騰得半條命都沒了，讓他引為平生奇恥大辱，誰提他就跟誰翻臉，今天天狼當著眾人之面把這事又抖落出來，眾海賊們看向他的目光中更是帶了幾分譏笑，這讓上泉信之氣得渾身發抖，怪叫一聲，身形暴起，手按著刀柄，就想要拔刀砍人。

天狼微微一笑：「怎麼，上泉頭領，想要動手嗎？你可想清楚後果了。」

上泉信之的眼睛瞪得像個銅鈴，經歷了剛才的衝動之後，他的腦子開始冷靜下來，他很清楚天狼的武功在自己之上，且不說這個場合，汪直不可能允許自己出手傷了天狼，就算一對一較量，自己也只會再取其辱，可是身為男人，到了這種程度，退回去只會更讓人嘲笑，一下子陷入進退兩難的境地，只好氣呼呼地按著刀柄，不知道是否要拔出來。

徐海緩緩道：「上泉君，不要聽了此人的挑唆，天狼，你避重就輕的本事不小啊，上泉君說的乃是事實，朝廷的游擊參將宗禮，被我們打得全軍覆沒，這可是你們從北方調來的精兵強將，難道不是事實嗎？連宗禮都兵敗身死，還談什麼我們正面打不過明軍？」

天狼對此早有準備，冷冷回道：「徐頭領，我知道那一戰是你打的，可你自己清楚，宗將軍當時部下不過數百人，你們萬餘倭寇面對這數百軍隊，卻是三戰三敗，稱宗將軍所部為神兵，幾乎都要上船逃跑了，若不是有內奸報信，說宗將軍只有一日之糧，你們才有勇氣回身一戰，宗將軍寡不敵眾，才血灑疆場，可是

你們僥倖取勝之後，卻不敢多作停留，反而加快速度帶著戰利品和百姓逃跑，**請問這是一個有自信跟朝廷大軍正面抗衡的部隊所為嗎？**」

徐海也被說得啞口無言，當年的一戰，他雖然僥倖取勝，但也被宗將軍的血戰所震撼，其所部精兵的損失更是幾倍於官軍，導致回來後分贓時島津家以部下損失過大為由，分去了幾乎所有的戰利品。

從他的角度來說，**這一戰除了賺到一個打死朝廷大將的名聲外，一無所獲，反而賠上了無數忠心部下**，導致以後幾年不得不一直依靠島津家的部隊才能搶劫，實在是得不償失。

天狼一看徐海沉默不語，朗聲道：「何況宗將軍為國捐軀，浩氣長存，他戰死的桐鄉縣城已經為他建了宗陽廟，每年香火不斷，朝廷也追封他為總兵，蔭其子為官，所有戰死的將士全都官升三級，予以撫恤。就是因為人家是保國護民，死了也是名垂千古，而各位呢？你們若是死了，恐怕就連你們的親人們，也不會為你們流淚祭祀吧，無父無君，棄國棄家，這就是你們要追求的生活嗎？」

天狼這番話義正辭嚴，說得不少漢人倭寇頭目們面紅耳赤，低頭不語。

汪直聽了則是臉色一變，意識到再這樣下去，只怕手下們都會給天狼的大道理折服了，他冷笑一聲，道：「天狼，不必這樣擺大道理，大家都不是傻子，就像梁山好漢們，本質裡都是忠義的漢子，只是朝廷無道，虎狼遍地，我們的兄弟多是沿海漁民，世代打漁經商，結果朝廷一句話，祖祖輩輩世代為生的靠海吃飯行當就不讓做了，而我等在內地又備受貪官汙吏的欺壓，沒了生路，這才下海討口飯吃，你把我等說得如此不堪，根本就是本末倒置！」

天狼哈哈一笑：「汪船主說得好，**冤有頭，債有主，你要找讓你們沒飯吃的，不正應該找那些日本人嗎？為何卻反過來引狼入室，招仇人對抗自己的祖國？**」

汪直臉上肌肉跳了跳，一時想不出用何話反擊，在座不少倭寇頭目們並不知道寧波爭貢事件的由來，叫罵起來：

「天狼，你胡說什麼，是朝廷不讓我們做生意的，跟日本人有啥關係？」

「汪船主，這小子胡說八道，日本人是幫我們的，是我們的朋友。」

「天狼，你今天不把這事交代清楚了，別想活著離開！」

天狼環視四周，面無懼地說道：「眾位頭領想必不知道這海禁令是如何而來的吧。我大明雖然開國以來，太祖皇帝下過海禁令，卻從未真正執行過，相反，鄭和七下西洋，揚我大明國威於海外。」

群盜們紛紛點頭稱是，更有人叫道：「這些不需要你多說，就是現在的皇帝下的海禁令，讓我等不許下海的。」

天狼點點頭，聲音平穩有力：「不錯，正是如此，可為何當今皇上要下這種命令？這是因為嘉靖二年的時候，每年來寧波朝貢的日本船隊，因為日本內戰，結果有一家大名拿著已經在幾年前過期的勘合文書，也就是經商的許可證來寧波朝貢，兩家船隊本就在日本是死對頭，最後在寧波城裡一場火拼，殺傷我大明官民，還劫持了朝廷的官將逃亡日本。

「眾位頭領，若是有人在你家請客吃飯的時候鬧事，把你家給砸得稀巴爛，還打死打傷了你的家人，你還會和這人來往嗎？汪船主，我說的是不是事實？」

群盜們的目光全都看向了汪直，這些陳年舊事，事關國事，普通漁民和百姓出身的頭目們很少知道，汪直深吸一口氣，點點頭道：

「是有這麼回事，但皇帝為這點小事就禁了整個海商貿易，不是小題大作嗎？這些勘合貿易的日本船幾年才來一次，讓他們交出凶手，賠償損失不就可以了嗎？」

天狼聽了道：「汪船主，若是我今天在雙嶼島也行凶殺人，劫掠一番後揚長而去，事後再說賠禮道歉，下次繼續上門，你會願意嗎？

「我們皇帝哪會管日本這樣的小國內部打仗的事，只會覺得日本人粗魯野蠻，不可信，所以斷了和他們的貿易，也是自然的事，但我大明並沒有斷和佛郎機人、阿拉伯人的海外貿易，大家如果好好做生意，並不會因為和日本的貿易中斷而受什麼影響。

「可是你汪船主，你的前任同鄉許棟，卻走上了一條從沒有人走過的歪路，你們下海經商虧了本，不思回本，卻去勾結日本人，引日本人打劫我大明沿海的城鎮，事後把搶得的錢財與百姓分給日本人，刺激他們進一步的野心，朝廷這才下了內遷令，把沿海的漁民們遷往內地，你們更是借此拉攏了大批失去生計的良民下海為盜，在座的各位頭目，想必十個有八個都是這樣入夥下海的吧。」

眾匪首的下海經歷被天狼這樣一語道破，一個個啞口無言，本來他們以為自己最多只是官逼民反，**今天才知道自己是誤上賊船**，多年來一直不過是給汪直集團利用的棋子罷了，不少人開始悔恨交加。

汪直站起身，一揮袍袖，道：

「天狼，你不在海上討生活，不用說這種風涼話，我當年和許大哥一直下海經商，早被朝廷視作棄民，辛苦經商所得的錢，回鄉後還要被貪官汙吏們盤剝，既然大明視我如草芥，我自然也可以反過來向它報復，自古竊鉤者誅，竊國者侯，我若不是找到了日本朋友，讓大明認識到我的實力，只怕我早就給大明當成盜賊抓起來殺了，各位兄弟們也只能在大明內地受欺壓。

「今天你跑來我島上，跟我這個你口中的盜匪頭子說話，不就是證明了我的實力和成功嗎？大明的開國皇帝朱元璋當年也是元朝的百姓，還不是趁著天下大亂的時候揭竿而起，最後奪得了天下，建立子孫萬世的基業？他能做得，我汪直為何做不得？」

天狼反駁道：「太祖洪武皇帝是起兵除暴，驅逐韃虜，恢復我漢家江山，而你汪船主卻是反其道而行之，引狼入室，塗炭生靈，汪船主自比為我大明太祖皇帝，不是自取其辱嗎？」

汪直氣得鬍鬚無風自飄，卻是無話可駁。

天狼一看自己在氣勢上占了絕對的上風，聲音更加鏗鏘有力：

「汪船主，其實我們皇上也知道當年的海禁之令有些草率，不管怎麼說，斷人財路如殺人父母，這些年東南的海患一直不得平息，反而愈演愈烈，這也是值得反思的，胡總督上任以來，跟你們有過幾次大戰，互有勝負，可是軍事上很難把你們徹底消滅，因為你們在海上有優勢，而我大明就算可以練出精兵強將，也是費時用餉，得不償失。

「所以皇上和胡總督有意改弦更張，將汪船主和眾位兄弟們先行赦免，然後招安為官軍，以保海上通商的管道通暢，到時候通商之事可以再議，但無論如何，各位已經走得很遠了，要想回頭，讓朝廷，讓大明的父老百姓們重新接納你們，服罪招安，都是第一步要做的。」

嚴世蕃突然怪笑起來：「哈哈哈，天狼，你的口才真的不錯，我以前還不知道你有這本事，怪不得陸炳這麼看重你，連謊話都說得面不改色，哦，錯了，你本就是戴著面具。」

天狼一直在留意著嚴世蕃，自始至終，他知道真正的勁敵不過是嚴世蕃一人而已，他才是唯一一個不想和議成功的人，就連汪直也是內心希望談和成功的，於是說道：「嚴侍郎有何高見，但說無妨，我不知道你這位朝廷不派而至的不速之客，又有什麼內幕消息。」

嚴世蕃站起身，向汪直行了個禮，汪直抬抬手，示意嚴世蕃開口，他正被天狼壓制得厲害，現在嚴世蕃肯出來幫他擋住天狼，他自是求之不得。

嚴世蕃站到天狼面前三尺處，邪惡的獨眼裡冷芒一閃：「我乃是當朝首輔嚴嵩之子，朝廷的一切大政方針均需經過我父子之手，可以說我父子就代表著大明，你剛才所說的那些招安、赦免之事，我這個實際的內閣首輔都沒有聽過，更沒有同意過，你在這裡拿了塊金牌就左一句皇上密旨，又一句朝廷旨意，**請問皇**

上的詔書何在，內閣的朱批公文何在？」

天狼回道：「嚴侍郎，在我回答你這個問題之前，先請問你一句，**你現在的身分是朝廷的官員，當朝的首輔之子嗎？那你站在這雙嶼島上目的何在？是皇上給了你什麼旨意和公文，讓你來此與汪船主和談？」**

嚴世蕃嘴角勾了勾：「天狼，嚴某來此是個人行為，與任何人無關，只是嚴某素來景仰汪船主，不忍見東南生靈塗炭，所以不惜冒死上島，與汪船主做些有利於雙方的交易罷了。」

天狼哈哈一笑：「既然你說你是以個人的身分來島，我就不用稱呼你的官職了，嚴世蕃，無論你是大明之官還是大明之民，都應該清楚我大明的法律，剛才的眾位頭目都說，通倭者要滅族的，你作為朝廷高官，沒有皇上的批准，就出現在這裡，當倭寇的首領的座上賓，**請問你敢不敢到皇上面前和我說明此事呢？」**

嚴世蕃邪惡的獨眼中光芒閃閃，沉聲道：「天狼，你以為就你有御賜金牌前來島上談判嗎？實話告訴你，嚴某就是信不過你們錦衣衛，這才要上島一查，看看你們能做什麼有損國格和大明利益的事情。事後嚴某自當向皇上稟報此事，用不著你在這裡胡扯八道。」

天狼毫不遲疑地道：「是麼，既然嚴世蕃你說了有損國格，那麼請問嚴大人你來到這裡多時了，看到汪船主這樣坐著龍椅，穿著黃袍，口口聲聲自稱徽王，還說不是我大明子民，不服我大明皇帝的號令，如此違制忤逆之事，你身為朝廷高官，不當面制止，卻說我有損國格，太好笑了吧！」

嚴世蕃頭上汗珠子沁了出來：「天狼，嚴某今天不跟你做這些無聊的口舌之爭，俗話說入鄉隨俗，我又不是朝廷正式派來談判的使者，自然不用在這些細枝末節上多糾纏。今天我只談和議之事，汪船主幾個月來已經停止了對東南沿海的襲擊，足以見到他的誠意，而你今天上島，不談通商之事，卻要說什麼招安，是想把和議大事故意破局嗎？」

天狼微微一笑：「那以嚴先生的高見，為何我上來提招安，就是破壞和議？」

嚴世蕃冷笑道：「汪船主的集團做的是海上的生意，之所以會攻擊沿海城鎮，也是因為我大明施行海禁政策，讓這十幾萬靠海吃飯的兄弟無以為生，就跟蒙古一樣，他們興兵犯邊，也只是因為要討口飯吃，現在雙方剛剛開始接觸，還沒有起碼的信任，你上來不談開禁通商，直接就說招安，這不是逼著和議不成嗎？天狼，皇上和胡總督是授權你來和談的，而不是來破壞和談，你可明白？」

汪直點點頭：「嚴先生言之有理，我們和朝廷多年來沒有接觸，還交兵多年，就算要招安，也得等雙方有了基本的互信才行，不然就是我點了頭，只怕眾位兄弟也不願意，還是先談通商的好。」

天狼眉毛一揚：「嚴先生，你既然號稱小閣老，能全權處置朝政，令尊更是當朝首輔，可以決定國策，為何你不直接下令廢除這海禁令，而要我這個和議使者來開這個口呢？」

眾多倭寇頭目的眼光一下子投向了嚴世蕃，嚴世蕃面不改色，淡然一笑，手一使勁，手中的摺扇一下子被打開，輕輕地搖著摺扇，胸有成竹地說道：

「這海禁令乃是前任內閣首輔夏言，在嘉靖三年時，在禮部尚書的官職上上奏摺，以寧波爭貢之事為由頭，說是沿海多有不法商民下海為寇，宜嚴格執行太祖的海禁令，當時的皇上尚未掌握大權，在大禮議，哦，也就是給皇上的生父爭名分和牌位的事情上還要受制於夏言等人，這才准了這奏，汪船主，今天我把當年夏言的奏摺也帶來了，你請過目，**看看這海禁令到底是誰提出的！**」

嚴世蕃說著，從袖子裡變戲法似地掏出一本面皮已經發白的奏摺，看起來至少有二十多年的歷史了，封面上的墨跡已經開始褪色。

汪直接過奏摺，打開看了兩眼，點頭微笑道：「果然是前任內閣首輔夏言的筆跡，**想不到唆使皇上行此禁令的，竟然是此賊！**」

眾倭寇頭目們一下子找到了仇恨的對象，紛紛叫罵起來，更有言辭激烈的，恨不得直接把夏言生吞活剝。

嚴世蕃得意地道：「眾位英雄請少安勿躁，聽嚴某一言，這夏言欺君罔上，專權誤國，更是結交邊將，圖謀不軌，已經在前幾年被皇上下令就地正法。只是皇上畢竟不可能公開承認當年自己被夏言要脅，被迫下這海禁令，加上各位這些年一直在東南鬧得動靜很大，倉促間朝廷也不能明令取消海禁令，但皇上有旨意，各位下海為寇事出有因，其情可憫，宜招撫之，所以可以暗中取消海禁，先跟汪船主做起海上貿易，以解兄弟們的衣食之需，以後時機成熟了，再正式取消海禁令。」

嚴世蕃這話說到了汪直和眾倭寇的心坎上，汪直捻鬚微笑，而其他的倭寇頭目們更是笑開了花，紛紛大讚嚴世蕃深明大局，就按他說的辦。

天狼面無表情地看著嚴世蕃和倭寇們一陣群魔亂舞，歡樂萬分，直到這些人都不出聲了，才冷冷地說道：「嚴大人，你剛才所說的，是以你工部侍郎的身分，或者是以正式朝廷和議使者的身分，代表朝廷給出的正式條件嗎？可否先立約再簽名畫押？」

嚴世蕃瞳孔猛的收縮了一下，轉而哈哈一笑：「天狼，我只是以局外人的身分提個建議罷了，正式談判的使者是你，要簽和議也是由你簽。」

眾倭寇們一下子從剛才歡迎的勁中醒過神來，**搞了半天，這嚴世蕃只是逞口舌之利，直接的和議還是要天狼簽了才作數，不少人已經心裡犯起了嘀咕**，嚴世蕃的話全是向著自己這邊說的，但口惠而實不至，真正要承擔責任的時候卻躲得遠遠的，看起來絕不像他自己說的那樣可靠。

天狼微微一笑：「這麼說嚴先生是沒資格主導這場和議的，對不對？」

嚴世蕃勃然變色道：「天狼，你是和議使者，這和議自然是由你來簽，只是嚴某憂心國事，特地前來調解，你若是一意孤行，壞了和議大事，今天的事情，我會一字不漏地向皇上稟告，治你失機誤國之罪。」

天狼的聲音透出一絲自信與冰冷：「既然嚴先生並沒有得到皇上的授權，那就沒有參與這場和議的資格，汪船主，我們今天是來正式商談議和之事的，這無關的閒雜人等，還是先回避的好。」

汪直的臉色一沉：「天狼大人，這位嚴先生雖然不是以朝廷高官的身分來參與和談，但也是我汪直以朋友的身分請來的，你我之間未必能直接談得攏，有嚴先生在一邊出謀劃策，提出雙方都能接受的議案，豈不是很好？他絕不是你說的閒雜人等，我也不會讓他回避的。」

天狼哈哈一笑：「汪船主若是不讓這嚴先生回避，也沒有關係，只是接下來在下要談到一些機密之事，只怕人多耳雜，傳出去了會對汪先生不利。」

汪直的眼中寒芒一閃：「天狼大人是什麼意思？光明正大的談判，又能有什麼對我不利的機密之事？在座的都是我們多年的兄弟，而嚴先生也是我們的好朋友，沒有外人，也不需要回避什麼。有什麼事，天狼大人但說無妨。」

天狼的嘴角邊泛起一絲笑意：「既然如此，那我們就談談這次汪船主要求我們聯手，去消滅陳……」

天狼話音未落，汪直馬上沉聲道：「天狼，此事先不談，而且這種事情怎麼可以拿到大庭廣眾下說？」

天狼心中暗喜，**看來汪直要聯手官軍吞併陳思盼一事，果然沒有跟手下的頭目們通氣**，畢竟汪直和陳思盼曾經歃血為盟，結成兄弟，若是主動背盟攻擊陳思盼，只怕人心不服，這事應該只有徐海等少數高層知道，於是天狼緊接著說道：「胡總督這次讓本官前來，第一要談的就是此事，這事也是大大有利於汪船主的，如果汪船主沒有興趣，那在下現在就走。」

汪直咬了咬牙，站起身，平靜的聲音中帶了幾分威嚴：「眾位兄弟，事關機密，老夫要先和這位天狼大人商量，大家先回去，一有結果，我會馬上通知各位，若是有重大的事情，老夫也會讓大家一起決定的。」

汪直在這集團中經營多年，早已經是說一不二，絕對的權威，嘴上說得客氣誠懇，實際上眾頭上都知道，誰要是真的說半個不字，那絕對活不過今晚，於是全都起身，恭敬地行禮退下，汪直身邊的保鏢也紛紛魚貫而出，大廳裡只剩下了汪直、徐海、毛海峰、嚴世蕃和天狼五人。

隨著最後一個出門的上泉信之重重地關上了大門，大廳裡陷入了陰暗之中，只有四周點起的牛油巨燭隨著縫隙裡透過的風在搖曳著，照得人影歪歪扭扭，透出一陣詭異。

汪直等所有人退出後，沉聲道：「天狼，這件事怎麼可以在大廳裡公開談論？若是讓姓陳的聽到消息，有了防備，再想找到他的巢穴，可就難於上青天了，這個道理難道你不懂嗎？」

天狼微微一笑：「可是汪船主剛才說了廳中的都是自己人，絕對可信啊，又何必擔心此事外洩呢？」

毛海峰重重地「哼」了聲：「天狼，你是真不知道，還是揣著明白當糊塗？義父曾經和那陳思盼有過盟約，聯手官軍主動攻擊陳思盼乃是背盟之事，若是此事讓人知道，非但陳思盼的手下不會歸降，就連我們的兄弟也有可能會離義父而去。」

天狼故作驚訝地道：「哦，難道汪船主還沒有跟眾位兄弟們商量此事？」

汪直臉上肌肉跳了跳，看了一眼徐海，聲音中透出一絲威嚴：「阿海，怎麼回事，你沒和天狼詳細說明嗎？」

徐海額頭開始冒汗，站起身行了個禮，回道：「船主，屬下跟天狼說過，此事只是暫時有個意向而已，具體的細節根本沒商量呢，天狼，你也說過，只有拿出一個成形的計畫後才會談及此事，怎麼現在就提這個？」

天狼微微一笑：「嚴先生也留在這裡，想必對此事也是一清二楚了？」

嚴世蕃不屑地從鼻孔出了一氣，嗡聲道：「天狼，不就是要和汪船主聯手滅了那廣東海賊陳思盼嗎？此事我早已經知道，但比起通商開禁來說，這件事實在算不得重要，我不知道你不談通商，卻要提及此事，是何用意？」

第四章

各取所需

嚴世蕃笑道：「其實最好的法子就是直接通商開禁，
咱們就在這裡經商賺錢，由我在江湖上的朋友
向島上販運你們所急需的絲綢和茶葉，
這樣大家各取所需，又不用擔什麼風險，
豈不是皆大歡喜？」

天狼收起笑容，直面嚴世蕃：「這會兒人少了，有些話我也可以直說，嚴世蕃，**是誰給你權力讓你私自決定開海禁之事？又是誰給你權力，允許你把海禁令全推到夏言這樣一個死人身上？**你嚴家父子把持朝政十餘年，就是離夏言上次給處斬也過了好幾年了，你若真有心廢此令，早就可以向皇上上奏摺，可你們父子身為宰輔不去做這事，卻要我在今天這和議場合直接就簽這種協議，嚴世蕃，**究竟是誰在破壞和議？**」

嚴世蕃舔了舔嘴脣，抗聲道：「天狼，皇上既然頒給了你御賜金牌，讓你能來這座雙嶼島和汪先生議和，就已經是有廢海禁令之意，只是皇上若是現在公開下令，無異於自己拂了自己的面子，這又會給朝中的奸黨大作文章，所以我等身為臣子，理當為皇上分憂，你不提這事，難道還要皇上公開下罪己詔承認此令有誤嗎？」

天狼哈哈一笑：「嚴世蕃，你父子掌國家大權，身為首輔，不提此事，卻要我一個錦衣衛來提這種國策，世上還有比這更可笑的事嗎？實話告訴你，皇上這次沒給我授權直接談開海禁之事，你別在這裡繼續騙汪船主了，我天狼今天奉旨前來，什麼能談，什麼不能談都很清楚，你嚴侍郎若是想談判，請你回去請了皇上的旨意，再以朝廷正使的身分過來吧。」

嚴世蕃給天狼噎得啞口無言，獨眼瞇成了一條縫，那止不住的恨意與殺氣不斷地從那條縫中往外洩出。

汪直臉色一變，急道：「天狼，你這次來真的不談開禁通商？」

天狼點點頭：「汪船主，今天是我們雙方第一次接觸，你最急迫的事當然是開海禁通商，但在朝廷看來，首要的事是建立互信，有了信任才能談以後的合作。」

汪直沉聲道：「可是上次徐海去見胡總督時，胡總督答應了暗中開禁通商的，為什麼這回你人都來島上了，卻要反悔？」

天狼哈哈一笑：「這就要怪汪船主的這位好朋友嚴先生了，若不是汪船主、徐頭領和毛頭領你們上次與嚴先生聯手在義烏鬧事，破壞了和胡總督之間本就不多的信任，這回也不至於通商開禁之事沒得談。」

汪直不滿地看了嚴世蕃一眼，這事確實是自己理虧在先，雖然明知天狼是在找藉口，卻無法開口反駁。

嚴世蕃擺出一副笑臉：「上次的事情是個誤會，其實並不是我的意思，而是鄭必昌和何茂才這兩個王八蛋這些年在杭州背著我大撈特撈，一看錦衣衛來杭州，以為是在查自己，所以假傳我的命令，讓那絲綢商人施文六在義烏鬧事，汪船主，我是真不知道此事內情啊。」

徐海嘴角勾了勾，似乎想開口揭穿嚴世蕃的謊言，還是忍住了，但看向嚴世蕃的眼神中已經多了三分不屑，畢竟嚴世蕃是和徐海當面聯繫的，現在賴個一乾二淨，如同下三濫的地痞無賴，哪還有一點當朝大權臣的風範！

天狼也懶得和嚴世蕃在這個問題上扯皮，他嘆了口氣：「汪船主，嚴先生本來是舉薦了胡總督來這東南的，可是又在後腳派了兩個大貪官過來掣肘，原本胡總督應該感激嚴先生的舉薦之恩，打算唯嚴先生之命是從的，只可惜這些年來嚴先生的舉動毀掉了這種信任，甚至毀掉了胡總督和汪船主之間來之不易的信任，現在事已至此，胡總督在東南有便宜行事之權，可以全權決定戰和之事，他堅持不在這次談通商之事，我也不能違背他的意願行事。」

汪直眉頭緊鎖著，開口道：「天狼，真的沒有轉圜的餘地了嗎？」

天狼搖搖頭：「這次胡總督說了，如果我們堅持只談招安之事，只怕汪船主也不會答應，畢竟你們現在也不一定信得過官府，但通商之事這回更不能談，所以雙方不妨各讓一步，我們表達一下誠意，這回由我們官軍出動，消滅陳思盼，只需要汪船主提供可靠的情報，並且派出精幹小隊截住陳思盼的退路即可。

「汪船主，現在你在海上已經沒了對手，陳思盼當年偷襲你們的船隊，殺到徐首領的叔父，一度逼得你汪船主只能與仇敵握手言和，簽了城下之盟，以汪船主的英明神武，自然要報這大仇，**現在正是好機會，滅了陳思盼後，得到他經營多年的藏寶，又能打通南洋和佛郎機人的商路，豈不是一舉多得？」**

汪直眼中閃過一絲興奮，轉瞬即沒，冷冷地說道：「天狼，你和胡總督的好意我心領了，只是陳思盼就算能順利消滅，他手下還有數萬兄弟需要收編，這需要一大筆錢，這一年來，我們為了表示和議的誠意，幾乎沒有攻擊沿海城鎮和海上商船，我們這裡十幾萬人開銷也大，本就是坐吃山空，現在又多了幾萬張嘴，不談開海禁通商，讓我如何經營下去？」

所有人的眼光都看向了天狼，這顯然是今天和議的核心，其實汪直之所以一直堅持先開禁通商，說白了也是這經濟來源的問題，現在沒了搶劫的路子，這麼多人要吃要喝，不解決這一點，一旦存貨用光，那就只能作鳥獸散了。

天狼也正是看穿了這點，所以把這通商之事一再拖後，只是現在汪直直接亮了底牌，自己也無法再回避這一點。

天狼微微一笑，說道：「其實這通商開禁之事，也是遲早要談的，只不過不是這次，畢竟海禁令皇上沒有明確撤銷，胡總督如果暗中和你們交易通商，也是要擔風險的，胡總督是這位小閣老所舉薦，而小閣老父子在朝中敵對勢力強大，一旦拿此事作文章，有可能會逼得皇上不得不撤換胡總督，到時候即使胡總督答應了和你們開禁通商，最後也會人亡政息，成為一紙空文，汪船主明白嗎？」

汪直臉色一變：「胡總督的位置還會不穩？」

天狼點點頭，正色道：「想要胡總督下臺的人不在少數，不要說那些清流派的大臣，就是舉薦他上臺的小閣老，不也是現在不停地給他使絆子玩陰招嗎？上次義烏的事情，之所以胡總督這麼生氣，就在於**在他背後捅刀子的，卻是本應大力扶持他，榮辱與共的小閣老，還有前腳剛和他有了初步和議，約定不相負的汪船主。**」

汪直的臉色一下子變得很難看，胡宗憲的位置不穩這一點，是他沒想到的，可他畢竟是縱橫海上多年的梟雄，雖然心中失算吃驚，但仍然很快恢復了鎮定，「唔」了一聲道：「義烏的事，老夫再一次向胡總督致歉，都是我們做事考慮不周，致使被小人利用，傷了和氣。但現在總得眼光往前看，那事已經過去了，現在天狼大人也到了我們島上，還是商量一下如何解決這和議之事吧。」

天狼道：「汪船主，雖然你們這一年以來沒有大規模地進犯沿海各城鎮，可是那是因為汪船主能約束住手下，而你還有多年的存款，即使一兩年不出手，也能暫時維持，對吧。」

汪直撫鬚道：「天狼大人所言極是，這也正是我堅持要先談通商之事的原因，這一兩年還能勉強維持，時間再長就麻煩了，人沒飯吃，是什麼事都做得出來的。」

天狼點點頭：「可是如果我們現在通商，一來會給盯著胡總督的人以口實，畢竟你們現在寸功未立，以前也是罪惡滔天，就這樣通商開禁，哪怕是暗中所為，都會授人以柄，直接說胡總督暗通倭寇，圖謀不軌，到時候就是連皇上也只能棄車保帥，是不是呢，小閣老？」

嚴世蕃冷哼一聲：「誰叫胡汝貞剛愎自用，不僅得罪了清流派官員，就連我們的人，也跟他反目成仇，他現在孤家寡人一個，盯著他的眼睛太多了，若是有事，也只能說是他自找的。」

天狼道：「汪船主，你聽聽，小閣老都承認了這一點，你們在這個時候只想著自己的事，就算胡總督咬牙跟你們開禁通商了，十有八九用不了一兩個月也會被人彈劾丟官。」

汪直皺了皺眉頭，看著嚴世蕃說道：「小閣老，你們父子權勢通天，在此事上能不能和胡總督暫時放棄舊怨，攜手共度難關呢？若是你在朝中力保胡宗憲，應該不至於讓他為了通商開禁之事免官吧。」

嚴世蕃嘆了口氣，道：「汪船主，我實話跟您說吧，別的事情都還好辦，就是這通倭開禁之事，連皇上都迫於壓力不敢公開宣布，如果那些清流派官員有了什麼證據，那此事是一定瞞不住的，現在不是我嚴世蕃不想幫這個忙，而是實在沒有把握，萬一我在這裡拍了胸脯，到時候卻又不能做到，不是誤了汪船主的大事嗎？」

汪直沒想到此事會如此棘手，連一向牛皮哄哄的嚴世蕃都不敢打保票，他沉吟了一下，問天狼道：「天狼，那胡總督的意思，是要我們先消滅了陳思盼，算是為朝廷立功？」

天狼笑道：「正是如此，這一年來你們算是消停了，可陳思盼卻成了福建廣東一帶的頭號巨寇，現在朝廷跟海外的貿易全是走這條路，運往南洋再轉向西洋，可以貿易船隊卻多次被陳思盼攻擊、洗劫，嚴重影響了我們大明的外貿收入，而且陳思盼現在跟日本人也打得火熱，島津家有意扶持他們以制衡汪船主，這點您很清楚，所以說**陳思盼是大明和汪船主現在共同的敵人**，汪船主若是能和我們大明官軍合作，將之消滅，自是對朝廷的大功一件，有了此功勞，胡總督再跟你們開禁通商，以及招安大計，辦起來就都容易多了。」

汪直沒有說話，徐海卻突然開口道：「狼兄，若是我們消滅了陳思盼後，你們卻不按照今天的約定開禁通商，到時候我們不是虧大了？」

天狼笑著擺了擺手：「徐兄多慮了，你們如果兼併了陳思盼的集團，實力會增強許多，到時候胡總督若是不按約定通商，你們就能攻城奪縣，談判的條件永遠是以實力作為後盾的，這點你們又有什麼好擔心的呢？再說了，那麼多商船在海上，我們就算防得了陸地，也顧不了海上的安全，是不是？」

汪直眼中閃過滿意的神情，撫鬚微笑。

天狼看汪直的態度有些鬆動，趁熱打鐵道：

「消滅陳思盼後只是其一，到時候先開禁通商，那些來寧波港貿易的佛郎機人也有龐大的船隊進行商貿，這些船隊也需要護航，而官府現在兵力船小，只怕擔負不起這個任務，胡總督的意思是：以消滅陳思盼之事給汪船主和各位首領請功，給予正式的朝廷官職，而你們所部也編為官軍，仍由汪船主和徐首領掌管，到時候你們有護航的收入，又有開禁後經營的好處，還用得著像現在這樣過著武裝搶劫，朝不保夕的日子嗎？」

嚴世蕃一看汪直已經被天狼勾著走了，心中暗暗叫苦，看來今天自己準備的一番說辭都沒有起到預料的效果，但天狼的話天衣無縫，入情在理，明明是在引汪直上鉤，卻說得處處好像在為汪直著想一樣，讓他心急如焚卻又無法開口反擊，一直聽到這裡，**嚴世蕃獨眼一亮，意識到機會來了。**

只聽嚴世蕃冷笑道：「汪船主，你可要小心了，這個招安之事終於暴露了胡宗憲和天狼的真正目的，你不可不查！」

汪直面色凝重，說道：「小閣老但說無妨！」

嚴世蕃負手於背後，一邊踱步，一邊搖頭晃腦地說道：

「我大明軍制，衛所兵是從太祖時期就決定下來的，世襲軍戶，只要子孫後代是男丁，則世代為軍人，因此我大明的各處衛所，鎮守司，各有定制，不是想招多少兵就能招多少。以這東南的情況為例，原來的衛所兵武備鬆弛，不堪一戰，所以只能從他處調兵遣將，如宗禮、戚繼光、俞大猷等人，莫不是外地的客將，宗禮是帶了北方的本部兵士前來，而戚繼光和俞大猷則是孤身上任，這種情況下就只能採用募兵一途。

「募兵和衛所兵不一樣，衛所兵在開國時就分到了軍戶定額的田地，可以自給自足，而募來的新兵則不僅要管他吃飽穿暖，軍械盔甲，還要發給他們高額軍餉，以戚繼光最近在義烏招的兵為例，每個兵每月就要紋銀二兩的開支，對於現在缺錢的朝廷來說，這是一筆巨大開支，如果汪船主現在這十幾萬手下要給招安，朝廷是根本拿不出這麼多錢來養的，也不可能有這麼大的編制。」

汪直的眼中閃過一絲失望，沉聲道：「天狼大人，小閣老所言可是事實？」

天狼點點頭：「他說得不錯，這次戚將軍身為參將，也只募集了數千軍士，就是這原因。」

汪直的聲音中帶了幾分怒氣：「那你們的意思，就是要我解散手下，或者說解散掉大部分的手下，只保留幾千人，對不對？」

天狼搖搖頭，笑道：「汪船主不用擔心，小閣老剛才說的那種情況，是內地那種需要朝廷養活的募兵，可您這裡有別的辦法，不需要朝廷出大量的錢，我剛才說過，你們可以做商船的護衛，抽取提成，甚至以後開禁通商後，你們自己也能做生意，靠賺的錢來給數萬兄弟們發軍餉，何樂而不為呢？」

嚴世蕃沉聲道：「天狼，朝廷的兵員自有定額，就算這軍餉不走兵部的支出，但汪船主手下這十幾萬兄弟，那可是一直龐大的軍事力量，皇上是不會允許這支巨大規模軍力的存在，更不用說這軍隊還是掌握在汪船主手上，並不歸皇上管呢。」

天狼嘆了口氣：「小閣老既然說得這麼透澈，那請問你對此事有沒有什麼好的提議呢，既然依你看，朝廷招安募兵之事行不通，那汪船主和他手下的兄弟們如何安置呢？」

嚴世蕃哈哈一笑：「我根本就不贊成那個招安的計畫，汪船主和他的手下們在海上自由自在慣了，要讓他們遵守軍紀本本分分的，只怕時間一長也難做到，再說汪船主手下還有大批東洋人，這些人不可能加入我大明軍隊的，處置起來更麻煩，如果汪船主按你說的這辦法給招了安，那一邊吃軍餉，一邊做生意，朝廷中的其他部隊肯定也都眼紅，到時候人人下海上山為盜，只要一招安，日子過得能比正規軍人還舒服，這天下還安定得了嗎？」

嚴世蕃說的得意洋洋，突然意識到老是提這「賊寇」二字也許會傷了汪直，於是趕忙向汪直行了個禮：「汪船主還請見諒，就事論事而已，無心冒犯。」

汪直不以為意地道：「小閣老言之有理，我們的兄弟們自由散漫慣了，是受不得軍紀約束的，平素也只服我汪直一人，我知道胡總督是一片好心，想給我們找一條好的出路，但強扭的瓜不甜，我看這招安之事，還是暫且作罷的好。」

嚴世蕃一聽就更來勁了，笑道：「就是，其實最好的法子就是直接通商開禁，汪船主呢，就雄踞在這雙嶼島上，反正這片無人的荒島於我大明毫無用處，而太祖的海禁令一直擺在那裡，總有些多管閒事的王八蛋會跳出來作文章，咱們就在這裡經商賺錢，胡宗憲的目標太大，仇家太多，而我們可以走民間的路子，由我在江湖上的朋友向這雙嶼島上販運你們所急需的絲綢和茶葉，這樣大家各取所需，又不用擔什麼風險，豈不是皆大歡喜？」

天狼聽得心中冷笑，這嚴世蕃終於忍不住把他的算盤給露出來了，說到底，他就是**想自己直接跟汪直交易，而讓胡宗憲擔負這個開海禁的通倭罪名，甚至連運貨的人，嚴世蕃只怕也多半是找魔教或者其他江湖人士，就算失手被抓，也牽涉不到自己的身上。**

天狼忍不住說道：「小閣老打得一手好算盤啊，你可真是一本萬利，又不擔任何風險，這絲綢你可以讓你在浙江和南直隸的手下們從上交朝廷的貢賦裡偷偷克扣出來，運貨之人則找魔教，得了好處你拿大頭，出了問題有胡總督和魔教的小角色們擔著，怪不得你小閣老可以一手遮天，富甲天下啊。」

嚴世蕃的臉微微一紅，小眼睛眨了眨：「這是對各方都有利的事，尤其是對汪船主，他哪需要管這絲綢哪裡來，由誰來運，有何風險呢？只要汪船主有絲綢可收，有錢可賺就行，您說對不對呢，汪船主？」

汪直哈哈一笑：「小閣老所言極是，我是個生意人，只管賺錢就是，至於是誰和我做生意，貨物是怎麼來的，這不是我需要操心的問題。」

天狼搖搖頭，道：「汪船主，我勸你還是不要高興得太早，剛才小閣老自己親口也說了，東南沿海他可做不到一手遮天，就是胡總督負責東南的軍政大權，也會給人抓住把柄，加以攻擊，汪船主若是不走招安這條路，那就還是倭寇海賊，這生意的性質就完全不一樣了，一旦被言官查獲彈劾，你這生意還可能做得下去嗎？」

汪直聞言色變，只聽天狼繼續說道：「一旦東窗事發，就算胡總督願意給你們打這個掩護，只要出一次事，胡總督就連自己的位置都保不住了，到時候換上臺的，一定是那些清流派的官員，這些人肯定是會強行軍事進剿，沒有和議一事，汪船主，你那時候就是想回過頭來求和招安，也不可能了。」

毛海峰惡狠狠地說道：「想打仗就打唄，他奶奶的，義父什麼時候怕過事了？」

天狼直言道：「毛兄不必在這裡虛張聲勢，且不說朝廷現在在整軍備戰，到時候再打，鹿死誰手還未可知，就算你們能打贏，又有什麼好處？大明無非就是把沿海百姓內遷，你們連搶都沒得搶，最後只能喝西北風！」

汪直怒道：「天狼，不要把事做得太絕，逼急了我，就去搶和你們貿易的佛郎機人的商船隊，我不信我汪直會餓死！」

天狼哈哈一笑：「好啊，汪船主還真是饑不擇食，連佛郎機人都搶了，這可是把您的水準降到跟陳思盼一個檔次了啊，殺雞取卵我就不說了，佛郎機人也是船堅炮利，到時候惹毛了他們，從呂宋南洋那裡開個幾百艘大炮船，只怕汪船主也不一定能勝吧？

「就算打勝了，佛郎機人以後也不敢來寧波做生意，我大明本就不指望這些海外貿易能賺多少錢，跟九州萬方相比，這點銀子算不得什麼，要不然當年太祖皇帝也不會下這海禁令了。汪船主您說是不是呢？難不成到時候你還能掉轉炮口，轉而去搶日本人？」

天狼興之所至，各種酸話怪話連珠炮似地襲向汪直，氣得他臉色通紅，可是這些話偏偏又擊中了他的致命弱點，讓他無可反駁，只能拳頭捏得緊緊的，骨節格格作響，卻又無法發作。

天狼一口氣挖苦一通汪直，心裡說不出的暢快，看著一個個陰沉著臉的倭寇頭子們和嚴世蕃，笑道：「說一千道一萬，這件事是繞不開胡總督的，汪船主，你做了這麼多年生意了，應該知道細水長流，讓別人有路可走，自己的路才能越走越寬，你和小閣老這麼搞，便宜自己得，風險別人擔，沒有誰會擔著這殺頭的險，平白無故地為你作這嫁衣的。」

汪直的目光炯炯，沉聲道：「天狼，打開天窗說亮話吧，小閣老和我們做生意是為了賺錢，所以我信他，而**胡宗憲又是招安又是開海禁的，冒這殺頭滅族的險，他到底圖了個什麼？**」

天狼哈哈一笑，朗聲道：「胡總督和我天狼，所圖的就是**東南百姓的安寧，大明天下的穩固，為的就是個青史留佳名！**」

汪直的臉色變得很難看，沉聲道：「天狼大人，你是官，我們是匪，這點自不必多言，但也不必這樣咄咄逼人吧，我們不過是為了討個生路，而你們就只想著名垂青史，其實你和胡總督一樣，也是為了圖名圖利，並不比我們這些人高尚到哪裡，現在你不就是在和我們這些倭寇在談和議嗎？」

天狼笑了笑：「還是有不小的差別的，胡總督求名不害民，當官一任只想造福一方，而船主則是勾結外敵入侵，你當然也可以在青史上留名，可是恕天狼直言，至少到目前為止，汪船主在史書上是留不下什麼好名聲的，這點您也心知肚明。」

汪直的眼皮跳了跳，這一點他當然清楚，天狼看到了汪直的反應，哈哈一笑，繼續說道：「只是汪船主現在還有機會改過自新，不管你以前做過什麼，只要想回頭，現在還是來得及的，就怕您一條道走到黑，那樣誰都救不了你啦。」

嚴世蕃冷笑道：「天狼，不要在這裡危言聳聽，汪船主是七海霸主，縱橫天下，自由自在，無拘無束，就是我也羨慕得緊，為人只要生前風光無限，死後之事管那麼多做什麼？自古成大事者不拘小節，就是我大明的太祖皇帝，起兵之前不也是給元朝的官員罵為賊寇嗎？不要以為只有你和胡宗憲是高尚的，如果你們真的這麼有本事，還用得著現在到這裡求和嗎？」

天狼笑著搖了搖頭：「小閣老，你自然是不會在乎這些的，因為你已經修煉到了人不要臉，天下無敵的境界，論厚顏無恥，世上沒人比得過你，更不會在乎這生前死後之名，可汪船主和你還不一樣，人家有回頭之意，不想像你小閣老在史書上背個千古罵名，你還要阻礙汪船主做個好人嗎？還有，今天我來這裡，代表朝廷和議，可沒什麼求和一說，若是真說求和，也是汪船主先派了徐首領他們來杭州見胡總督，我這最多只能算是回訪，而且我來是談剿寇招安之事，並不是來求和讓步的。」

嚴世蕃不懷好意地眨了眨眼睛：「天狼，不要在這裡說大話了，你一口一個倭寇，從你的嘴上到心裡，都是把汪船主看成了海盜水匪，現在又談什麼剿寇？我看你這個所謂的招安，就是想借機吞併汪船主，騙他解散手下，被你們所控制，最後再像宋室對梁山好漢那樣，解散部隊，把頭領們分散各地，然後逐一殺害，這才是你所說的剿匪之意吧。」

嚴世蕃的話說得毛海峰跳了起來：「奶奶的，好毒的計，義父，咱們可千萬不能上了他們的當，這個安，說什麼也不能招！」

天狼鎮定地說：「嚴世蕃，你又不是胡總督肚子裡的蛔蟲，怎麼會知道他的想法？說來說去，這些恐怕是你小閣老自己的主意吧。」

嚴世蕃哈哈笑道：「我又不要招安，我只想和保留自由身分、保留強大軍力的汪船主長期合作，大家一起賺錢發財，天狼，你不用挑撥我們之間的關係。」

汪直沉吟道：「天狼大人，我知道你是條光明磊落的好漢，你說的應該是你的真實想法，可是人心隔肚皮，且不說胡總督是怎麼想的，我不清楚，我只知道，我得對我的手下十餘萬弟兄們的生命負責，大家合在一起，力量就強，朝廷也不敢小視，分散開來，就會給人分而治之，各個擊破。所以招安之事，暫時不談，這一點，還請天狼大人見諒。」

天狼點點頭：「汪船主的這個擔心，胡總督一早就料到了，所以這回的和議，我方決定先表示自己的誠意，由我來擔任聯絡使者，協調兩家聯手共滅陳思盼之事，等汪船主消滅了陳思盼，打通了去南洋的商路，到時候再談招安和開禁通商的事。」

汪直臉上現出一絲欣喜，聲音也透出一份激動：「怎麼，胡總督願意談開禁通商之事？」

天狼得意地看了嚴世蕃一眼，對汪直說道：「為了防止某些人中傷影響我們兩家的合作，胡總督特地做出這些讓步，像宋朝招安梁山好漢那樣的方式是不可行的，胡總督也知道汪船主需要時間來做兄弟們的工作，大家思想上的轉彎也要慢慢來，可是招安之事是底線，沒得商量，所以可以劃出一段過渡時期，快則一年半載，多則數年。

「在這段時間內，胡總督可以以官方身分跟你們私下貿易，提供你們所需的絲綢與茶葉，讓你們能順利跟南洋的佛郎機人進行貿易，以此養活手下的兄弟們，至於以後，你們成了官軍，有了合法身分，兄弟們是去是留，都由汪船主說了算，只要不占朝廷的軍餉支出，有多少人都不成問題。」

嚴世蕃一看形勢不妙，連忙開口道：「天狼，不要在這裡亂許空頭錢票，朝廷怎麼可能允許東南一帶有十幾萬人的私人武裝存在？你這是想謀反嗎？」

天狼冷笑道：「小閣老，你好健忘啊，那兩廣一帶的土司私人武裝，也就是我們稱之為狼土兵的，不也是世代相傳，數量多達十餘萬嗎，這回胡總督還特地從廣西調來兩萬狼土兵呢，一應軍餉都是由朝廷支出，誰說這種效忠朝廷的私人武裝就不能存在了？」

嚴世蕃給說得目瞪口呆，眼珠子一轉，強辯道：「那廣西的狼土兵是先帝時期就留下來的問題了，跟這裡的情況不一樣。」

天狼馬上反駁道：「先帝能招安廣西的狼土兵，讓當地土司們擁兵數萬，當今皇上英才睿智，汪船主又是雄才大略，一心想為國效力，又怎麼不能給汪船主這個機會了？小閣老，你一邊口口聲聲說自己權傾天下，一邊又說自己跟汪船主是多好的朋友，怎麼連這點小忙都幫不上？」

嚴世蕃咬咬牙道：「這十幾萬人消耗巨大，朝廷現在稅錢收得越來越困難，各方面開支又大，哪有錢養活？」

天狼道：「胡總督坐鎮東南，掌握浙直兩省的一切軍權、財權、人事權，跟汪船主暗中開禁通商，足可以養活這十幾萬的兄弟，剛才小閣老不是也說了嗎，就是你小閣老靠著你在浙直兩省的親信手下，再加上一些江湖人士，做做見不得光的走私生意，就能讓汪船主賺到足夠的錢，更不用說手握浙直兩省稅賦的胡總督了。」

嚴世蕃的頭上青筋直跳，再也顧不得什麼，叫了起來：「天狼，你好大的膽子，浙直兩省的稅賦是要上交國庫的，你和胡宗憲竟然敢動這錢？」

天狼眼中寒光一閃，毫不退縮地迎著嚴世蕃，喝道：「嚴世蕃，你自己禍國殃民，就不要妨礙忠心為國的胡總督，如果和汪船主形成和議了，那每年在東南各省投入的巨額軍費就可以省出來，還可以打通海上商路，光此一項就能每年為朝廷增加上千萬兩銀子的收入，天下是天下人的天下，不是你嚴氏一黨的，國家是所有人的國家，不是給你嚴氏一黨搜刮民脂民膏的工具。」

嚴世蕃給天狼的嚴厲語氣和凜然正氣壓得開不了口，恨得牙癢癢，卻找不出一句可以反擊的話。

汪直擺擺手道：「好了，二位遠來都是客，就當給我汪某人一個面子，不要再吵來吵去了，你們都是朝廷命官，在我這樣一個盜匪賊寇的面前這樣互相攻擊，只怕傳出去也不太好聽吧。」

嚴世蕃「哼」了聲，對汪直說道：「汪船主，我看今天我的事情也差不多辦完了，該說的都說了，該提醒的也都提醒了，不過看來汪船主卻沒有放在心上，還是要跟這天狼商談和議，那既然如此，我繼續待在這裡也沒什麼意義，告辭了！」

汪直連忙挽留道：「小閣老，不要賭氣嘛，事情還沒有決定，就算和天狼商談和議細節，有不少事情需要請教你，再說了，我們的生意還可以繼續商量嘛，即使和朝廷開禁通商，以小閣老之能，也可以帶上自己的那一份，正好在這裡一併討論了，豈不是兩全其美？」

嚴世蕃冷笑道：「汪船主，我提醒你一句，你所需要的絲綢茶葉，要麼只能從我這裡進，要麼就是胡宗憲以官營的方式和你交易，他是容不得我或者是我的手下們跟你做這交易的，因為那樣一來，交易數量就由不得他來控制，汪船主以為跟胡宗憲做生意是好事嗎？

「我現在不妨告訴你，他這一招叫**溫水煮青蛙**，開始給你通商，讓你吃到點甜頭，等你的手下開支完全離不開他了，到時候他再突然斷了交易，以你們這些頭領上岸接受官職為條件，來招安你們，到了那一天，請汪船主如何反抗？你的部下們只怕那時候已經沒了戰心鬥志，習慣了躺著拿錢，自然不會再去拼死拼活。」

汪直沒有說話，但眼神中分明透出一絲疑慮，看向了天狼，天狼心中暗嘆這嚴世蕃確實詭計多端，這一招本來是胡宗憲對付汪直的殺手鐧，就連徐海聽了後也沒有任何異議，卻沒想到嚴世蕃也料到了這一層，還在這裡直接說了出來。

但天狼早就做好最壞的打算了，應變方案馬上就拿了出來。

天狼哈哈笑道：「小閣老，我實在是不明白，你為什麼就認定了胡總督要置汪船主於死地？如果汪船主肯回頭是岸，把他們收編作為官軍護航，朝廷只需要拿點多餘的絲綢和茶葉出來，汪船主自己就有辦法有路子賺更多的錢，而朝廷以官價販賣這些東西得到的收入，也能有效地彌補國庫虧空，這樣利國利民的好事，何樂而不為呢？」

嚴世蕃冷冷地說道：「不，胡宗憲想的是名垂青史，在他看來，跟倭寇談和絕不是有面子的事情，只有將汪船主就地正法了，才算是他平定了東南。」

天狼不屑地「哼」了聲：「小閣老實在是大錯特錯，當年蜀漢丞相諸葛亮，七擒蠻王孟獲，但都是釋而不殺，孟獲在蜀國國喪之時起兵作亂，割據自立，殺害蜀漢的郡守，無論如何，這性質可比汪船主下海稱王要惡劣得多，可諸葛亮也沒說非殺孟獲不可啊，反而靠著七擒七縱收服了南蠻人心，傳為千古佳話。

「再說我大明朝，那些廣西的土司們，在開國之初也是時叛時降，反覆無常，朝廷也試過幾次大兵征剿，都是去而復叛，最後給了那些土司們世襲罔替的爵位，允許他們保留自己的私人武裝，對朝廷也只要象徵性地交點土產就行了，所以這些蠻夷都感恩戴德。

「這回汪船主作亂東南，他們都不遠萬里派出私兵來助戰，可見懷柔政策也不是不能起到效果。汪船主今天的實力足以稱雄海上，難得的是他肯回頭，主動向朝廷靠攏，對這種情況，無論是皇上還是胡總督，高興還來不及呢。

「招安成功後，就會給天下樹立一個朝廷仁德寬大的印象，而若是翻臉殺人，以後占山為王的水陸盜匪們都會斷了念想，作亂到底，宋朝坑害了心存忠義的梁山好漢，所以後來金人入侵，幾乎各地義軍都不再奉宋朝號令，小閣老，這些事情你明明清楚，卻有意地誤導汪船主，絕口不提，不就是怕胡總督跟汪船主開禁交易沒你的份兒嗎？」

嚴世蕃的臉上一陣青一陣白，從小到大，他都沒給人這樣指著鼻子罵得狗血噴頭過，他的那隻獨眼幾乎快要迸出眼眶了，面目猙獰，連兩塊臉上的肥肉都在跳動著，若不是身處汪直的地盤，只怕早就上來跟天狼拼命啦。

汪直滿意地點了點頭，說道：「天狼大人說得很好，老夫料想胡總督也並非冷血薄情之人，小閣老，其實你不必太擔心的，胡總督畢竟是你所舉薦，有什麼誤會的話老夫也願意從中調解，我想胡總督也一定會留出足夠的分額讓小閣老來做這生意，斷不會跟小閣老徹底翻臉鬧僵的，天狼大人，你說是嗎？」

天狼心如明鏡，**這汪直是在打圓場，他已經傾向了胡宗憲的和議方案，但又不想得罪嚴世蕃**，只有跟嚴世蕃保持生意往來的關係，以後嚴世蕃才可能搭上日本人的路子，留下海外避難的後招。但天狼也不想點破這點，畢竟現在逼嚴世蕃太狠，也會讓汪直為難，甚至生出其他變數出來。

於是天狼就勢一笑，說道：「汪船主，這通商之事嘛，胡總督說過，以後都可以商量，小閣老對胡總督有知遇之恩，以後想必只要打個招呼，你的那份是少不了的，胡總督可不想和小閣老把臉皮徹底撕破，這些年，鄭必昌、何茂才在東南大撈特撈，胡總督不也是睜一隻眼閉一隻眼嘛。」

嚴世蕃獨眼中光芒一閃一閃，似乎又在打著什麼主意，突然，遠方傳來一聲淒厲的哨聲，悠悠長長，彷彿隨時上氣不接下氣的樣子，說不出的怪異，與中原的笛聲哨聲大不相同，天狼曾經聽柳生雄霸吹過一些東洋曲調，這哨聲倒是和那東洋曲風有七八分相似。

天狼心中泛起一絲隱隱的不安，因為他看到嚴世蕃的嘴角掛起一絲陰冷邪惡的笑意，他突然想到今天從頭到尾，嚴世蕃對自己可謂手段用盡，幾乎一切可以用來攻擊的地方都被他想到了，可他居然一直沒提鳳舞，甚至連問都沒有問一聲鳳舞為何沒有跟來，這太不正常了。

鳳舞這次上島是為了探查島上的情況，甚至把自己也蒙在鼓裡，上岸後才跟自己說這事，就是不給自己任何阻止她的時間，儘管自己見識過鳳舞的能力，可這裡畢竟是龍潭虎穴，讓他不禁暗暗地為鳳舞擔心，不知道她是否平安。

正想時，嚴世蕃開口道：「不知道汪船主是否知道，這次天狼不是一個人前來島上的，他還帶了一個副使。」

汪直點點頭，眼中閃過一絲警惕的神色，對天狼道：「老夫從徐海的旗號上看到了，這次天狼是帶著一位代號叫鳳舞的女錦衣衛一起來的，剛才天狼大人剛進大殿的時候，老夫還有些奇怪，為何只見天狼一人，天狼大人，請問你的副使何在？」

天狼不好意思地道：「鳳舞和在下鬧了點彆扭，上了島後就負氣而去，這點徐首領是看到的。是吧，徐兄？」

徐海連忙說道：「老大，確實如此，這鳳舞姑娘和天狼本是一對情侶，臨上岸的時候因為一點小事吃醋，起了爭執，就不想跟過來了，現在她去了我家，我那口子正在招呼她呢，我也派了人去保護鳳舞姑娘的安全了，請老大放心。」

汪直的眉頭一皺，緊緊地盯著天狼：「天狼，我聽說你和胡總督辦事幹練沉穩，絕不會做無用功，和議這麼大的事情，怎麼聽起來倒成了你帶著愛侶過來遊山玩水了？這也太不把此事當真了吧！還有，阿海，這鳳舞跟你夫人很熟嗎？為什麼她上了島後就直奔你家去？」

徐海道：「鳳舞姑娘與我那口子素昧平生，只是我與天狼兄一見如故，投緣得緊，所以在船上也結為好朋友了，天狼曾經見過我把翠翹帶回來的過程，所以曾經跟我和鳳舞約定，讓鳳舞上了島後，先到我家裡坐坐，等正事談完後再帶她離開。」

汪直質疑道：「這就更不對了，阿海，你說天狼跟鳳舞吵架是在到了我們雙嶼島之後的事，可你讓鳳舞在你家暫住卻是在這之前的船上就定下的，那這鳳舞來島上做什麼來了？如果她不談判，上島不是多此一舉嗎？」

天狼心中暗暗叫苦，鳳舞的臨時變卦來得太突然，打亂了自己的全盤安排，甚至要自己現編一個謊言都很困難，但他臉上仍然不動聲色，保持著微笑：「汪船主，這事說來就話長了，其實鳳舞之所以來這島上，跟小閣老還有關係呢。」

汪直臉上疑雲密布，看向嚴世蕃：「小閣老，這又是怎麼回事？」

嚴世蕃咬了咬牙，道：「汪船主，該說的我都跟你說過了，這鳳舞賊性不改，又想借著這次天狼來和議的機會，跑到島上刺探情報，她一面讓天狼在這裡拖住我們，另一面自己卻跑去刺探情報，現在已經落網，正在向這裡押來呢。」

此話一出，殿中所有人臉色皆是大變，汪直詢問徐海道：「阿海，怎麼回事，不是說人在你家嗎？」

徐海雙眼圓睜，盯著天狼，嘴上道：「老大，我不知道，如果鳳舞沒有回家或者是人出去了，那我派回家的手下一定會過來報信的，可是現在卻沒有一個人來報信，難不成鳳舞能把他們都殺了不成？**我覺得事有玄機**，小閣老，你確定鳳舞是在做壞事？」

嚴世蕃微微一笑，也不說話，外面殿門傳出一聲「吱吱呀呀」的聲音，兩扇厚厚的殿門被緩緩打開，大殿裡眾人只覺得一陣刺眼的目光撲來，定睛一看，一名三十上下的年輕文士，渾身是血，被捆得跟個粽子一樣，她的秀髮披散在頭上，緊緊地咬著唇，**可不正是鳳舞?!**

嚴世蕃冷笑道：「鳳舞，想不到我們的再次相會，竟是在這種地方，以這種方式。汪船主，我跟你說的沒錯吧，枉你還對這天狼言聽計從，他和議的時候都不忘刺探軍情，以後招安還會給你好果子吃麼？」

嚴世蕃說完後，對著鳳舞身後的那個瘦瘦高高，一身黑衣，戴著鬼面具，一頭白髮凌亂地飄散在風中的人行了個禮，道：「有勞伊賀先生了。」

天狼腦子裡「轟」地一聲，他聽柳生雄霸說過，南京城外那幫伊賀忍者，他們的首領叫做**伊賀天長**，此人年近八十，有「**日本第一忍者**」之稱，當年曾經親手刺殺過大名細川高國，**和他交手過的武士劍客，從沒有一個人活下來過**。

若說柳生雄霸在日本有第一刀客之名，那這伊賀天長就是**當之無愧的忍者之王**了，除了武功極高之外，更是精通情報，探查，跟蹤，反間之術，嚴世蕃看來早有安排，上次靠徐海施恩於伊賀派，這次則請動了伊賀天長出馬來對付鳳舞。

天狼看著鳳舞，見她身上有許多細細的傷口，這會兒還在不停地滲血，那柄別離劍已經插在伊賀天長的腰間。

從鳳舞傷口的情況看，是被極快的劍劃過，那劍法的速度和驚人的詭異在鳳舞周身的數十道傷痕中一顯無遺，天狼見識過無數用劍高手，有如此快速度的，也不過岳千愁一人而已，就連以快劍著稱的達克林也做不到這種程度。

那個戴著鬼面具的伊賀天長開了口，嗓音嘶啞難聽，如同破鑼，跟嚴世蕃的公鴨嗓子倒是有得一拼，道：「嚴桑，這個女人的武功很好，更會各種遁走之法，大概世上能擒住她的人不超過三個，你上次給我們五百兩黃金，若是這一單買賣，實在是太少了。」

嚴世蕃哈哈一笑：「伊賀先生，這次你幫了我，幫了汪船主大忙，我必當重謝，黃金一萬兩，這幾天就會送到貴派在中原的據點，以後還希望能和伊賀先生多多合作。」

汪直不悅地道：「小閣老，你請伊賀先生上島，為何不事先跟我打個招呼呢？伊賀天長，我記得曾經和你們伊賀派有過協議，不摻和你們和甲賀派的爭鬥，你也答應過不踏上我這雙嶼島半步吧？」

伊賀天長眼中冷芒一閃：「汪直，我對你這島一點興趣也沒有，你請我，我都不會來，這次主要是為了還嚴先生一個人情罷了，如果我真的想來你這島上刺探什麼情報，你們又有誰能擋得住我伊賀天長呢？」

汪直重重地「哼」了一聲：「擋得住擋不住是一回事，你遵不遵守自己的承諾是另一回事，我們中原有句話叫人無信不立，不過你是忍者，向來就是在黑暗中行事，要守信也才叫奇了怪啦！」

伊賀天長眼中殺機一現，一頭的白髮無風自飄起來。

嚴世蕃一看情況不對，連忙打個哈哈：「伊賀先生，你這次幫了我大忙，汪船主這裡可能對你有些成見，以後我嚴世蕃再擺酒請二位賞臉，現在還請您先回避一下，我們有事情商量！」

伊賀天長點了點頭，把鳳舞向著嚴世蕃一推，轉身便要走。

天狼轉向了伊賀天長，平靜地說道：「伊賀天長，你是不是少留下一樣東西了？」

伊賀天長回過身子，眼中捉摸不定的光芒閃閃：「什麼意思？」

天狼冷冷地道：「你腰中的別離劍，是這位鳳舞姑娘的，請你把劍一併留下。」

伊賀天長突然哈哈大笑起來：「你又是何人，敢這麼對我伊賀天長說話？」

天狼眼中紅光一閃，上前一步，正色道：「我是這位姑娘的同伴，她失手在你手上，我無話可說，但她的武器，我卻不能由你就這樣帶走。」

伊賀天長眼中凶光畢露：「我看你是活得不耐煩了吧，到了我伊賀天長手中的東西，從沒有拿出去的理由。」

嚴世蕃忽然說起了日語：「伊賀先生，這個人就是那錦衣衛天狼，上次你的門下就是被這個人指使那個武當派女人殺的，你今天若是在這裡殺了他，我加黃金百萬兩。」

伊賀天長眼裡藏不住的殺意，隨著冷電一般的寒芒四射而出。

第五章

伊賀天長

伊賀天長站在原地，手中執著雪亮的長刀，
天狼的血順著刀尖一滴滴地落下，
剛才天狼飛出去時，她伸出手想抓住天狼，
可一看到鳳舞這樣捨身撲上，
她瞇起了眼，手下意識地握緊了刀柄。

天狼放聲大笑，也用日語回道：「伊賀天長，你的手下不是我所殺，但你若是不把劍交回來，我今天不會讓你活著離開這裡！」

在場所有人都吃驚地睜大了眼睛，嚴世蕃的臉脹得通紅，沒料到天狼居然會日本話，還說得如此流利，這讓剛才使小聰明的嚴世蕃立馬無地自容。

伊賀天長看了眼汪直：「汪直，這是你的地盤，我問你一句，我若是殺了這個什麼天狼，你會怎麼說？」

汪直看著天狼，鐵青著臉說：「天狼大人，我汪直和兄弟們可是真心對你，想不到你卻跟我們玩這一手，和議之事就此作罷，不過，你既然來了我雙嶼島，也算是正使，兩國交兵尚不斬來使，這道理我還明白，識相的，現在就帶上這個女人離開，告訴胡宗憲，和議作廢，準備開戰吧。」

天狼搖搖頭：「汪船主，我們的事一會兒再說，鳳舞刺探貴島，是我下的令，與胡總督無關，一會兒你要責罰，衝著我天狼來就是。不過在此之前，我得和這位伊賀先生先把這筆帳給算了。」

伊賀天長眼中透出一絲疑惑，看了眼腰中的劍，沉聲道：「這把劍雖然很鋒利，但也不是非要不可的神兵利器，我不明白你這人為什麼非要死纏著不放？我們忍者殺人抓人，對方的武器就是我們的戰利品，哪能隨便地交回去？」

天狼再上前一步，聲音透出一股無可質疑的堅定：「那是你作為忍者的規矩，我現在作為一個中原武人，向伊賀先生挑戰，如果你能勝過我，那我的命，還有這把刀，都是你的，如何？」

天狼說著，袖中的天狼刀一下子滑落到手上，隨著心中咒語一念，刀身暴漲至四尺，一汪寒泉般的凜冽刀氣讓殿中諸人全都為之色變，而那一抹幽暗詭異的碧血，更是瑩瑩發光，透出一絲詭異。

鳳舞哭道：「天狼，你這個傻瓜，明明是我自作主張拖累了你，你還在這裡逞什麼英雄？不要管我，更不要管我的劍！」

她扭頭對汪直叫道：「汪直，來你這裡刺探情報是我一人所為，我是奉了錦衣衛總指揮陸炳的命令，天狼對此毫不知情，也與和議無關，你要殺就殺我好了，不要為難天狼！」

汪直冷冷地說道：「不用在老夫面前演這種雙簧了，老夫縱橫海上一輩子，這種把戲見得多了，天狼，我最後說一遍，立刻帶著這個女人回去，我還能保你安全，你若是一意孤行，那我汪直可不負責你能活著回中原。」

天狼豪爽地一笑：「汪船主，什麼都不用說了，我被你撞破計畫，是我時運不濟，就和你在義烏那次一樣，只能自認倒楣，現在我得從這位伊賀先生手上把鳳舞的劍給取回來。」

汪直嘴角抽了抽，怒道：「天狼，我們的帳還沒算，你在這裡較什麼真，這把劍你奪回了又如何？」

天狼死盯著伊賀天長，道：「汪船主，鳳舞是我未過門的媳婦，我無力保護她已經很對不起她了，劍在人在，劍失人亡，這把劍有過太多我們的記憶，我絕對不會讓它落入別人的手上，就算是神魔得了此劍，我也一定要把它取回。」

汪直奇怪地看著天狼，一邊一直沉默的徐海突然開口道：「老大，天狼說的是實話，給他一次機會吧。」

汪直看了徐海一眼，冷冷說道：「阿海，你做事不密，引奸細上島，這件事我以後再跟你追究，你現在還要為天狼說話嗎？」

徐海咬牙切齒地看著天狼，眼中像是要噴出火來：「不，老大，這個人欺騙了我的感情，騙取了我的信任，我與他已經是不共戴天，一會兒如果他沒死在伊賀天長的手下，我一定也要親手殺了他，但在此之前，我還是希望您能給他一個機會，讓他奪取這把別離劍。」

汪直點點頭：「很好，那就依你所言。伊賀天長，你可以盡情出手，死傷無論。」

伊賀天長「嘿嘿」一笑：「這把刀很好，我要定了！年輕人，你的勇氣可嘉，但你未免太高估了自己，有什麼遺言，現在可以交代。」

天狼微微一笑，看了一眼鳳舞，只見她哭得梨花帶雨，嘴裡不停地自責道：「都怪我，都怪我！」

天狼安撫道：「鳳舞，這就是我們的命，但是我對你的承諾不會改變，如果我死在此人的劍下，你回去告訴你爹和胡總督，島上發生過什麼事。」

鳳舞突然嬌軀一顫，聲嘶力竭地吼道：「不，天狼，千萬不要和他打！你不是他的對手！」

她轉過頭對嚴世蕃哭道：「嚴大人，我求求你，放過天狼吧，你要我做什麼都可以，我，我願意回你身邊，只求你放了天狼，好嗎？」

嚴世蕃臉上帶著得意的表情，不屑地道：「是這傢伙不知死活，自己要送死，哪是我能攔得住？」

天狼喝道：「鳳舞，拿出點錦衣衛的氣節來，莫讓人家看扁了，大丈夫生亦何歡，死亦何苦，但求俯仰無愧於心，你我現在更是朝廷的使者，又怎麼能向倭寇和漢奸求饒！」

鳳舞被天狼這樣一吼，呆立原地，兩行清淚不停地從面具上流下來，銀牙緊咬著嘴脣，一句話也說不出來。

天狼轉過身，對伊賀天長道：「伊賀天長，你的對手是錦衣衛天狼，請賜教！」

伊賀天長眼中突然騰起一絲黑氣，身形一動，居然一下子閃出了三個分身，從三個方向急襲天狼。

天狼心中一動，這一幕實在是讓他印象太深刻了，當年在蒙古大營中初見嚴世蕃的時候，他就亮出了這樣的絕招，**沒想到伊賀天長的忍術居然和嚴世蕃的那終極魔功也有異曲同工之妙，能在光天化日之下變出幻影，同時攻擊自己。**

天狼剛才面對伊賀天長的時候，就知道這是平生僅遇的勁敵，因為任何高手在自己面前，都或多或少地會顯出氣息與戰意，而這伊賀天長明明眼睛裡已經露出殺意了，可是卻一點也感覺不到她的氣息。

天狼曾經聽柳生雄霸說過，頂級的忍者，能把忍法奧義練到八層以上，那是連自己的心跳，氣息，武器全部隱藏，讓你根本無從察知，就連他出刀攻你的那一瞬間，你也感受不到任何殺氣。

而這伊賀天長看起來把忍法練到了第九層，不僅毫無氣息可尋，更是能幻出這些影子同時攻擊自己，天狼大喝一聲，後退半步，斬龍刀一揮，一道強勁的紅光帶著半月形的刀氣撕破空氣，劈向了那三道幻影，而三道幻影一下子消失得無影無蹤，似乎從來沒有出現過似的，大廳裡陷入了一番死樣的寂靜。

汪直等人早早地退到了二十丈以外的安全距離，牛油巨燭有氣無力地燃燒著，而大殿中的光線也變得忽明忽暗，大門早在伊賀天長進入的時候就被他關上了，海風順著門縫向著殿裡直鑽，淒厲地轟鳴著，如鬼哭狼嚎。

可天狼根本無暇顧及外部的環境，今天也許是他平生最凶險的一戰，容不得半點僥倖，他緩緩地閉上了眼睛，屏氣凝神。

以天狼野獸般的獨特感知，現在已經練到了在氣勁之外也能捕捉到極微弱的信號，伊賀天長就是再厲害，只要行動，總會引起空氣的流動，總會引起周圍環境的極微小改變，而那環境改變的一剎那，就是自己發死力攻擊的時候，給自己的出刀機會不多，也許只有這一下，就會決定生死。

天狼慢慢地閉上了眼睛，儘管這種方式不能讓他感知到對方的氣息，但可以讓他更敏銳地體察到空氣的流轉，他抱元守一，左手的莫邪劍也亮了出來，森森的劍氣隨著他左臂的揮舞而不斷地從劍尖溢出，在周身形成了一道墨綠色的氣牆。

氣牆內的紅色氣勁不斷地從他身上的每個毛孔溢出，盈滿這個狹小的空間，外面的人漸漸地看不到天狼的容貌，只能看到一個越來越淡的影子在那裡揮刀舞劍。

嚴世蕃突然不知從哪裡摸出了一隻鐵哨子，咬在了嘴裡，他的肥大胸腹在不停地抖動，而內息震動著鐵哨子中的小哨珠，淒厲如鬼哭狼嚎似的聲音從鐵哨子身上的小孔中逸出，而哨音一出，眾人各個臉色一變，頓感胸中氣血浮動，不約而同地運起功抵禦嚴世蕃這混有內力的怪聲。

鳳舞被制住了氣海穴，全無內力，嚴世蕃的笛音一出，面具後的臉色頓時慘白，胸口如遭巨錘，連口鼻處都幾乎要流出鮮血，嚴世蕃的獨眼眨了眨，一點鳳舞頸子後的穴道，鳳舞頓時人事不省，暈死了過去，說來也怪，她的身子軟軟地倒下，癱倒地上，口鼻中倒是不再流血，沉沉地睡了過去。

天狼心中也是一陣陣的氣血翻騰，嚴世蕃的內力之強，世所罕見，這哨音又是聽起來雜亂無章，如猛鬼厲嚎，即使不考慮內力因素，也足以讓人心煩意亂。

更可怕的是，嚴世蕃似乎已經摸準了自己內力運行的規律，總是在自己換氣的時候突然加大一下聲音，企圖打亂自己呼吸和換氣的節奏，端的歹毒異常，虧得天狼內力精純，而且不停地改變自己呼吸和換氣的節奏，才讓嚴世蕃不至於每次都能打亂自己換氣和節點。

可是這樣一來，天狼的精力倒是有五六分用在了對付嚴世蕃的笛聲上，本來還微微捕捉到的那一點伊賀天長的動靜，一下子又消失不見，天狼彷彿又置身於多年前的那個黃山腳下之夜。

那是自己與火松子第一次交手時的情形，自己被他的六陽至柔刀中那一式「小樓一夜聽春雨」所控制，只能以護體劍法防住自身，但連對手的影子也無從見到，眼前只見一片漆黑，耳邊卻是傳來刀劍相交的聲音。

那一下下從劍身傳來的震動，帶動著手上的肌肉，止不住的酸痛，還有該死的嚴世蕃那如鬼泣的哨聲，這下幾乎等於他一人力敵兩大絕頂高手，壓力之大，前所未有。

伊賀天長不斷地從各個陰影的角落裡幻出一道道的幻影分身，向天狼襲來，雖然這些幻影分身並不是伊賀天長本人，但仍是類似於刀氣劍風之類的氣勁，如果沒有防備的話，這些幻影衝到身上也足以重傷。

天狼使的紫電劍法，乃是頂級的防禦型劍招，把他的周身防得滴水不露，饒是如此，他仍然感覺到手中的壓力如泰山一般，隨著每個幻影的撞擊，莫邪劍每每有脫手的感覺，畢竟伊賀天長的實力遠在當年的火松子之上，給天狼的壓力也是十倍於當年。

半個時辰過去，天狼渾身上下如同水淋一般，額上的頭髮被汗水結成一綹一絡，每個毛孔都在不停地滲出汗水，汗水一離開皮膚，就被他的內力蒸發成紅色氣勁，如同在洗三溫暖一般，把天狼緊緊地包裹在一層又一層詭異的紅色霧氣之中。

嚴世蕃的臉上也是一陣陣的氣勁浮過，他的胖臉上，兩堆肥肉在不停地抖動著，一個鵝蛋大小的氣團在他胸腹前不斷地遊走。

他面目猙獰，邪惡的獨眼裡殺氣四溢，死死地盯著莫邪劍圈中紅色霧氣裡的舞動身形，牙齒咬得鐵哨子格登作響，似乎是在咬著天狼的骨頭，恨不得能將這個死敵生吞活剝。

天狼眼睛緊緊閉著，盡最大的努力不去被嚴世蕃那刺耳的哨音所干擾，說來也怪，這哨音他一開始聽時非常不適應，讓他一陣氣血浮動，但隨著時間的延長，他對這哨音倒也漸漸地適應起來，不像開始時那樣抓狂欲炸。

更邪門的是，**嚴世蕃的哨音彷彿有種魔力，不僅從自己的耳朵，更從毛孔裡向體內透著陰邪的寒氣，彷彿要把他的血液給凝固**。

只是嚴世蕃這裡的壓力稍小了點，伊賀天長的攻擊卻是越來越猛烈，一開始他只是同時幻出兩到三個幻影向著天狼攻擊，可是隨著時間的推移，他的殺氣卻顯得越來越明顯，這會兒已經可以同時幻出五個幻象攻擊了。

幻影的間隔時間也越來越短，幾乎天狼的真氣還來不及運行體內一圈，他的下一波攻勢就又跟上，天狼的壓力增大了不只一倍，墨綠色的紫電劍圈原來可以擴到周身外一丈左右，這會兒已經給壓得不到兩尺了，幾乎和內圈的紅色氣體齊平。

天狼感覺到手上的壓力越來越大，每一下幻影撞上自己的劍氣，都是如受重擊，對方的攻勢越來越猛，速度也越來越快，他想捕捉住對方的殺氣，以確定其方位主動出擊，可是他只要稍稍一動，嚴世蕃的哨音馬上就變得淒厲起來，令他一陣心神不寧，只得作罷，幾個回合下來，一直擺脫不了被動挨打的局面，對方的攻勢卻如同排山倒海一般，讓他根本無力反擊。

天狼明白過來，這伊賀天長的幻影絕殺，是類似於六陽至柔刀法的高深武功，講究借力打力，那些幻影撞上自己後，不會完全消散，而是以某種邪惡的方式吸收了碰撞的力量，然後回到本體中，因此隨著碰撞的增加，伊賀天長的力量也變得越來越強大，再這樣打下去，只怕不到一炷香的功夫，自己就擋不住他的攻勢了。

天狼咬咬牙，**那嚴世蕃看來也深知伊賀天長的武功底細，所以以哨聲干擾自己，化解自己的反擊。**

好在嚴世蕃哨音的干擾效果有慢慢減輕的趨勢，一來大概是因為自己適應了這哨音的規律，紅色的天狼戰氣有效地阻止了音波的傳播；二來可能是嚴世蕃的內力隨著哨音也一起被伊賀天長吸了過去；至於第三，也許是嚴世蕃覺得現在伊賀天長占了優勢，不需要哨音的相助了。

他的這魔音看起來也極耗修為，天狼剛才抽空瞟了他一眼，只見他的臉色慘白，滲出一陣青色，像是古墓中詐屍的千年妖屍，陰森可怕。

可天狼已經顧不上去管嚴世蕃，大敵是伊賀天長，只有把他正面擊倒，才能有一線生機，要做到這一點，照這樣被動挨打，是根本防不住的，非得另尋他法。

天狼眼中紅光一閃，周身的紅氣爆脹到一丈開外，左手的莫邪劍橫腰一揮，一招紫電追魂，打出三道斬波，衝著面前的五道幻影掃去。

與此同時，莫邪劍以八步趕蟾的手法，向左側激射而出。據天狼觀察，伊賀天長每次放出一波幻影攻擊之後，都不會留在原地，要麼向左，要麼向右，剛才他向右邊閃過，這次天狼賭他會向左。

天狼在閃電般地做完這一切之後，全身的骨骼一聲巨響，丹田的天狼戰氣爆發到十二成，他的七竅裡彷彿有一團火球在向外冒，就連下體也是爆脹欲裂。

他爆出所有的天狼勁，連眼珠子都快要迸出來了，極寒極熱的兩道真氣在體內激蕩，交匯，最後凝成一股不可阻擋的洪流，向自己的左手掌心彙聚。

天狼的斬龍刀在手中一個漂亮的倒轉，刀長由三尺變到四尺二寸，左手作抓狀，掌心中噴湧而出的灼熱內力被隔空強行注入到刀身，右手神門穴透出的極寒真氣則從刀柄處入內，一陰一陽兩道戰氣以這種怪異的形式被注入到了斬龍刀中。

剛才本是藍光閃閃的刀身，這一下變得血紅無比，彷彿是在鑄劍爐中千鑄百煉的劍體，發出閃閃紅光，熱量和亮度就像一萬個太陽，就連空氣都彷彿要燃燒起來。

斬龍刀突然響起一陣可怕的嚎叫聲，天狼聽到刀靈在咆哮：「啊，好痛，不要逼我，不要逼我！」

天狼大驚，成敗就在此一舉了，他本來打算往刀內注入大量的天狼戰氣，然後打出驚天動地的一擊以決勝負，卻不曾想刀靈在受不了自己的戰氣，居然反噬自己。

天狼覺得左手的熱量在急劇地流失，右手卻如被火烤一般，他心中大急，吼道：「刀靈，你想做什麼?!」

那刀靈只是不停地在怪叫，根本停不下來，天狼心中大急，突然靈機一動，無論是斬龍刀靈，還是莫邪劍靈，都好像說過他身具龍血，上次自己一口血噴在斬龍刀上才順利取得此刀，現在情勢緊迫，顧不得言語解釋，直接先安撫刀靈再談其他。

天狼鋼牙一咬舌尖，巨大的疼痛感伴隨著噴湧而出的鮮血讓天狼變得格外清醒，他張口向斬龍刀一噴，一道血箭激射而出，正中那道刀槽，槽上的那一汪詭異的碧藍色血滴如同有了生命一般，一下子滾動起來，轉眼便消失不見，刀柄的火熱與刀身的陰寒也低了三分。

天狼一見有效，連忙再噴了兩口，果然，左右雙手的不適感立即消失，天狼連忙左手繼續向著刀尖劃過。

剛才這一下折騰，天狼勁至少損失了三成，眼下他手中的天狼真氣不到七成，但箭在弦上，不得不發，天狼狠狠地一爪拂過斬龍刀，刀身變得通體赤紅，刀柄處連同天狼的右手，凝結成一道晶瑩的冰霜，如同雕塑造一般，結進一道淡藍色的冰晶中。

這一招乃是天狼刀法的終極殺招——**天狼滅世**，威力巨大，力量足可毀滅十丈之內的任何目標，雖然一用就得損失一年的修為，但天狼已顧不得許多，那伊賀天長的蹤跡難尋，只有用這種無差別的爆氣一擊，才能把他的真身連同幻影一起消滅。

可是天狼的刀剛剛提起來，眼前卻是一花，一道雪亮的刀鋒已經近在眼前，他暗叫一聲不好，雙足一點，向後疾退，這回伊賀天長也識得自己接下來這一招必是拼命的爆發，連幻影也不用了，直接以本尊突襲。

他的刀來得如此快，天狼身形向後快逾閃電，可是伊賀天長的雪亮刀鋒卻似乎更快一籌，天狼剛退時，刀鋒離自己胸前大約一尺，第一個起落時，刀鋒離天狼的胸前還有三寸，他的胸衣被刀鋒前嘶嘶冒出的刀氣劃開，壯實的胸肌露了出來。

天狼咬著牙，全部的功力都在自己的雙足之上，只有擺脫伊賀天長的這致命一擊，自己才有反擊的機會。

第二次雙足點地時，他用上了吃奶的力量，向後暴射而出，而右手的斬龍刀由於過長而無法揮舞，左手向外推出一記「**翔龍在天**」，這一下的功力不到平時的二成，根本不指望能擊破對手的護體氣勁，只求得能把這一刀震得稍微偏一點，哪怕讓他舉手一擋，自己也能擺脫這攻擊。

可是伊賀天長的鬼臉從刀鋒後顯示得更加清楚了，透過已經被雪亮刀鋒劈得無影無蹤的護體天狼戰氣，天狼可以看到他的一頭白髮根根倒豎，一雙眼睛變得綠油油的，枯如樹皮的手緊緊地握著一把三尺長刀，雪亮的刀鋒在自己胸膛之外不到一寸處，那可怕的刀氣讓天狼胸前濃密的汗毛都開始根根掉落，又被緊跟著的刀氣攪得變成碎末，消失不見。

現在刀鋒應該已經插進了自己的胸口，可是伊賀天長卻始終保持著刀鋒離自己胸前半寸到一寸的距離，似乎是留給他一點希望。

天狼腦子裡電光火石般地一閃，明白過來，**伊賀天長這一刀固然可以把自己開膛破肚，但自己臨死前的反擊也足以讓他屍骨無存，他不是殺不了自己，但不想和自己同歸於盡**。

這種絕頂高手間的博弈，玩的就是**心理的氣勢**，**自己已是必死之局，只有死中求生，方可僥倖一勝**。

想到這裡，天狼大吼一聲，突然一個千斤墜，整個人身形一下子停了下來，伊賀天長眼中綠光暴閃，嘴裡「咦」了一聲，但那把刀卻收不住，「撲嗤」一聲直直刺入天狼體內，從天狼的右肩處穿肩而過。只聽「噹啷」一聲，天狼的右手再也舉不起來，綿軟無力地垂了下來。

天狼顧不得再用右手的斬龍刀，左手本能地畫出一個半圓，一收一推，**暴龍**

之悔！他體內所有的真氣這時候都集中到左手上，按上伊賀天長的胸部。

即使在重傷的情況下，即使被一刀透體，天狼的暴龍之悔仍然有六成的功力，天狼只要掌力一吐，就算伊賀天長是鋼澆鐵鑄，也會被打成碎片。

天狼臉上帶著勝利的微笑，緊盯著伊賀天長的雙眼，**伊賀天長那雙綠油油的眼睛突然失去了神彩，變得黑白分明，眼裡完全沒有剛才的那種殺意與狠辣，剩下的居然是求生的欲望，還有一絲恐懼**。

那雙眼睛不像一個八十多歲的老頭，卻像是少女的凝眸，天狼心中一動，一陣綿柔溫熱的感覺從他的掌心傳了過來，**那不是尋常武者發達的胸肌，而是一個妙齡少女挺拔的玉峰，這點絕不會有錯**！

天狼的掌力硬生生地收住，他做夢也沒有想到，**這個東洋第一忍者居然是一個年輕女子**，所有的殺機戰意此刻消失得無影無蹤，他的手如同觸電般縮了回來，就差要叫出來：「姑娘得罪了！」

就在這一剎那，「伊賀天長」眼中楚楚可憐求饒的之意突然變成了咬牙切齒的恨意與羞愧，她意識到自己的胸部被一個陌生男子就這樣無保留地摸著，又羞又憤，杏眼殺機一現，怒吼一聲：「八格牙路！」左掌一擊，正中天狼的胸腹處。

這下就算天狼是金剛之體也無法抵擋了，天狼只覺得有一股排山倒海般的力量從身體裡透體而入，五臟六腑都要從嘴裡噴了出來，剛才他的右肩給刺了個通透，這會兒開始感覺到一股極度的深寒，那把刀想必也是東洋神兵，有著詭異的力量，彷彿讓他的血液都為之凍結，自己的呼吸吐出的不再是熱氣，而是一粒粒的冰渣。

天狼眼前一黑，口中鮮血狂噴，濺得對面「伊賀天長」的鬼面具上腥紅一片，「伊賀天長」的眼裡，卻又從恨意滿滿變成一種複雜的神情，有三分哀怨，三分驚奇，有四分後悔，似乎沒料到天狼會沒有防備地硬受自己這一掌。

饒是天狼渾身肌肉如銅皮鐵骨一般，即使是尋常刀劍，一流高手拿在手裡或砍或刺，也只能在他身上留下幾個印子而已。但這個女兒身的伊賀天長是何等的武功，甚至可以說在天狼見過的所有女人裡是最高的一個，即使屈彩鳳比起她來也稍遜半分。

這一下天狼被打得凌空暴退，身子如同飄絮一般，他感覺自己彷彿飛上了雲端，又被狠狠地一個大浪拋向了浪底，輕飄飄地連靈魂都像要透體而出，沐蘭湘那含著熱淚的眼睛在他的眼前浮現，他恍惚間聽到沐蘭湘呼喚著自己：

「大師兄，師妹等你等得好苦。」

天狼嘴邊浮起一絲微笑，也只有在這個時候，他才能見到自己的心上人，他有千言萬語想對小師妹說，卻一句話也說不出口，只想抱著她，任時間就這樣流逝。

就在這靈魂出竅的剎那，天狼突然聽到一聲嘶心裂肺的驚呼聲：

「天狼！」

不知什麼時候，鳳舞幽幽地醒轉過來，看到天狼渾身是血，在空中向後飛去，本來她渾身穴道都被制住，又被捆著，上半身一點力也使不出來，但這下子不知道哪來的勁，一下子衝開了穴道，從地上彈起來，捆著身子的那蛟皮繩索也被她強行衝斷，她凌空飛出，搶在天狼落地之前抱住了天狼的身軀。

伊賀天長怔怔地站在原地，手中執著那把雪亮的長刀，天狼的血正順著刀尖一滴滴地落下，剛才天狼飛出去時，她不自覺地伸出了手，想抓住天狼，可一看到鳳舞這樣捨身撲上，她微微地瞇起了眼，手下意識地握緊了刀柄。

鳳舞抱著天狼，淚如雨下，落在天狼的臉上，嘴角和鼻孔鮮血長流，顯然是剛才強行衝穴造成的。

天狼從靈魂出竅的狀態中暫時恢復了一些，本想震動胸膜，跟鳳舞暗語交流，可是稍一運勁，就痛得要叫出聲來，這才意識到自己胸腹受到重創，只怕肋骨已經斷了。

鳳舞忙用袖子幫他擦拭著嘴邊的血沫，哭道：「傻瓜，不就是一把劍嘛，有必要這樣拿自己的命去賭？」

天狼艱難地張了張嘴：「你說……說過……別……別離劍是不能……不能離開你的……劍亡……人，人亡……你……你是我帶……帶來這島上的……我……我不……不能讓你……受……受傷害。」

天狼吃力地吐出這幾句話後，胸腹處一陣劇痛，大口地咳嗽起來。

鳳舞咬得嘴唇鮮血淋漓，哭道：「傻瓜，你雖然中了劍，可明明能殺了那賊子，為什麼不出手？**你手下留情，他卻要你的命！**」

說到這裡，鳳舞眼中幾欲噴出火來，扭頭看向伊賀天長，恨不得把對手生吞活剝，瞪得伊賀天長不覺後退半步。

只聽鳳舞咄咄逼人地質問道：「你這狗賊，天狼對你手下留情，你卻下這麼重的毒手，我，我就是只有一口氣，也要取你性命，為天狼報仇！」

伊賀天長仍然是那副嘶啞蒼老的聲音：「一開始就說了，這不是點到即止的比武，而是以神兵利器為賭注的性命之搏，你們中原武人就是這樣婆婆媽媽的，生死搏命還要讓來讓去，這怪不得我，我也是收不住手。」

她看了眼天狼，嘆了口氣：「小子，你真的讓我很意外，能殺伊賀天長的，我還是第一次碰到，今天是我輸了，別離劍歸你！」

說著，從腰間抽出了別離劍，重重一擲，寶劍連著劍鞘一起插進了大理石的地面裡，深達八寸，此等功力，驚世駭俗。

伊賀天長回頭看了眼沉默不語，眼珠子直轉的嚴世蕃，冷冷地說道：「小閣老，我曾經說過，伊賀天長與人交手，從來不需要他人相助，今天我說好了與這位天狼公平較量，你為何要在一邊出聲相助？」

嚴世蕃的眼睛一直盯著伊賀天長的胸部掃來掃去，顯然剛才天狼按上伊賀天長胸部的那一下，也引起了他的懷疑，只是伊賀天長平時是以上等的變形忍術改變了自己的身形，跟個八旬老者一般無二，現在伊賀天長又從女兒之身變回了老人的身形，沒有露出半分破綻，讓嚴世蕃百思不得其解。

嚴世蕃哈哈一笑：「伊賀先生，請不要誤會，這小子狡詐得很，我是怕他借機逃了，才用哨音控制他，讓他無法分心，再說了，這哨音對伊賀先生也有影響，談不上幫誰不幫誰，這場較量很公平。」

徐海怒道：「小閣老，在場的全是高手，你就別在這裡找藉口了，分明是你不懷好意，兩人相鬥你卻要出聲干擾，而且你的顫音全是衝著天狼換氣的當口去的，現在卻說兩不相幫，真是把人當成傻瓜嗎？」

嚴世蕃臉上青一陣白一陣，陰沉地挑撥道：

「徐首領，我知道你跟天狼關係不錯，不想看他死，可是我提醒你一句，此賊詭計多端，還會裝死騙人，以前就這樣逃脫過，所以我今天不會給他任何逃脫的機會，剛才他還在這裡信誓旦旦地談合作，說的多真誠哪，可是背過臉來他就指派鳳舞在島上偵察你們的虛實，若不是我留了個心眼，帶了伊賀先生上島防備，只怕島上的布防這會兒已經盡在天狼的掌握之中了，下次他來，可就不是兩個人，而是帶著千軍萬馬，專門找你們射擊的死角潛入了！」

汪直瞪了徐海一眼：「阿海，你腦子進水了嗎？不知道誰是朋友誰是敵人？小閣老是在幫我們！」

徐海勾了勾嘴角，只能閉口不語。

伊賀天長聲音愈發冰冷：「小閣老，你跟這個男人有什麼恩怨我不管，但我伊賀天長與人動手，從來不需要他人幫忙，今天是我輸給了他，無話可說，你剛才答應的萬兩黃金，我也沒臉要了，我們伊賀派跟你的合作到此為止，從今以後，我們在中原的據點會換個地方，也希望小閣老不要來找我們！」

嚴世蕃微微一愣，臉上勉強擠出一絲笑容：「伊賀先生，一點小小的誤會而已，當時，我也是看情況危急，所以才沒來得及跟您打招呼就用了魔音追魂……」

伊賀天長厭惡地擺了擺手：「夠了，小閣老，你這話跟別人說也就算了，我伊賀天長的追蹤術和忍術世上無人能及，若是有人能從我眼前逃走，那你的魔音追魂也不可能留住來人，而且剛才你的哨音差點害死了我，你看這是什麼？」

伊賀天長舉起右手，只見她右肋下有一道長長的劍傷，血不停地從創口向外流淌，原來是剛才天狼將莫邪劍擲出時，伊賀天長正好運動到了那個位置。

本來以她的功力，躲開此劍並非難事，可是正當她運氣移形時，被嚴世蕃的哨響打亂了內息，稍稍一滯，劍便從她腋下穿過，只要再偏個兩寸，便是利劍穿身，也正因這個變故，讓她的動作慢了小半拍，才使得天狼有時間噴血控制刀靈，雙方可謂是錯進錯出。

嚴世蕃這下子傻眼了，沒想到自己偷雞不成反蝕了把米，沒殺到天狼，反而得罪了伊賀天長，索性豁出去道：

「伊賀先生，我聽說你在東洋與人賭劍，從不留活口，今天為了這麼個小子破例，只怕傳出去，對你老人家的名聲也不好吧。」

伊賀天長眼裡突然神光暴射：「嚴世蕃，我現在很後悔跟你這個無恥小人攪在一起，先是破壞我跟汪船主的承諾，然後又這樣勝之不武，我伊賀天長雖然不是武士，但一生對敵也不假手他人，你讓我這樣跟人比武，這才叫壞了我名聲，所以從今往後，我不想跟你有任何關係，明白了嗎？」

嚴世蕃肥臉上兩堆肉抖動著，一言不發。

伊賀天長轉向天狼，帶著一絲愧疚說：「天狼，如果你這次不死，我們應該還有再見的機會，這是我們伊賀門的獨特靈藥，你受的刀傷裡有怨靈之力，治癒非易事，這藥能助你早日康復。」便從懷裡摸出一個小瓷瓶擲了過來。

鳳舞罵道：「我們才不要你這勞什子破藥呢，誰知道你會不會下毒？」但她嘴上這麼說，手裡還是接過藥瓶，打開來先嗅了嗅，又向自己的傷口上抹了一點，覺得無事之後，才小心翼翼地塗到天狼右肩的創口。

說也神奇，剛才還流血不止的傷口一下子止住了血，天狼體內本來快要凍僵的血液，漸漸地恢復了溫度，臉色也紅潤了些，不再像剛才那樣了。

鳳舞看到天狼又恢復了生氣，緊緊地摟著天狼，驚喜不已。

天狼掙扎著試著運了一下氣，丹田裡內力剛一生出，立馬就痛得呼吸都困難，只得放棄嘗試，他這下胸腹部受到重擊，肋骨折斷，橫膈膜受損，一說話便會牽扯得五內如焚，但他仍然勉力開口道：「伊賀，先，先生，多謝。」

伊賀天長點點頭，看向嚴世蕃道：「小閣老，由於你的出手，這不是一場公平的決鬥，在這個人傷好之前，我不允許任何人向他出手，否則就是跟我伊賀天長為敵！」

說完，身影便突然消失得無影無蹤，彷彿從來沒有出現過。

嚴世蕃冷笑一聲，他的心中還是暗自得意，不管怎麼說，天狼這個勁敵已經被重創，而且更重要的是，鳳舞給抓了個正著，天狼又承認鳳舞的行動是他所指使，這下子天狼和汪直的談判算是完全破裂，自己此行的目的，也是達到了一大半。

現在天狼這樣子就是個活死人，鳳舞又非自己的對手，就算汪直肯放他，伊賀天長保他，一路上自己也有得是機會下手取了天狼的命，想到這裡，他的嘴邊就不自覺地露出邪惡的微笑。

汪直看了眼嚴世蕃，從嚴世蕃得意的微笑中，一切心知肚明，轉向天狼道：「天狼，你的劍也要回來了，我們這裡不歡迎你，如果你還能行動的話，我派船送你和鳳舞回去吧，和議之事就此作罷。」

天狼咬緊著牙關，頭上冒著斗大的汗珠說道：「汪船主，鳳舞的偵察與胡總督的和議無關，是我自己所為，您要處罰，就衝著我天狼，和錦衣衛來好了，不要妨礙了和議之事。」

聽到天狼這樣說，鳳舞終於忍不住了，哭道：「汪船主，徐首領，一人做事一人當，刺探島上情報的事，是錦衣衛總指揮使陸炳直接下給我的命令，天狼並不知情，你們要打要殺，對著我就行了，別冤枉了好人。」

毛海峰恨恨地罵道：「你們錦衣衛沒一個好人，這麼多年來，不斷地派出各路奸細來打探我們雙嶼島，本來哪可能讓你們錦衣衛來當這使者，若不是看在胡總督的面子上，再加上這個天狼在中原的時候算是幫過咱們幾次，否則早讓胡宗憲另派他人了，可你們卻是死性不改，趁著和議的機會刺探偵察，留你們兩條命就不錯了，還想怎麼的?!」

徐海眉頭皺了起來，對汪直道：「老大，若是真如這鳳舞所言，是陸炳和她所為，那確實怪不到天狼頭上，也就是說，胡宗憲並不知道此事，我們是跟胡宗憲議和，並不是跟陸炳談判，就這麼取消和議，似乎也不妥當。」

汪直為難地說：「但天狼卻說他知情，這又是怎麼回事？他們兩個人的說法都不一致，讓我如何相信？」

鳳舞連忙說道：「汪船主，天狼是怕我受到傷害，才把責任攬到自己身上的，請你相信我，他是真不知此事，我在船上故意和他吵架，裝著負氣遠走，就是要演戲給徐首領看，陸總指揮以徐夫人的家人相要脅，逼她給我大開方便之門，這些事，天狼又怎麼可能知情！他為人光明磊落，向來不屑做這種下作之事，若是不信，你們可以去找徐夫人對質！」

徐海氣得雙眼圓睜：「你，你竟然敢去威脅我夫人！」

鳳舞揚頭道：「不錯，這就是我們錦衣衛的行事風格，為達目的不擇手段，王姑娘雖然跟了你，但她父兄還在大明，以他們的性命作要脅，她又怎麼可能不就範！再說，我只是要她扮成我的模樣，在貴府待上半天罷了。」

嚴世蕃冷笑道：「汪船主，你們都聽到了吧，錦衣衛和胡宗憲其實就是一個唱黑臉，一個唱白臉，這個天狼代表了胡宗憲，裝著不知情，出了事就讓鳳舞扛下責任，想必一介女流，你們也不會真要了她性命，而那個所謂的和議還會繼續談下去。人贓並獲的事你們都不追究，還要跟這樣的人繼續談判，嘿嘿，我看你們將來怎麼死的都不知道，汪船主，你英明一世，不可糊塗一時啊。」

汪直眼中冷芒一閃：「小閣老，該怎麼做我自然心裡有數，這次你幫我抓住這個女人，我非常感謝，只是你事先不跟我打招呼，就帶著跟我們有過節的伊賀天長上島，你又作何解釋呢？」

嚴世蕃老神在在地說：「汪船主，不要誤會，我透過我的情報管道，得知鳳舞和天狼會借這次和議的機會上島偵察，但我又想到汪船主會以和議大局為重，所以就重金邀請了伊賀先生作為我的幫手，沒有別的意思。」

汪直不滿地說：「你找別人都沒有關係，就是找這個伊賀天長不行，當年他跟著海賊頭子九鬼家，曾經打劫過我的船隊，還曾經潛入過我在平戶的宅院企圖刺殺我，雙方早就結下了梁子，後來在島津家的調解下才算勉強講和，但說定不能進入各自的勢力範圍之內，雙嶼島是我的大本營，伊賀天長更是不能來此。」

嚴世蕃眼珠子一轉，滑頭地道：「汪船主，你們之間的過節，我實在是不知道啊，上次在南京城外，我看伊賀十兵衛跟徐首領他們可以聯手合作，還以為你們是朋友呢，所以就找了伊賀天長。」

徐海冷冷地道：「小閣老，你這麼精明的人，這種事怎麼可能不清楚呢，就算你不清楚，那伊賀天長難道不會和你說其中的曲直？你讓他來，他竟一點推脫之詞也沒有？上次在南京城外，那是大明的地界，並不是彼此的勢力範圍，但雙嶼島豈能一樣？」

嚴世蕃還想再分辯，汪直懶得聽他再扯謊，不耐煩地擺了擺手：「好了，小閣老，此事多說無益，念在你幫了我們大忙的份上，我就不計較了，免得傷了和氣。這次多虧小閣老助我，使我們獲益良多，您的恩情老夫銘記於心，以後合作的事，我們找機會再細談，我們還有事要處理，小閣老就先請便吧，海峰，幫我送小閣老回中原。」

嚴世蕃臉色一變，沒料到汪直這麼直接地就下了逐客令，轉而又掛起標誌性的微笑：「汪船主，兄弟我自當是要離去的，只是想問一下，您準備如何處理這次的和議，又準備如何發落天狼和鳳舞二人？」

汪直微微一笑：「和議之事嘛，剛才老夫在氣頭上說了和議作罷，可是這會兒仔細想想，就算他們錦衣衛暗做手腳，可這也未必是胡宗憲的意思，談還是應該繼續談的，下次讓胡宗憲換人來就是了，或者我們換個地方談也未嘗不可。」

嚴世蕃猛的一跺腳：「汪船主，你怎麼還相信他們？胡宗憲擺明了就是設套，引你上鉤的。」

汪直臉色一沉：「小閣老，話還是不要說得這麼絕對，要說背盟，也是我們背盟在先，上次本和胡宗憲有過談和的約定，可是為了幫你的忙，在義烏我們黑了胡宗憲一把，就算這次是胡宗憲指使，也是一報還一報，算是兩清。

「而且，不管天狼是不是知情，此事是陸炳指使，與胡宗憲無關，胡宗憲既然已經定下了和我們和談解決的策略，就沒有理由興兵來犯，這些年來，上島刺探軍情的全是錦衣衛的人，並沒有胡宗憲的手下，可見胡宗憲是主和非主戰，難道小閣老認為胡宗憲是想要趁我跟陳思盼打仗的時候，發兵偷襲我雙嶼島？」

嚴世蕃咬咬牙，獨眼凶光閃閃，暗藏威脅道：「汪船主，小心駛得萬年船，胡宗憲新兵尚未練成，大軍當然不會來攻，可是陸炳命手下精通水性的錦衣衛摸黑上島，直取城堡，卻很有可能，就算胡宗憲可以派人再重新談判，但陸炳會放過這大好機會嗎？若是你放了這二人回中原，只怕禍事將為之不遠！」

汪直思索了一會兒，開口道：「小閣老說得也有道理，我看這樣好了，天狼也受了重傷，這個時候讓他回去，海上風浪大，萬一出點意外，胡宗憲還會以為是我們下了黑手。天狼，鳳舞，勞煩你二人在島上作客幾天，也算是養傷，如何？」

天狼心中大喜，只要留下來，就有說服汪直的機會，他最擔心的就是給這樣打發回去，而嚴世蕃留下來，再使勁挑唆，那和議大事就有可能功虧一簣，於是說道：「如此甚好。」

嚴世蕃氣得胖臉發青，狠狠地說道：「天狼，算你小子命大，下次我不信你還有這麼好的運氣。汪船主，忠言逆耳，別說嚴某沒早警告你，你留下這兩個禍根，遲早會傷及你的一世基業！」

汪直冷冷地回道：「多謝小閣老提醒，老夫在海上翻滾了一輩子，什麼大風大浪都見過，若是這點小事都對付不了，也就不用在海上混了。海峰，替我送送小閣老！」

嚴世蕃哼了聲：「不必，回去的路我認得！」他身形一動，眾人只覺眼前一花，這個胖子便不見了蹤影。

天狼緊繃的神經總算鬆懈下來，剛才他的眼皮彷彿有千斤之重，伊賀天長給的靈藥在止血舒痛的同時也有催眠之效，但天狼生怕自己一閉眼會錯過什麼，一直強撐著，現在終於撐不住了，兩眼一黑，再也人事不省，只隱約地聽到鳳舞哭喊著自己的名字：

「天狼，天狼……」

第六章

女人心

伊賀天長嘆了口氣：「天狼，你實在是不明白女人心，
更不明白對一個女間諜來說，一切都有可能，
鳳舞有必須要執行的事，這點超越了她和你的關係，
如果上面的人要她跟嚴世蕃言歸於好，
你覺得她會怎麼做？」

不知過了多久，這回天狼連夢也沒有做，只感覺自己身處一片黑暗之中，整個人在一片無邊無際的黑暗中懸浮著，周圍似乎有許多聲音在呼喚著他的名字，最後聽到的是小師妹的夢囈聲：「大師兄，真的是你嗎？」

天狼一下子睜開了眼睛，只覺得刺目的白光撲面而來，一股草藥味道鑽進他的鼻子裡，**在自己面前坐著的，居然是黑衣鬼面的伊賀天長！**

天狼這下驚得非同小可，本能地幾乎要跳起來，伊賀天長卻輕輕地一揮手，點中天狼胸前的膻中穴，這下天狼的身子立即軟得像灘爛泥，再也起不了身。

伊賀天長教訓道：「早知道你這麼不安分，我應該在你昏迷的時候就點你的穴，但又怕你想要翻身的時候動不了，傷了骨頭，所以才在這裡守著。天狼，我這樣出現在你的面前，讓你很奇怪嗎？」

天狼掃描了一下自己身處的環境，應該還是在一個海島上，因為窗外飄來帶著鹽味的海風，陽光照得室內一片明亮，自己正躺在一張木床上，他感覺自己上半身纏著厚厚的繃帶，右肩的傷處微微地發癢，不知道是不是在結痂癒合。

天狼試著運了一下氣，胸腹相交之處隨著內息的流轉仍然很痛，但五臟看來已經歸位了，不至於像剛受傷時那樣咳出血塊，看來內腑的癒合速度比起肩頭的傷口還要快一些，只要自己的丹田完好，經脈暢通，還能運氣，那這身武功就沒廢。

天狼心稍寬了些，置身匪巢，早就命不由己，能跟伊賀天長打上交道，倒也未必是最壞的結局，至少比落在嚴世蕃手上要來得好，只是他有些意外，為何陪在身邊的人不是鳳舞。

天狼深吸一口氣，緩緩地道：「伊賀……前輩，在這裡說話是否方便安全？我現在身處何處？」

伊賀天長眼裡露出一絲笑意：「你剛才是不是想說姑娘？但話到嘴邊，又怕有人偷聽，才臨時改口？」

天狼點點頭：「姑娘所言極是，你既然自己說了，想必此處談話絕對安全，以姑娘的能力，三十丈內有任何人偷聽，應該都能察覺得到。」

伊賀天長明亮的眸子如秋水一般清澈，她站起身，伸了個懶腰：「天狼，你平時也是這樣拍別人的馬屁嗎？」

天狼笑道：「我這是實話實說，你還沒有回答我的問題，我身在何處？我的同伴鳳舞人在哪裡？你又怎麼會在這兒呢？」

伊賀天長眼波流轉道：「先回答你的第一個問題，你人還在雙嶼島，這小屋是島上一個瞭望哨衛的住所，汪船主特意把此地給你養傷，由我照顧你的傷勢，畢竟你的傷是我造成的，治好你，我們就算是兩清。」

天狼想起自己來的時候，曾看到城堡西處高臺上有一間獨立的小屋，沿著甬道伸出城堡之外，視角非常好，整個海面可一覽無遺。

天狼笑道：「原來是這個屋子，伊賀姑娘，你又為何去而復返，留在雙嶼島，只是為了幫我治傷？」

伊賀天長面具後那雙秀目中閃過一絲不悅：

「怎麼，不可以嗎？我誤信奸人，差點把命都送掉，若不是你手下留情，這會兒早已沒命！我把你傷成這樣，總不能看著你白白送命吧。**傷你的刀是酒吞童子切，打你的是三分歸元掌，隨便一樣都會要了你的命，如果沒有我的獨門傷藥和治傷秘法，你活不過三天。**」

天狼明白伊賀所言非虛，感激地道：「伊賀姑娘，多謝你的救命之恩，我看你雖是忍者，但講道義，有正氣，為何會和嚴世蕃混到一起了呢？」

伊賀天長正色道：「這是我們門派的事，恕難奉告。天狼，我雖然和嚴世蕃暫時中止合作，但跟你們中原武人仍然是敵非友，這次幫你治傷，也只是因為要還你手下留情之恩罷了，其他的請你不要多問。」

天狼聽了道：「你還沒有回答我第三個問題，我的同伴鳳舞到哪裡去了？她怎麼會扔下我一個人，讓伊賀姑娘來照顧我呢？」

伊賀天長道：「那個女人已經回中原了，是我親自送她回去的，我知道嚴世蕃可能不會放過她，若是她出了什麼事，你心中不安，說不定傷情還會有反覆，所以在你昏迷的時候，跟嚴世蕃和鳳舞一起回了趟寧波。」

「我人在這裡，鳳舞怎麼會走？」天狼疑心道。

伊賀天長道：「談判的事，總要有人回去報信，所以鳳舞只能留你在這裡養傷。徐海也拍胸脯保你無事，她才願意走的。我怕嚴世蕃會對她動手，所以護送她回去，親眼看到鳳舞被幾個錦衣衛接走，這下你可以放心了吧。」

天狼一笑：「有勞伊賀姑娘了，對了，我昏迷了多久？」

伊賀天長算了算：「已經五天了。」

天狼驚道：「什麼，我居然暈了五天？」

伊賀天長點點頭：「傷藥裡有麻醉的成分，因為要去你體內的怨靈之氣，而且你肋骨斷了，接骨癒合的時候很疼，昏睡的時間多一點，對你有好事。」

天狼聞言道：「這傷藥果然神奇，對了，伊賀姑娘，你的刀有何玄機，還有怨靈之力？」

那把長刀一直插在伊賀天長的背後，與一般武士的那種長刀，與肋差（按：

日本武士用來刺入甲冑縫隙和貼身戰鬥的短刀。）插在腰帶上的標準帶刀法不同，她伸手一拔，只見一把閃閃發光的長刀帶著淒厲的風聲脫鞘而出，即使是陽光充足的白日，仍然照得房間裡一片亮堂。

伊賀天長拿著這把如一泓秋水的長刀，左手輕輕地從刀身上撫過，說道：「此刀名叫『**酒吞童子切**』，乃是曾經斬殺過我們日本最有名的妖怪酒吞童子的名刀，又叫『**安綱**』。」

天狼跟柳生雄霸在無名谷底相處的那一年裡，聽他說過不少東洋名刀的往事，因而聽到酒吞童子時便耳熟得很，馬上想了起來。

酒吞童子原來是越後國的一個小和尚，容貌俊秀，受到他人的嫉妒，被欺負打壓，由此生出諸多惡念，最後住持方丈察覺他墮入魔道，將其趕出寺門，他跑到深山中，化身為妖，最後在靠近京都的丹波國大江山上，集中一大批惡狼，打造了一座鐵鑄的宮殿，居於其中。

這些妖魔鬼怪生食人肉，尤其愛吃小孩子和年輕姑娘的嫩肉，有一天，把朝廷高官池田中納言的女兒也擄了去，陰陽師安倍晴明卜算出是酒吞童子所為，震動了整個京都，天皇下令徵召勇士豪傑去除妖。

當時日本的第一勇士，有大俠之名的源賴光，帶著他的四個好友和天皇的護衛官，一共六個武者去討伐妖怪，為了這次的討伐，源賴光特意打造了一柄鋒銳無匹的太刀，名叫安綱。

一路上聞風而來的武者請求加入，源賴光拒絕了這些人的好意，說是若隊伍人太多，動靜太大，妖怪可能會逃到別的地方，繼續禍害人間，再找起來就困難了，於是始終只有六人行動。

進入丹波國後，有三個山神現身，給這六個勇士指引了妖魔的巢穴，更給了他們幾罈酒，此酒名叫「神便鬼毒酒」，妖魔鬼怪沒有不喜歡酒的，但此酒對人來說是佳釀，對鬼來說卻是猛毒。此外，還給了源賴光一個布袋，名叫星兜，可以裝鬼物被砍下的腦袋。

結果六個勇士也打扮成鬼怪的模樣找上門去，一開始酒吞童子等妖怪十分警惕，盤問了許多事情，但源賴光智勇雙全，一一應付過去，甚至在妖怪們拿來女人和小孩的肉讓他們吃的時候，也面不改色，一口吞下，這讓酒吞童子放鬆了戒心，痛飲起他們帶來的美酒。

等大殿裡所有的妖怪都喝醉之後，酒吞童子獨自回到自己的房間，源賴光趁機跟進，發現其露出真身，乃是一個身高一丈三尺，頭髮火紅，額生雙角，長了十五隻手的可怕妖魔。

當源賴光拔出安綱刀的一瞬間，作為百鬼之王的酒吞童子醒了過來，幸虧這時候神酒的藥力起了效果，酒吞童子無法動彈，被源賴光一刀斬下頭顱，但是猛鬼之王的頭顱還在空中飛舞，想要繼續攻擊源賴光，源賴光這時候才想到星兜的作用，向空中一擲，罩住酒吞童子的腦袋，這才脫得大難。

其他的猛鬼也被神酒的藥力所控制，無法行動，被另五名勇士一一解決，源賴光一行斬盡諸鬼後，把姑娘和小孩解救出來，最後得到了豐厚獎賞，美名傳於後世，伴隨著這把又名「酒吞童子切」的名刀安綱，成為東洋人心目中豪俠的典範。據說安綱寶刀上沾了酒吞童子的血，也有著他的怨念與邪惡，因此傷人之後，會讓人身受鬼怪的怨咒。

天狼嘆道：「原來我是傷在這酒吞童子切之下！那凝固我血液的怨氣，應該就是酒吞童子的惡靈吧。」

伊賀天長有些意外：「你也知道這把刀？」

天狼微微一笑：「我有個東洋朋友跟我說過此刀的來歷，想不到安綱寶刀竟然在你們伊賀派的手中。」

伊賀天長補充道：「此刀被天皇用作鎮邪之物，放在皇宮中，後來戰國再起，皇權旁落，就被天皇賜給了身為幕府將軍的足利氏，足利氏又把刀轉贈給其管領田中氏，田中家領主田中高國率軍征討我們伊賀忍者里時，被忍者突襲所殺，此刀也就到了我們伊賀派手中。」

天狼聞言道：「聽說此刀是不祥之物，用它的主人多不得善終，若是好東西，還會這樣送來送去嗎？」

伊賀天長眼中寒芒一閃：「天狼，這可是我們東洋名刀，只有最高貴最勇敢的武士才配使用，當年我們伊賀家的先祖幾乎掉了半條命才得到此刀，哪是別人好心送的！你這樣說，有點太過分了吧。」

天狼反應過來，忍者在東洋都是從事見不得人的勾當，暗殺，刺探，投毒，一般武士根本看不起，各地的領主大名們也不可能給立下功勞的忍者高官厚爵，所以忍者往往內心自卑，渴望能在陽光下跟名門武士一樣受人尊敬，而不是永遠躲在陰影裡做個偷偷摸摸的殺手刺客。

這把安綱刀，乃是皇家的鎮宮之寶，伊賀家在戰場上奪取此刀，自然要奉若至寶，至於那些傳言，伊賀家的人不可能沒有想到這一點，但為了要那個面子，也肯定不會承認的。

於是天狼坐直身子，抬起手，正式行禮道：「伊賀姑娘，剛才在下出言無狀，得罪了。」

他這一下坐起來，只覺得身上一陣發冷，再一看，只見自己的上身完全赤裸，只有肩部的傷處裹了幾層繃帶，下身也只穿了條短褲，想到對方終究是個女子，臉一紅，趕緊把被子裹在身上，突然又想到了什麼，摸摸自己的臉，見自己的人皮面具還好好的貼在臉上，這才放寬了心。

伊賀天長忍不住「撲嗤」一笑：「瞧你一個大男人，這麼害臊，在我這女子面前，反倒你更像個姑娘。」

天狼正經地道：「男女有別，你我並非夫妻，我在你面前裸露身體，不太妥當吧。」

誰知伊賀天長笑道：「這些天你的藥都是我換的，該看的地方早就看過了，現在遮又有何用？」

天狼大窘，正色道：「伊賀姑娘，你的救命之恩，我很感激，我昏迷的時候，有勞姑娘出手相治，可現在我神智清醒，若是還赤身相對，就是我的唐突了，雖然我等江湖兒女不需要這麼多講究，但男女大防還是要顧著點的好。」

伊賀天長諷刺道：「想不到你天狼還是個謙謙君子哪，你若是真的這麼守規矩，那天為何還會那樣對我？」

天狼想到那天自己按到她胸脯的事，臉紅道：「在下並不知道姑娘是女兒身，而且生死之間哪還顧得了這些，並非是有意冒犯，再說，我一發現不對勁，不是也馬上收了手嘛。」

伊賀天長怒道：「哼，油嘴滑舌，你大概就是靠了這張嘴，才騙到那個叫鳳舞的女人的心吧，看她對你癡迷的樣子，本來死活都不肯走，若不是徐海說了叫她回去找人來救你，哪會離開！」

天狼趕忙轉移話題道：「伊賀姑娘，看你年紀如此年輕，功夫怎麼如此之高？你作為伊賀家的首領這麼多年，難道都沒暴露自己是女兒之身？」

伊賀天長娓娓說道：「伊賀是忍者世家，世代單傳，我爺爺才是伊賀天長，他親手創立了伊賀派，外人眼裡那個八十多歲，威震東洋的伊賀派當主，指的是我爺爺。

「可是我奶奶在懷我爹的時候，正好朝廷的討伐軍攻擊村子，奶奶在逃命的時候差點小產，所以我爹的身子骨很弱，無法習武，到生我時也三十多歲了，爺爺怕我爹無法撐起伊賀家，一直苦撐著不敢退休，直到我藝滿出師後，才放心的交給我。」

天狼恍然道：「原來是家族襲名，用的是你爺爺的名號，在我們中原，家族一向由男子繼承的，那你之後，這伊賀家又如何傳承呢？」

伊賀天長道：「我們東洋跟你們中原不太一樣，重家名勝於血緣，只要是父輩的家名流傳，無論男女都可以繼承，當然，如果我有兄弟，繼承肯定輪不到我，但我爹身子骨弱，能讓母親懷上我已經非常不易了，所以伊賀家就輪到我這個女子來繼承。至於我的下一代，其實也好辦，如果我找到男子出嫁，這個男人必須要放棄自己的姓，改姓伊賀，在你們中原這樣叫入贅，其實是一樣的道理。」

天狼搖搖頭：「中原的入贅，最多只是孩子跟著娘家的姓，可沒聽說過連孩子他爹也要跟著改姓呢。」

伊賀天長道：「難道你的東洋朋友沒跟你說嗎，我們日本只有長子可以繼承家業，次子三子成年後往往要送往別家去，大名領主會讓無子的家臣來收養這些孩子，或者乾脆弄到廟裡去，這樣避免兄弟間爭奪家產所造成的悲劇，所以在日本，這種上門改姓之人很多。當然，我們伊賀家並不像他們武士家族那樣聲名顯赫，不過我自信想找一個肯入贅伊賀家的男子，並不是太難的事。」

天狼點點頭，從這個女人身上，他看到一個家族的責任和傳承，柳生雄霸跟自己說過，日本的武林門派往往是以家族為單位，世代流傳，無論是武士還是忍者，莫不如此。

天狼道：「我曾立誓為我那個東洋朋友保留身分秘密，所以無法告訴你他的身分。伊賀姑娘，你的武功之高，在我見過的女子中當屬第一，只是忍法招數可以學到家傳的上乘武功，可你的內力也如此之強，難道有什麼奇遇？」

伊賀天長秀目一揚：「怎麼，你想打聽我們伊賀家的底細？」

天狼搖搖頭：「絕無此意，只是感覺姑娘正處妙齡，卻有如此高深的內力，實在是不可思議，作為武者，怎麼可能對此不好奇呢？」

伊賀天長冷冷地說道：「此事涉及我伊賀家傳秘法，你就不必知道了，還有，我是女兒身之事，現在世上除了我爹娘和爺爺以外，就只有你一個人知道，就是嚴世蕃也不知道我的底細，我不想殺你滅口，希望你能為我保守秘密，否則我會立刻毫不猶豫地對你下殺手。」

天狼心中暗驚，這伊賀天長畢竟是忍者首領，心狠手辣，絕非普通女兒家，倒是跟前一刻還跟自己淺笑盈盈，後一刻就能冷血殺人的鳳舞有點像。她以祖父的名頭出現，就是想對外證明伊賀家仍然有伊賀天長這尊神在守護，不然很可能會有仇家上門滅派，這樣一想，殺人滅口倒也順理成章。

伊賀天長見天狼半天不說話，嘲笑道：「怎麼，你怕了？」

天狼道：「姑娘，在下從來就不知道什麼叫害怕，只不過姑娘這種為了保守

身分秘密就亂殺無辜的行徑，在下實難苟同。」

伊賀天長似乎對天狼的回答有些意外，收起了寶刀，饒有興致地道：「我不明白你的意思，若是我的仇家知道了我是女兒身，爺爺已經不再執掌門派的話，他們一定會趁機前來攻擊的，到時候我伊賀一門馬上有滅亡的危險，殺一人以救成百上千人，有什麼不對？」

天狼不以為然地說：「在下不這麼認為，如果按照姑娘所說，殺一人是為了救幾百人，可是這個人是無辜的，只是因為姑娘自己說出了這個秘密，就得死，那就算救得了這幾百人，姑娘的良心就能安寧嗎？」

伊賀天長沉吟了一下，她從來沒有這樣想過，片刻之後，才開口道：「我是為了保護家族，並不覺得有什麼錯，也許我的良心會有些不安，但我還是會做同樣的事。」

天狼正色道：「姑娘用的是斬妖除魔的寶刀，可是做的事卻和俠義大相徑庭，難道你用這把斬魔的安綱寶刀，就是為了亂殺無辜，以保住你的秘密嗎？」

伊賀天長反駁道：「當年俠士們為了斬除妖怪，也是無所不用其極，甚至為了騙取妖怪的信任，吃了人肉，這樣的行為，和我又有何區別？這個事情我已經告訴了你，就算我自殺，也不可能阻止你把此事四處宣揚，所以為了一勞永逸地讓你封口，我覺得殺了你，才是最好的選擇。」

天狼皺眉道：「伊賀姑娘，如果你非要說殺了我才得以保住你們伊賀派的秘密，我也無話可說，只是既然如此，你為何又要告訴我這個秘密？難道你繞這麼大一個彎，就是想取我性命嗎？那又何必要救我？」

伊賀天長眼中閃過一絲耐人尋味的笑意：「還有一個辦法，可以保你這條命，想不想聽？」

天狼早已猜到了七八分，道：「**姑娘不會是要我入贅你們伊賀家，連姓也要改成伊賀吧。**」

伊賀天長點點頭：「不錯，就是如此，你的武功非常高，智謀也是頂級，當我們伊賀派的掌門是沒有問題的，而且，你還是第一個識破我女兒身的人，如果你不娶我，那我就只有殺了你，以保全秘密了。」

天狼哭笑不得，**雖說屈彩鳳也曾說過想嫁給自己以保全巫山派，鳳舞對自己的追求更是火熱，可是像她這樣直接就開口逼婚的，他還是第一次見到，**他斷然道：「伊賀姑娘，你這個要求太突然了吧，我們只見過一面，彼此間完全不熟悉，甚至連對方長什麼樣子都不清楚，只因為你我交手過，你又給我講了個伊賀派的故事，就要我娶你？而且我並非你們東洋人，你就是要找，也應該找一個可靠的東洋武士才對。」

伊賀天長微微一笑，秀目中光波閃閃：「你只要答應娶我，我會馬上拿下面具的。還有，我告訴你一件事，那個鳳舞的臉我見過，確實是大美女，但我比起她來毫不遜色，不會讓你吃虧的。」

天狼心中一動，本能地摸了摸自己的臉，只聽伊賀天長笑道：「天狼，你可別忘了，我是忍者，這種易容改扮、潛伏竊聽的事最拿手不過，你們中原的這種易容術，我也會，所以你這張人皮面具，我早就取下來看過了，你鬍子該刮刮啦，本來很帥氣的一張臉，弄得那麼滄桑做什麼。」

天狼知道這伊賀天長並沒有騙自己，他的鬍子已經有十多天沒刮，肯定長得像堆雜草了，抱怨道：「伊賀姑娘，在下很感激你對我的救治，可是你這樣亂看別人的臉不太好吧，如果是我，可不會趁你昏迷的時候取下你面具的。」

伊賀天長頑皮地眨了下眼睛：「你們中原人就是死板教條，無趣得緊！不過你這個人倒是有點君子之風，上次你的手亂放的時候，若是換了嚴世蕃，哪捨得放開呢，衝著這一點，我就願意做你的女人，因為你對一個陌生還想要取你性命的女人都能守君子之禮，我相信我們門派在你手裡絕不會沒落。嚴世蕃把你說得無惡不做，還說你是個採花賊，但我看出你還是童子之身，所以嚴世蕃的謊言不攻自破，我嫁給你，不是正好嘛。」

天狼臉色一變：「你，你是怎麼知道我是童子之身的？」

伊賀天長笑道：「給你治傷的時候，你身上的膿血傷痂弄得滿床都是，我若不天天給你擦洗，身體早就潰爛了，你不會以為我脫光了你全身的衣服，只剩條底褲沒動吧。」

天狼的臉變得發燙，即使隔了面具，也能感覺到臉上的窘色，這女子實在是太開放了，他的裸體，即使是小師妹，也只是在那天變身使出天狼刀法，徒手格斃向老魔的時候才看過，更不用說在鳳舞和屈彩鳳面前了，想不到給這個東洋女人看了個底朝天，實在讓他無語。

天狼咽了口口水，說話也變得有些結巴起來：「伊賀姑娘，在下不知道，該說什麼，無論如何，你總不能因為這個，就逼我娶你吧。」

伊賀天長臉上透著不悅：「為什麼？我武功不高？還是不夠漂亮？或者，你有心上人了？」

天狼點點頭道：「實不相瞞，我和別人已經有婚約了。」

伊賀天長質問道：「和誰？是那個鳳舞嗎？」

天狼道：「不錯，鳳舞幾次捨命救我，這次來雙嶼島，她不惜性命一路相

隨，我在上島前就答應她，一旦能平安回去就會娶她。大丈夫一諾千金，怎麼可以隨便食言！」

伊賀天長嗤了聲：「天狼，只怕你未過門的妻子要讓你失望了，她可沒有你想像中的愛你，我看她跟嚴世蕃的關係非同一般，而且她根本不是黃花閨女，這樣的女人你也要？」

天狼厲聲道：「住口，不許你侮辱鳳舞，鳳舞的事我當然知道，她忍辱負重，被嚴世蕃那個惡賊欺負過，後來逃了出來，嚴世蕃也因為鳳舞的關係，幾次三番想對我下手，我若是連這些事都不知道，也不會娶她了。」

伊賀天長笑得前仰後合：「天狼，我不知道你是怎麼進錦衣衛的，按說我們是一路人，做的都是見不得光的勾當，一定要冷酷無情，可是你卻是心存善念，手下留情，完全跟你的組織格格不入。

「你的鳳舞，上了島後我就跟著她，她用徐夫人的家信去威脅徐夫人，然後把徐夫人的一個婢女易容成自己的模樣，借土遁離開，你在大廳裡和議，她則趁這個機會在島上暗查，**可見她只是把你當成一個完成自己任務的工具而已**，可沒對你存真心。」

天狼搖搖頭，否認道：「不對，鳳舞在去徐海家之前已經跟我說過此事了，並不算瞞我，她和我的關係是一回事，但她是錦衣衛的探子，必須要執行自己的任務，這和她愛我不衝突，在大殿跟你決戰的時候，她為了救我硬是衝開穴道，損及經脈，算得上是捨命相救了，還要如何？」

伊賀天長意味深長地道：「那我要是告訴你，你的鳳舞姑娘和嚴世蕃現在還有聯繫，在聯手策劃什麼事情，甚至趁你在島上養傷的時候頻頻接觸，你又怎麼說？」

天狼不信地道：「不可能，鳳舞恨極了嚴世蕃，當年她是從嚴世蕃的府上逃出來的，若是可以，她早就想取這狗賊性命了，又怎麼可能跟他還有瓜葛？你不要編造這些謊言了，我根本不信。」

伊賀天長嘆了口氣：「天狼，**你實在是不明白女人的心，更不明白對一個女間諜來說，一切都有可能**，如你所說，鳳舞有自己的使命，也有必須要執行的事，這點超越了她和你的關係，如果上面的人要她跟嚴世蕃言歸於好，你覺得她會怎麼做？」

天狼的心開始有些動搖，就連徐文長也提醒過自己，陸炳不可信，但這幾年來與陸炳的相處，讓他不自覺地把陸炳當成了自己的師父，儘管理智告訴自己，陸炳為了家族的榮華富貴，什麼事都能做得出來，但他還是不願意相信陸炳會真的和嚴世蕃握手言和，把自己的女兒再次推入火坑。

天狼大聲叫了起來：「不，我不信，伊賀天長，你不用在這裡挑撥離間，鳳舞的上司是不可能拿她的生命和一生幸福來巴結嚴世蕃的。」

伊賀天長眼裡透出憐憫之色：「她不就是陸炳的女兒麼，這件事我早就知道了，嚴世蕃讓我抓她，就是要利用她的事來指證你，然後破壞和議。實話跟你說吧，**鳳舞跟嚴世蕃早就商量好了，兩個人是在演雙簧，陸炳和嚴世蕃聯手想毀掉和談，若非如此，我又怎麼可能知道鳳舞會在島上刺探情報，早早地一路跟隨呢？**」

天狼反駁道：「不是的，鳳舞這次要來，並不是什麼秘密，連徐海都知道此事，嚴世蕃處心積慮地想要重新得到鳳舞，所以才設下此計，只不過讓他誤打誤撞，正好鳳舞也有在島上探查的任務罷了，這只能說嚴世蕃這狗賊太瞭解陸炳，並不能證明他們有勾結，鳳舞絕對不會害我的，絕對不會！」

伊賀天長冷笑道：「天狼，我真的很同情你，她和嚴世蕃的關係好得很呢，甚至當了嚴世蕃和陸炳之間傳遞消息的使者，在回寧波的船上，他們兩人可是毫不避諱地在一起秘議今後的事，總有一天，他會透過這個女人完全控制你。」

天狼怒道：「伊賀天長，你不用再跟我編故事了，我不會信的。陸炳知道嚴世蕃是禍國奸賊，怎麼可能跟他合作？要是陸炳是你說的那樣的人，我早就離開他了。」

伊賀天長失笑道：「陸炳和鳳舞做什麼勾當，會當著你的面嗎？你不過是他們所利用的棋子罷了，軍國大事是不可能由著你的意思辦的。**陸炳如果支持和議，又怎麼會讓鳳舞借這機會上島偵察呢，這分明就是為了以後武力進剿雙嶼島作準備。天狼，你這麼聰明的人，怎麼會想不通這一點？**」

天狼的額頭開始沁出汗水，伊賀天長的話在他心裡激起片片漣漪，他的手緊緊地抓住被子，說不出話來。

伊賀天長繼續道：「天狼，我不是逼你娶我，才故意要說鳳舞的壞話，實在是我覺得這個女人配不上你，也許她在你面前裝得很愛你，甚至可以為你奮不顧身，但她畢竟是個身不由己的間諜探子，**你跟這個女人在一起，是不會有幸福的！她背叛過你一次，就會背叛你第二次，**如果陸炳要她取你的性命，我想她不會有半點的猶豫。」

天狼態度堅定地說：「好了，伊賀姑娘，多謝你告訴我這些，鳳舞的事，我會查明的，不管我和鳳舞結果如何，你這樣直接逼婚，我死也不能答應。而且請你想想，我若是今天被你所引誘，扔下有婚約的女子來娶你，那改天若是有更有權有勢的人來找我，難保我不會再次扔下你去尋新歡！我如果是你，絕不會嫁給這樣朝三暮四的男人。」

伊賀天長拍拍手，笑道：「天狼，你表現得真的不錯，實話告訴你吧，如果你真的答應毀婚另外娶我，那我一定會殺了你。」

天狼沒想到自己剛才在鬼門關前走了一圈，抓了抓頭，道：「這是何故？你剛才說了這麼多，不就是想讓我解除和鳳舞的婚約嗎？難道那些事都是假的？」

原來鳳舞並沒有背叛自己，全是伊賀天長為了試探自己而編出來的，天狼心中稍寬了一些。

不想伊賀天長搖搖頭道：「不，那些事全是真的，我沒必要騙你，我只是不想你被這個女人欺騙，不管你是不是娶我，你都應該認清鳳舞的真正面目，她和她父親一直在利用你罷了。」

自從醒來後鳳舞不在身邊，天狼就隱隱覺得事情有些不對勁，暗想傷好後一定要馬上回中原查個清楚。

伊賀天長繼續說道：「天狼，我相信你是個君子，一定會為我保守這個秘密的，不過我跟你提的婚約之事，你好好考慮，如果以後你在錦衣衛無法容身的話，我們伊賀派是個不錯的選擇。」

天狼苦笑道：「我是中原人士，不會去東洋的，只有嚴世蕃這個狗賊才想著棄國棄家，逃亡外國。」

伊賀天長笑了笑：「你想多了，其實是我們伊賀派有意來中原發展，如果我們來中原，你還會堅持自己的想法嗎？」

天狼一愣，道：「你們在日本好好的，為何要來中原？」

伊賀天長無奈地道：「忍者在日本是沒有前途的，現在是戰國時期，諸侯林立，我們伊賀之里不斷地變換統治者，每個進京的軍閥都想和我們合作，我們勢單力孤，不能得罪這些強大的諸侯，但是這也讓我們忍者在別人的眼裡只認利益，毫無信義可言，更談不上忠誠，而且今天我們幫這家，明天幫那家，得了好處的人不會感謝我們的辛苦，吃了虧的人卻恨我們入骨，爺爺的遺命就是要我給伊賀家找一條光明的出路，不要再過這種朝不保夕的生活了。」

天狼這才反應過來：「所以你想找的光明出路，就是集體搬家來中原？」

伊賀天長秀目中變得神采奕奕：「日本很窮，幾十年的內戰早已經把整個國家打得稀爛，物產也少，金礦銀礦被大名的軍隊所控制著，而糧食因為連年戰亂，無人耕種而變得極其缺乏，可就是這樣，各路大名們也寧可花錢去買鐵炮大筒，也不願意花錢改善民生。

「可能你也知道我們忍者的來歷，幾百年前在日本根本沒有忍者，只有一群在山裡種地，悠然自得的農民，每年只要向皇家和官府交二成的稅就可以了，這點我們可以接受，可是一百多年前，戰國開始，全日本有野心的各路大名們都打著正義的旗號征戰不休，光是我們伊賀家所在的近江國就更換了七八路諸侯，每個新來的大名都要擴軍備戰，收的稅也是一年比一年多，甚至提前收到七八年後，後一個新來的大名根本不會承認前一個戰敗者徵過的稅，所以加起來我們得交幾十年的稅，根本活不下去。

「四十年前，將軍家的管領田中帶著幾萬大軍，想要來我們這些山裡的村莊強行徵稅，大家在我爺爺的帶領下揭竿而起，用了各種游擊戰術，神出鬼沒地打擊官軍，最後不僅打退官軍，田中也被我爺爺斬殺，從此我們伊賀忍者之名傳遍東瀛。

「可是這一仗的勝利並沒有讓我們過上好日子，田中家倒了，新來的淺井家卻是要我們走出大山，為他們效力，專門做刺殺、打探這些見不得光的事，我們已經無力再戰，只能答應淺井家，為他們效力。結果這幾十年下來，我們伊賀家每天都生活在戰亂與恐懼之中，不僅我們在山中的老家多次被淺井家的對頭派兵圍剿，還要跟其他各路忍者們打得死去活來。

「我們伊賀家的祖先在年輕的時候有奇遇，得到家傳的武功，稱之為伊賀派忍法奧義，在爺爺手上將這套武功發揚光大，現在又傳給了我，可是這麼多年下來，我們伊賀派人越打越少，淺井家野心勃勃，四處征戰不休，而我們伊賀忍者的屍骨和鮮血就是他們馬蹄前的開路之物。

「爺爺之所以年過八十還不能退隱，就在於我們伊賀家已經人才凋零，幾次與甲賀家族的爭鬥都吃了大虧，隨著淺井家四處樹敵，派給我們的任務也越來越多，天狼，你想像不到我們伊賀派現在的壓力有多大。」

天狼理解地說：「如果不是到了混不下去的地步，又有誰願意背井離鄉，離開自己生活的故土呢，伊賀姑娘，當初在南京城外初見你們伊賀派的時候，我還以為你們是受了島津家的指派，想來中原建立據點，為島津家的入侵作準備呢。看來是我想錯了。」

伊賀天長笑了起來：「天狼，你可能對我們日本還是不瞭解，島津氏在九州，我們伊賀之里所在的近江國離京都很近，按你們中原的地理來說，島津家相當於在川中，伊賀里則是在開封洛陽一帶，差得很遠，再說，我們忍者是不會為近江國之外的大名效力的，不然近江的領主知道了，很可能會派兵剿滅我們。」

天狼道：「你們不是能打敗將軍總管的幾萬大軍嗎，還怕個一國領主做什麼？」

伊賀天長搖搖頭：「那一仗殺敵三千，卻是自損八百，諸侯可以徵發農民當兵，我們的人卻是死一個少一個，這樣的大戰，我們再也打不起了，所以爺爺立下規矩，以後誰掌握了近江國，只要不像田中那樣壓榨我們，我們就向誰效忠。」

天狼眉頭一皺：「按你所說，淺井家應該實力很強大，這幾十年下來四處擴張，也該打下大片江山了吧，怎麼聽你的口氣，好像越打越弱？」

伊賀天長嘆道：「日本的戰爭，每一個國內都會有幾家勢力，相互間勢力犬牙交錯，並通過聯姻、結親這些手段拉到領地外的外援，戰爭的規模不大，也就是幾千人上下，更多的是幾百人的衝突，打來打去不過占了一個鄉，或者幾個村。等到農忙時軍隊就要解散，往往夏天打下來的城寨，冬天就會丟掉。淺井家打了幾十年，也不過剛剛完成近江的統一，勢力還沒出近江國呢，可就是這樣，也把我們伊賀里折騰得夠慘了。」

天狼點點頭：「原來如此，可你們來中原後，又準備如何發展呢？我大明也不可能開出一個村寨，讓你們這幫東洋人居住吧。」

伊賀天長眼中露出一絲失落：「本來我們以為嚴世蕃是可信的，又有權勢，所以跟他合作，他答應幫我們找一處容身之處，中原之大，找一處人少的荒山，足以讓我們安家落戶了，而他的條件就是我們要幫他做一些刺探之事，中原沒有戰爭，就算收集一些他的政敵的情報，也不會像在日本那樣凶險，所以我思前想後，就答應了他。」

天狼聽了道：「這麼說來，還是我妨礙了你跟嚴世蕃的合作？對不住了，我沒有嚴世蕃的權勢，不能給你這樣的承諾，你如果為了全派人的生命，最好還是回頭找嚴世蕃，這點我可以理解，也不會阻攔。」

伊賀天長搖搖頭，神色堅毅地道：「不，嚴世蕃心術不正，我就算不來中原，也不能和他繼續合作了，現在我知道嚴世蕃自己都想要到日本去避難，這樣的人又怎麼可能安置好我們伊賀一族？天狼，如果你能幫我解決安身之所的話，也許我可以不用堅持你入贅我們伊賀家，如何？」

天狼突然想到了巫山派，眉頭舒展開來：「我倒是知道一個去處，像世外桃源一般，也許你們可以搬到那裡去居住。」

伊賀天長興奮地問道：「什麼地方？安全嗎？」

天狼道：「是一處綠林山寨，規模很大，容得下十幾萬人，多是收留那些在戰亂和災荒中無家可歸的孤兒寡母，寨主我認識，是個好人，如果你們真的是在日本過不下去了，我想她會接受你們的。」

伊賀天長道：「你說的可是你們中原的綠林山寨巫山派？」

天狼沒料到伊賀天長這麼快就猜出來，點點頭：「不錯，你也聽說過？」

伊賀天長眼中閃過一絲異樣的神色：「聽說巫山派的寨主是個女人，還很漂亮，是真的嗎？」

天狼笑道：「是的，她叫屈彩鳳，是中原武林有名的美人，原來跟武當派的現任掌門徐林宗是一對情侶，只是後來造化弄人，兩人因為門派的對立成了死仇，屈姑娘也為此傷心而致一夜白髮，因而在道上多了個名號，叫『白髮魔女』。」

「聽說你們中原有個叫伍子胥的，曾經急得一夜白頭，想不到這屈彩鳳也是如此，天狼，你是錦衣衛，按說跟這些綠林山寨的土匪強人是天生對立的，又怎麼會跟這屈彩鳳扯上關係？」伊賀天長忍不住問道。

天狼道：「這說來就話長了，屈彩鳳的師父被人暗殺，嫁禍於武林正派，屈彩鳳也被嚴世蕃挑唆，和嚴世蕃在武林中的代理門派日月教，也就是魔教聯手，與武林正派對立，這場戰爭已經持續十多年了，直到屈姑娘發現自己一直是被人利用，在目睹了嚴世蕃通敵賣國的舉動之後，與他一刀兩斷，這其中的事情我一直有參與，所以跟屈姑娘很熟悉，其實我在加入錦衣衛之前就跟她算是認識了，幾次接觸下，她對我完全信任，如果我推薦你們去巫山派的話，想必她不會拒絕。」

伊賀天長面具後的嘴角勾了勾：「天狼，你究竟認識多少個美女啊，是不是你跟這屈彩鳳也有感情糾葛？」

天狼趕忙澄清：「屈姑娘心裡始終只有徐林宗，我的心中則是另有他人，我們算是共生死的朋友，但不是男女之情，這點請你不要誤會。」

伊賀天長聽了說道：「我想也是，如果你跟那個屈彩鳳有什麼的話，想必鳳舞也不能忍，不過……」

天狼見伊賀天長吞吞吐吐，似乎有事瞞著自己，便道：「伊賀姑娘，有什麼不對的嗎？」

伊賀天長咬咬牙道：「天狼，你相信我嗎？」

天狼一愣：「為什麼這樣問?你救了我的命，我為何不相信你?」

伊賀天長點點頭：「好，這次我不是試探你，但牽涉到你和你未婚妻鳳舞的關係，我如果說了，信不信就由你了。」

天狼心中閃過一絲陰雲，手抓緊了被子：「什麼事，你說吧，我聽。」

伊賀天長面色有些凝重地說：「其實，我前面跟你說的，也不完全是騙你，鳳舞確實和嚴世蕃有秘密商議，大概他們以為我是日本人，不了解中原的事，說了我也聽不懂，可是我在上次派十兵衛來中原的時候，同時讓另一個漢話說得很好的手下化身小販，在市井中打聽了兩三個月，對中原的武林情況有了七八成的瞭解，所以你說的巫山派、武當派，我都知道。

「在船上，鳳舞本來是不想搭理嚴世蕃的，但嚴世蕃故意挑撥，說她難道就願意看著屈彩鳳跟你一輩子這樣不清不楚嗎，說要跟她聯手對付巫山派，鳳舞就跟嚴世蕃進小艙中秘密商議去了。我聽到的就是這麼多。」

天狼想到之前兩人為了屈彩鳳大吵一架的事，他曾經嚴厲地逼問過鳳舞，結果被她一番說詞給對付了過去，但自己心裡總是有些疙瘩至今未解，現在聽伊賀天長這樣說，急道：「伊賀姑娘，此事非同小可，你可別騙我。」

伊賀天長正色道：「我沒有騙你的必要，天狼，我挺喜歡你的，但還不至於非賴著你不嫁，我說過，我是試探你而已，如果你對鳳舞不忠，想另尋新歡，我會殺了你，最起碼不會和你有任何合作了。」

天狼方寸大亂，勉強自己定了定神，道：「不，鳳舞不至於為了妒嫉去和嚴世蕃聯手害屈姑娘，我不信！」

伊賀天長反問道：「鳳舞也許不會，但她爹呢，我在東洋見過太多這樣心狠手辣的大名和領主，冷血無情，全無信義！天狼，他是錦衣衛，就是要剿滅巫山派這樣的土匪山賊，你跟那屈彩鳳的關係如此之好，如果我是陸炳，也一定要消滅掉巫山派，免得你到時候站隊選到了跟他敵對的一邊。」

天狼不得不承認伊賀天長言之在理，陸炳確實是這樣的人，嚴世蕃勢力強大，只要皇帝不對他下手，陸炳現在是不能與之對抗的，滅掉兩個人共同的心腹大患屈彩鳳，乃是順理成章的事情。

天狼抬起頭道：「伊賀姑娘，我現在傷沒好，無法行動，能不能請你幫我一個忙，到巫山派的總舵巫峽走一趟，告訴屈姑娘，請她一定要當心，作好防備，最好是改變門派的防衛佈置，以防陸炳和嚴世蕃聯手襲擊。」

伊賀天長搖搖頭：「我不認識屈彩鳳，她不會信我的。再說，她現在人在巫山派的總舵嗎？還有，我對中原地理一無所知，那巫山派在哪裡，怎麼走，我根本是兩眼一抹黑。」

天狼想了想，從衣物中拿出屈彩鳳交給自己的一塊權杖，對伊賀天長道：「伊賀姑娘，你執此權杖，去一趟巫山派總舵，就說是天狼找屈彩鳳，有要事相告，如果她還不相信，你就告訴她，說李滄行有十萬火急的事情要你來示警，她一定會相信的。至於去巫山派的路，巫山派乃是在川湘邊境渝州城外，以姑娘的聰明，到了渝州城後，找到巫山派門人，向他出示這個權杖，讓人帶你去見屈彩鳳，這個對你來說並不難。」

伊賀天長「哦」了聲，伸手接過權杖：「就說陸炳和嚴世蕃聯手要對付她，要她千萬當心？」

天狼道：「陸炳曾經駐守過巫山派，對巫山派的防守一清二楚，光是換防恐怕還不夠，你跟屈彩鳳說，要她最好把手下都撤走，撤到別的分寨或者是其他地方，等風頭過去後再想辦法恢復，也比坐著等死要強。」

伊賀天長質疑道：「只是光靠這權杖，或者是你的名字，她就會相信我嗎？」

天狼道：「伊賀姑娘，時間緊急，來不及多作解釋了，我想屈姑娘一定會信的，我的真正身分在中原幾乎無人知道，屈彩鳳是僅有的幾個人之一，加上有這面權杖，我想她一定會相信你的。」

伊賀天長點點頭，把權杖往袖子裡一塞，說道：「那我走了，你的傷怎麼辦？你每天都要換藥的。」

天狼道：「巫山派上下幾萬條性命比我的傷重要，若不是我現在重傷無法行動，早就自己走這一趟了，你放心，我的刀傷已經好得差不多了，只是內息還需要調整，徐海也會幫我的忙，你快走吧。」

伊賀天長聽了，拿出一個青瓷瓶放在桌上：「這是你的刀傷藥，每天換一次，可管十天，我料你七天就可痊癒，等我的消息。」說完，她的身影平空消失，只留下一縷淡淡的異香在天狼的鼻翼中。

天狼喃喃地自說道：「希望還來得及！」

第七章

兩手準備

天狼嘆了口氣：「皇帝根本不知道東南的實際情況，
只是在蒙古人那裡吃了虧，丟了面子，
所以在東南這裡就不想做出同樣的讓步，
最起碼也要做兩手準備，一邊和談，一邊備戰，
而刺探雙嶼島的情況，就是備戰的一環。」

天狼覺得心中一陣煩亂，也不知道伊賀天長是否能完成這個任務，突然，一個可怕的念頭閃過天狼的腦海，**伊賀天長真的可靠嗎？這個謎一樣的女子，跟自己不過是兩面之緣，她跟自己說的那個故事是否真實？還是她也是嚴世蕃一夥，要套自己的口風，然後去騙取屈彩鳳的太祖錦囊呢？**

天狼頭上開始冒汗，這太可怕了，他深吸幾口氣，盤腿打坐，連念了幾遍清心寡欲咒後，他的腦子清醒了一些，開始冷靜地思考起這個可能。

屈彩鳳和自己的關係，他並沒有向任何人完全透露，跟陸炳也只是說兩人曾經互相幫助，消釋了誤會與仇怨，至於太祖錦囊之事，自己只承認知道屈彩鳳有這東西，可沒說過自己知道太祖錦囊的下落，陸炳應該也不會以為自己真的知道太祖錦囊在何處，要不然也不需要拐個彎再通過自己去騙屈彩鳳，得到太祖錦囊了。

問題是，只要自己開口，屈彩鳳就真的會把太祖錦囊雙手奉上嗎？以屈彩鳳的智慧，應當不會如此輕易上當。

想到這裡，天狼心中稍寬一些，繼續想道：那伊賀天長跟自己比武的時候，出手絕對是殺招，沒有半分留情的可能，若非自己強行墜落，以硬吃一刀的方式反擊，只怕當時自己就死在她的刀下了，高手較量，生死只在一線之間，她當時存心要了自己的命，自然不可能設這個局來套屈彩鳳的太祖錦囊。

至於自己受傷之後，伊賀天長當場就跟嚴世蕃翻了臉，自己當時已經重傷，這兩人也沒有任何時間可以臨時交流，自然也不存在聯手做戲給自己看的可能。那會不會是自己受傷昏迷的這幾天裡，鳳舞，嚴世蕃和伊賀天長又重新達成了某種交易呢？

天狼仔細想想，還是覺得不太可能，連陸炳也不知道太祖錦囊和自己的關係，更不會把此事告訴嚴世蕃，就算鳳舞出於對屈彩鳳的警惕，想要滅掉巫山派，從而跟嚴世蕃暫時合作，那最好的辦法也是趁著自己受傷時暗中進行，絕不會再通過伊賀天長把此事告知自己。

因為一旦自己知道屈彩鳳有難，一定會拼盡全力去營救，此生此世也會恨極鳳舞父女，與她再無結緣的可能，這樣損人不利己的事，鳳舞是不會做的。

天狼長出了一口氣，心裡一下子變得輕鬆了許多，看來剛才自己確實是胡思亂想，伊賀天長應該還是可靠的，就算退一步，她有什麼陰謀，僅靠著那塊權杖和自己的真名實姓，屈彩鳳也不可能把太祖錦囊給他，只要太祖錦囊不落在嚴世蕃這個奸賊手中，就避免了最壞的情況。

但天狼再一想到巫山派還是處於危險之中，也不知道屈彩鳳和那幾萬婦孺老弱，能不能避過此劫。只恨自己現在身受重傷，連走路都困難，又處在這虎狼巢穴之中，想救屈彩鳳也是心有餘而力不足，只能祈禱屈彩鳳吉人天相，能安然渡過了，而等自己痊癒之後，無論屈彩鳳是否脫險，都要向陸炳好好算算這筆帳。

天狼正思量時，突然感覺到有人在接近，他警覺起來，躺了下來，蓋好被子，瞇起眼睛，作假睡狀。

來人的腳步很輕但很穩，幾乎聽不到他的心跳，顯然是頂尖高手，這個時候在雙嶼島上，除了徐海，還會是誰來看自己呢？

徐海的身影出現在門邊，今天他換了身藍色的帆布勁裝，在這裡，倭寇們是不穿綾羅綢緞的，即使想穿，給海風一吹，浪頭一打，沒兩天也壞了，白白浪費好東西，只有這種帆布製作的勁裝結實耐用，防水防風，上次天狼在島上觀察時就發現了這一點。

徐海進了門後，冷冷地說道：「不要裝睡了，天狼，我知道你醒著呢。」

天狼睜開眼睛，看向徐海：「徐兄如何得知？」

徐海「哼」了聲：「你的心跳和前些天昏睡時不一樣，而且剛才我看到伊賀天長從你這裡出來，飛也似地下了懸崖，之前還有人看到你們一直在交談，你還給了他什麼東西，所以才通知我過來的。」

天狼微微一笑，坐起身子：「原來徐兄一直在派人監視在下啊，難怪來得這麼快，不過你還是慢了半步，伊賀已經走了。」

徐海搬了張椅子，坐在天狼床前，一雙眼睛炯炯有神地盯著天狼的眼睛，似乎想要看穿他的內心，天狼給他看得有些奇怪，道：「徐兄，在下有什麼不對嗎？」

徐海嘆了口氣：「天狼，枉我這麼信任你，你卻背叛了我，這些天我一直在想這件事，恨不得想取你性命。只是，我想問你一句話，你是從什麼時候開始算計起我來的？難道你在我面前一直是戴著面具偽裝嗎？」

天狼心中暗道僥倖，伊賀天長把面具還留在自己臉上，道：「徐兄，在下確實利用徐兄為這次談判牽線搭橋，但如果你指的背叛是刺探島上軍情的話，那實在是冤枉在下了，我和你一樣，事先並不知道鳳舞的所為，她也是上了岸之後才告訴我她要去刺探情報，在那種情況下，我已經不可能阻止她了。」

徐海眼中閃過一絲疑慮：「那你為什麼又要在汪船主面前承認此事是你的主使？現在你的說法完全否定了這點，到底哪句話是真？」

天狼嘆了口氣：「在下和鳳舞的淵緣很深，一兩句話也說不清楚，但不管怎麼說，她是我未過門的妻子，就算她也利用了我，我至少得保證她的性命安全，當時在大殿中，她的身分暴露，被人所制，若是我把責任都推到她身上，一來，汪船主也不一定會相信，反而會給嚴世蕃挑撥的藉口，說我丟卒保帥，二來，若是汪船主當時遷怒於鳳舞，直接下令將她處死，那我等於害了鳳舞，我畢竟是談判正使，汪船主就算再憤怒，也不至於取我的命。思前想後，我還是把此事攬在自己的身上，我知道這樣做可能會牽連到徐兄，現在鳳舞已經離島，我可以大大方方地向汪船主坦承此事，接受懲罰。」

徐海道：「不用解釋了，汪船主已經不想再追究此事，不管你對此事是不是知情，這個命令都是錦衣衛總指揮使陸炳下的，你和鳳舞對他的命令不能不從，現在的情況很清楚，胡宗憲想和，陸炳想打，這個陸炳的背後就是皇帝，這說明皇帝的心裡還是想把我們剿滅，胡宗憲只不過是他用來招安的一個幌子罷了，一旦時機成熟，無論是誘殺我們還是強攻雙嶼島，他都是要除我們而後快。

「天狼，我們幾個首領已經商議過了，皇帝的態度既然已經通過陸炳表現得這麼明顯，那再談也沒什麼必要，你回去回覆胡總督，和議之事從此作罷，不過看在胡總督對我們還算誠心的份上，這兩年我們不會攻擊浙江省的沿海之地，會在消滅陳思盼後轉戰福建和廣東一帶，如果胡宗憲想出兵和我們開戰，那就休怪我們不客氣了。」

天狼沒有想到這幾天倭寇竟然會作出這樣的決定，等於前功盡棄，說道：

「徐兄，你們如果不開禁通商，吞併了陳思盼以後，又怎麼養活這十幾萬人？這可是生存問題，來不得半點含糊的，至於陸炳為什麼要偵察這裡，我回去後會問清楚，無論如何，一定會給你們一個交代，但胡總督是真心想談和，你們也明白這點的。」

徐海寒心道：「行了，天狼，你很清楚，此事已經把我們雙方僅存的一點信任也破壞掉了，其實如果是胡宗憲派你來偵察，而陸炳真想和談的話，也許我們還不至於作此決定，因為畢竟胡宗憲不代表皇帝的真心，陸炳才是皇帝最忠實的臣下，即使胡宗憲跟我們暗中開禁，那也只能說明皇帝暫時作出妥協，可是滅我們之心是不會死的，那個招安的提議，不管是不是胡宗憲本人的意思，以後的結果只有一條，就是趁機把我們給消滅掉。」

天狼聽了說：「徐兄，就算這是皇上的意思，但他有這個心思，未必就能那樣辦成事，如果真的可以凡事隨心，那他早就跟你們打到底了，還用得著和談嗎？或者說，還用得著借和談的時候來偵察你們這雙嶼島嗎？就是因為現在朝廷的軍力不足，尤其在海上不是你們的對手，打下去對雙方都沒有好處，所以胡總督才奉了皇上的密旨，跟你們暗中談和。我不知道陸炳派鳳舞來偵察是皇上的意

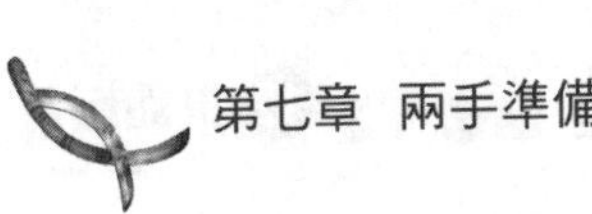

思，還是陸炳本人想要報這些年來這麼多手下折在你們手中之仇，但在我看來，這種偵察毫無意義。」

徐海眼中寒芒一閃：「都來我們的老家偵察防備了，下一步就是找機會偷襲，這怎麼叫沒有意義？」

天狼微微一笑，分析道：「第一，朝廷目前沒有成形的水師，就算知道島上的防備措施，也不可能派大軍登陸，以我肉眼所見，你們島上的可戰之士不下萬人，城堡又修得如此堅固，沒個兩三萬裝備精良、訓練有素的大軍，沒有上千艘的戰船，根本不可能打下來的。

「第二，我想你們在海上的艦隊也是把雙嶼島守得如鐵桶一般，朝廷的水師基本上不敢出動，只要一動，你們自然會得到消息，就是這雙嶼島，以現在朝廷水軍的實力，也是不可能到達的，除非他們能從水底潛過來，徐兄，你覺得可能嗎？」

「第三條，雙嶼島是你們的大本營，以後若是通商開禁，我想胡總督未必願意在這個地方和你們交易，恐怕會另尋他處，陸炳派高手突擊，多半會落得一場空。如果我是汪船主，在有外人來島之後，一定也會改變島上的守備佈置，甚至故意留下陷阱，所以我覺得鳳舞的刺探，實在是招臭棋，有百害而無一利，就算不被發現，帶回去的也只是假情報，白白害人罷了。」

徐海緊鎖的眉頭舒緩了一些，點點頭：「天狼，我現在相信此事並非你所指使了，你既然能想到這些，就不會讓鳳舞做這件事，可是你畢竟不是陸炳，更不是皇帝，你的話他們未必會聽。」

天狼嘆了口氣：「陸炳智計絕倫，我能想到的，他一定也能想到，此事我看他也只是做做樣子，向上面交差罷了，皇帝的本意確實是可能想剿滅你們，但他人在北京城，根本不知道東南這裡的實際情況，只是在蒙古人那裡吃了虧，丟了面子，給逼著開放邊市，所以在東南這裡就不想做出同樣的讓步，最起碼也要做兩手準備，一邊和談，一邊備戰，而刺探雙嶼島的情況，就是備戰的一環。

「此事胡宗憲十之八九是不知道的，他也不會傻到為了討皇帝的歡心甘冒置和談於危險的風險，對陸炳來說，和議成與不成與他無關，只需要向皇帝證明自己的忠誠即可，所以讓鳳舞上島意思一下，就算交了差，只是他沒想到嚴世蕃居然找來伊賀天長這樣的高手，讓鳳舞失手被擒，還險些誤了和議大事。」

徐海點點頭：「你分析得不錯，只是現在說這些都太晚了，皇帝決心已露，就是底下的人也都知道了朝廷現在想要剿滅咱們，一個個都堅決反對招安，汪船主也不可能逆了大家的意思行事，就算想談和，只怕現在也不是時機。汪船主之所以提暫時不談和議與招安，而是先消滅陳思盼，就是想把這事緩一緩，等大家這股憤怒勁過去之後，再找機會和朝廷接觸。」

天狼道：「徐兄，汪船主跟陳思盼曾經結過盟，就這樣主動出手攻擊，就不怕手下人離他而去？」

徐海微微一笑：「這點就不勞你操心了，汪船主有足夠的威信和辦法，讓手下的兄弟們能相信，這次潛入島上來偵察的錦衣衛，也是和陳思盼有所勾結，既然是陳思盼不義在先，那就休怪我們無情了。」

天狼聽了，半天說不話來，他沒想到汪直竟想嫁禍陳思盼，把暗探之事栽贓到他身上，這顛倒黑白，指鹿為馬的本事，實在讓自己佩服，這樣也好，起碼給自己解決了一個大麻煩，現在汪直至少不會把矛頭對準大明沿海的百姓，雖然無法在聯手滅陳思盼之事上取得互信，但眼下的結局，也許是經歷了鳳舞之變後，最好的一個結果了。

天狼想到這裡，點點頭道：「徐兄，這件事我回去後會向胡總督報告，就說你們心向朝廷，主動為朝廷消滅海賊巨寇，胡總督也會根據你們的功勞，給你們應有的獎勵，至少原來說好的封賞之事不會有變，而開禁通商，也會在合適的時候再談。」

徐海擺擺手：「這是兩回事，我們這次是給你和胡總督一個面子，不是給皇帝老兒的，你回去後要告訴的是陸炳，叫他以後別跟我們使這種心思，這次我們顧全大局，算是忍了，可下次再要跟我們玩花樣，就休怪我們不客氣了。」

天狼嘆了口氣：「難為徐兄了，這次的事情算我天狼欠你一個人情，日後自當想法設法予以補償。」

徐海微微一笑：「天狼，這事就到此為止，不多說了，我現在想問的，是你跟那個伊賀天長又怎麼突然成了朋友？他是嚴世蕃帶來的人，那天你跟他比武，明明可以取他性命的，可為何中途收手？若不是你手下留情，也不至於傷成這樣。難道你對一個東洋的忍者老魔還要講中原的武林道義？」

天狼心中暗暗叫苦，那天在場的個個都是頂尖高手，眼睛雪亮，尤其是嚴世蕃，只怕伊賀天長的女兒之身已經給他猜到了七八分。但徐海沒有嚴世蕃那麼強的功力，那天的位置也是背對著伊賀天長，具體的動作沒有看得太清楚，所以才會心中生疑。

想到這裡，天狼有了主意，哈哈一笑：「那天的事麼，鳳舞本就理虧在先，我強行要回那把別離劍，也只不過是爭回一點面子罷了，不想氣勢被嚴世蕃完全壓制，並沒有存傷人性命之心，雖然伊賀天長出手盡是殺招，但我並不想在島上取人性命。

「其實伊賀天長也並非全力施為，你有所不知，他最後攻我的那幾刀，明明已經可以刺入我軀體，但始終留有餘力，大概也怕用力過猛，真的傷了人命，在島上不好向汪船主交代，我正是看穿了這一點，才敢硬生生地受她這一刀。」

徐海臉上表情變得釋然：「難怪我看伊賀天長的刀離你就只有一寸，卻始終沒刺進去，除非你們的輕功完全一樣，可你的武功並非以輕功身法見長，在這一點上是比不過他的，這也是我百思不得其解的地方。」

天狼點點頭：「伊賀天長的忍術身法之強，也是我平生所僅見，那天他若是想取我的性命，有嚴世蕃之助，也不是太難之事，所以我其實挺後悔當時如此托大，為了爭一口氣就向他挑戰，那嚴世蕃固然怕死，可伊賀天長卻是凶悍詭異，我就是跟他再打一次，也未必能勝。」

徐海笑道：「可你算是因禍得福，還跟他做了朋友，怎麼，難道這位忍者之王也欣賞你的人品，願意結交你這個小朋友？」

天狼道：「他心裡怎麼想的，我不清楚，只是他後來跟我說，那嚴世蕃的哨音擾亂了他的心神與步法，我擲出的莫邪劍差點傷到他的性命，就是給嚴世蕃害的，所以他看透了嚴世蕃的為人，不想再跟嚴世蕃有什麼瓜葛，我那一掌打中他的胸口，但沒有發力，他知道我手下留了情，對傷我如此之重很過意不去，就說要治好我的傷再離開。」

徐海提出疑點道：「可是他又何必要跟嚴世蕃和鳳舞同船離開，然後再去而復返呢？他跟鳳舞可沒什麼交情，她的死活也與你的傷勢無關，就算嚴世蕃想害鳳舞，你也不可能怪到他的頭上吧。」

天狼解釋道：「伊賀先生的脾氣很古怪，思維也和我們不太一樣，他說我這傷不能動氣，如果醒來後發現鳳舞不在，而他沒有盡到保護責任的話，也許我的傷會出現反覆。」

徐海追問不休：「就算他把鳳舞安全送回中原，然後再回來治你的傷，為何只在這裡待了半天，你一醒後，他就不辭而別？天狼，難道你的傷已經全好了嗎？」

天狼心中暗暗叫苦，徐海的嗅覺太靈敏了，他是在懷疑自己和伊賀天長是否有勾結，甚至是不是和嚴世蕃一夥，演戲給他們看，看來不把這事說清楚，這關是過不了了，只好咬咬牙道：「那是因為伊賀先生在船上無意中聽到鳳舞和嚴世蕃針對我的一個朋友，在密謀一件事。」

徐海目光犀利如電：「鳳舞是你的女人，又怎麼可能跟那嚴世蕃攪到一起？

天狼，你這樣顛三倒四，前後不一，讓我如何信你？我勸你最好說實話，不要跟我連這點起碼的信任也沒了。」

天狼紅著臉道：「徐兄誤會了，鳳舞跟嚴世蕃自然是仇敵，但徐兄不知道的是，我在江湖上有幾個紅顏知己，其中一個，就是巫山派的寨主屈彩鳳。」

徐海眉頭一皺：「是她？天狼，你真是好本事，居然和白髮魔女也有關係。」他突然想到什麼，臉色一沉，「不對，屈彩鳳的相好是徐林宗，這點江湖上盡人皆知，她又怎麼可能跟你有什麼關係？」

天狼連忙說道：「徐兄，你誤會了，我跟屈姑娘不是男女之情，而是朋友之誼，以前我在錦衣衛查辦白蓮教一案時，與屈彩鳳有過不少接觸，我讓她認清了嚴世蕃的真面目，屈姑娘最恨賣國求榮的漢奸，從此跟嚴世蕃一刀兩斷，也正是有這層關係，她跟我算是生死之交，但純粹是兄弟之義。」

徐海臉上的疑慮消失得無影無蹤，理解地道：「天狼，我明白了，**一定是鳳舞不信你的這套說詞，把屈彩鳳當成了情敵，而嚴世蕃更是恨屈彩鳳的背叛，所以兩人一拍即合，趁你養傷的時候，想要聯手消滅巫山派，殺了屈彩鳳，對不對？**」

天狼的心又揪了起來：「徐兄所言極是，陸炳還有非滅巫山派不可的理由，這事關錦衣衛機密，恕在下不能透露，只是我曾經幾次三番地阻止陸炳行事，理由就是要用巫山派來牽制嚴世蕃，但現在看來，陸炳眼見嚴世蕃又重新控制了朝廷大局，為求自保，準備和嚴世蕃再度合作，選擇先聯手滅了巫山派，這是一件既能討好嚴世蕃，又能消除自己心頭大患的事。」

徐海臉上現出迷茫之色：「嚴世蕃就這麼非要置屈彩鳳於死地不可嗎？」

天狼嘆了口氣：「這事其實都怪我，我恨極嚴世蕃，所以處處與他作對，屈姑娘受我的影響，也成了嚴賊的死敵，由於巫山派控制著南方七省的綠林勢力，就四處尋找嚴世蕃手下黨羽的罪證，變成彈劾嚴黨的奏摺送給皇帝。」

徐海有些明白了，道：「原來如此，那皇帝看到這麼多嚴世蕃和他黨羽貪腐的罪證，就不管嗎？」

天狼吐露宮中秘辛道：「皇帝只知修仙求道，並不管手下的官員是否貪汙腐敗，他對嚴黨大貪特貪之事早就知道，但從來不放在心上，反而對官員們控制朝政，架空君權非常警惕，所以清廉正直的夏言夏大人被斬首棄市，嚴嵩父子卻能把持朝堂，就是因為皇帝需要奸黨和清流派大臣互鬥，形成制衡，才能讓他的位置坐得穩。

「可是皇帝看到這麼多嚴黨的罪證後，沒想到嚴黨竟貪汙了這麼多錢，抵得

上幾年的國庫收入，更要命的是，現在國家從上到下，許多重要部門的官員都是嚴嵩所舉薦的，比如胡宗憲，如果要追查嚴黨，就得撤換掉一大半的官員，那國家機器勢必立即癱瘓，朝廷已是多事之秋，這時候再經不起任何折騰，所以皇帝思前想後，決定隱忍不發，放過嚴黨一回，先把另一個和嚴嵩父子作對的大奸臣仇鸞給打倒。」

徐海不知朝堂之事，聽得目瞪口呆：**「想不到朝堂之上也跟我們江湖一樣，有這麼多爭鬥和黑暗。」**

天狼道：「可是嚴世蕃經過此事，也是又恨又怕，一方面在給自己找一條退路，因為下一次他未必有這樣的好運能躲過一劫，這就是他這次親自上島，想要極力破壞和議的真正原因，因為他想把跟汪船主打交道的權力抓在自己手上，借機搭上日本人，以後一旦有變，便可以逃亡日本。」

徐海點頭不迭：「不錯，汪船主也感覺到他是想用我們作跳板，你來之前的那幾天，他一直想讓汪船主送他去日本，還好汪船主有所警覺，推脫了過去，沒讓他走成。不過我挺奇怪，他沒去日本，又如何能搭上伊賀天長這條線？」

天狼道：「伊賀天長有意來中原發展，讓上次那個手下伊賀十兵衛跟嚴世蕃搭上關係的。」

徐海搖頭：「不對，我們刻意控制伊賀派和嚴世蕃的聯繫，後來嚴世蕃給伊賀的錢，還是我們轉交的呢，天狼，這件事很奇怪，也很重要，看來我還得好好查查，你有機會也幫我摸摸伊賀天長的口風吧。」

天狼道：「這個當然，如果下次碰到伊賀天長，我會找機會問這個的，他現在和嚴世蕃已經鬧翻，想必也不會再保守這個秘密。」

徐海收起笑容，嚴肅地說：「天狼，我們這些靠海吃飯的，沒這麼多忠義之心，也不像你這樣心懷天下，我們只想好好過自己的日子，不被朝廷逼得走投無路，嚴世蕃雖然是個奸人，但他有權有勢，如果他要和我們合作通商開禁的話，我想汪船主也是不會拒絕的，若不是他打死不敢開這個通商開禁的口，我們也不會選擇你作為談判的對象。這也是我們最感到不解的地方，為何胡宗憲都能做到的事，他作為權傾天下的小閣老，反而辦不成呢？」

天狼正色道：「這點徐兄有所不知，嚴嵩奸黨之所以能控制朝政，就在於他們能夠揣摩聖意，絕對不會主動地擔風險上身，皇帝又想開海禁，解除東南之患，又拉不下這個臉，所以主動提此事是要擔巨大風險的，就算促成了和議，日後也有給秋後算帳，拉出去當替罪羊的可能，這樣的事情，嚴世蕃顯然不會幹，也只有胡宗憲一心想平定東南，造福百姓，才會如此不計較個人得失，擔這風險。」

徐海恍然大悟：「怪不得，那這麼說來，胡總督還真是不容易，看來我們以前對他也是多有誤解了。」

天狼點點頭：「所以胡宗憲也很為難，一方面知道現在打不過你們，只能開禁通商，另一方面又要做整軍備戰的樣子，以堵住別人的嘴，此外還要防著嚴世蕃來摘桃子，把通商的主導權搶過去，因為嚴世蕃一旦掌握了通商大權，那一定會為了賺錢，把大量本應上貢的絲綢拿來和你們交易，到時候此事勢必敗露，暗中通商也會變成明通，嚴世蕃反正不在乎此事是否曝光，若是能借機把胡宗憲拉下馬，換上他的親信，他更是求之不得，只是此事一敗露，皇帝出於面子問題，連暗中開禁通商也不可能准了，到時候只有開打一條路。」

徐海長嘆一聲：「原來嚴世蕃的居心如此歹毒，只是若是戰事再開，那嚴世蕃又有什麼好處？他不也斷了去日本的路嗎？」

天狼冷笑道：「那可未必，通過通商的過程，嚴世蕃早就和日本人搭上線，他的財產也會轉移到東洋，就算這裡真的出事，也能迅速地逃到日本。另一方面，你們也不可能維持長久的戰爭，到頭來還是會打打停停，若是他能剿滅你們，那自然會把功勞占為己有，若是打不過，那也可以說是胡宗憲暗中通倭，不修武備，才弄得連倭寇也打不過，自然怪不到他頭上。東南若是不穩，皇帝更是離不開嚴世蕃，動他不得了。」

徐海一拍自己大腿：「他奶奶的，這嚴世蕃可真是黑心到家了！天狼，既然如此，你為何不早點跟我們說這些事，也讓我們有所防範？」

天狼無奈地說：「咱們畢竟官盜身分有別，這些涉及朝堂秘密的事，本來我不應該向徐兄透露，以前我們也不可能真正的信任，我就是說了，你們也未必會信，這回島上和議之事，你們應該也見識到了嚴世蕃的手段和邪惡，我此時說，你們才可能相信我，若不是鳳舞這回惹出大事，和議有中途夭折的風險，就是現在，我也不想向你們透露這些的。」

徐海點點頭：「事已至此，連你的頂頭上司陸炳都轉向嚴世蕃了，天狼你怎麼辦？你畢竟是錦衣衛，就算心向胡宗憲，也不可能真正脫離陸炳吧。」

天狼堅毅地說：「不，我加入錦衣衛是為了造福百姓，不是為了升官發財，陸炳若是助國，我就助他，他若是跟嚴世蕃聯手禍國，我就棄他而去，甚至反目成仇也在所不惜。」

徐海眼中寒芒一閃：「天狼，這可是你的真心話？」

天狼嚴肅地說：「字字屬實，若有半句虛言，教我天誅地滅！我當年加入錦衣衛並不是求榮華富貴，若是為了正義而離開，也沒有半點可惜，徐兄難道不信嗎？」

徐海嘆了口氣：「我信你，只可惜我沒有早點遇上你這樣的英雄好漢，一念之差，誤入歧途，現在想再回頭也不容易了。」

天狼搖搖頭：「不，徐兄，佛祖都說放下屠刀，立地成佛，只要心中有善念，想要贖罪，無論什麼時候回頭都不為過的。我這次來，不就是給徐兄和汪船主，還有你們的弟兄們提供一條回頭的正路嗎？」

徐海心有示甘地說：「狼兄的誠意，我自然不懷疑，只是皇帝老兒根本不想讓我們回頭做良民，這次他的意圖已經很明確了，我們就是回去也是死路一條，狼兄，你也不想好心卻害了我們的性命吧。」

天狼默然不語，**於情於理，自己對徐海並不希望趕盡殺絕，這跟對汪直這個首惡一定要伏法的態度是不一樣的**，如果可能的話，他還是想對徐海多加維護，至少能留他一條性命，也算是自己報了他幾次援手之情。

天狼微微一笑：「徐兄不必過慮，我早就和你們說過，決定你們命運的，不是皇帝的念頭，而是你們的實力，比起你們，皇帝更恨打到北京城下，讓他顏面盡失的蒙古人，對你們其實也是一樣，他心裡想剿滅你們，但只要你們的實力還在，有強大的武力，就會打消皇帝的這個念頭。

「我再跟徐兄透露一些秘密吧，聽說皇帝成天服用仙丹，夏天穿棉袍，冬天打赤腳穿單紗，任何事都不能妨礙他的修仙，無論是蒙古人還是你們，如果要是兵連禍結，東南的貢賦出了問題，逼得他得親自上朝處理這些爛攤子，那他是一萬個不情願的。」

徐海聞言道：「此話當真？」

天狼道：「千真萬確，如果精神煥發，紅光滿面，又何必成天躲起來不見臣下呢，所以就算當今的皇帝容不得你們，**只要守得一個拖字訣，到下任新君即位，到時候你們多年鎮守東南也有功勞，新皇帝想必不會跟你們再計較這些陳年舊帳的**，更不用說如果朝廷的海外貿易離不開你們，那無論是誰當皇帝，都不敢輕易動你們的，這個道理連我都清楚，更何況作為一國之君的人呢？徐兄大可放心。」

徐海聽得一臉興奮，連連點頭，但忽然眼神又黯淡下來，沮喪地說：「狼兄在船上和我說過，朝廷的意思希望我們招安後，要裁撤掉大部分的手下，如果弟兄們都散了，我們又哪有這種可以讓朝廷忌憚，不敢下手的實力呢？」

天狼心中暗暗叫苦，這種鈍刀子割肉，慢慢去其羽翼的辦法，看起來也被倭寇們察覺到了，以後只怕這些倭寇的警惕性會更高，刀把也會抓得更緊，**現在的關鍵就是穩住徐海和汪直，和議之事絕不能就此中斷，只要能談下去，一切都還有轉機**，於是哈哈一笑：

「徐兄不必多慮，你們的招安和別的招安不一樣，在大殿的時候我就說得很清楚，海上的貿易和通商之事，胡總督是全權交給你們的，到時候想必會提供給你們充足的貨物，讓你們能養活手下的這十幾萬弟兄，不用打打殺殺。以汪船主之能，也不至於讓大家喝西北風，徐兄又何必擔心呢？」

徐海沉聲道：「那要是你們在供應的貨物數量上做文章怎麼辦，我們在南洋和東洋的生意規模能做多大，完全是由胡總督，或者說是朝廷提供的茶葉與絲綢所決定，若是朝廷把這方面的數量減得太多，或者是扣住不發，以此逼我們就範，那我們還不是得活活餓死？」

天狼搖搖頭：「海禁的口子一開，無論是明裡還是暗裡，都會有人做這樣的生意的，就連那嚴世蕃，不也是想走私絲綢，給自己牟利嗎？到時候徐兄和汪船主根本不用擔心貨源不夠的問題，再說，你們手上有兵有槍，胡總督若是逼反了你們，那大家都過不下去，這樣的傻事，胡總督又怎麼可能去做呢？」

徐海哈哈一笑：「狼兄說得真好，跟我想的完全一樣，只要手裡有著讓朝廷無法武力消滅的本錢，那無論是皇帝，還是胡總督，都奈何不了我們，哈哈。」

天狼看著徐海得意地笑完，才開口道：「不過有一件事，小弟不得不提醒一下徐兄，別的都好辦，就是這件事，非做不可。」

徐海微微一愣：「狼兄但請直言。」

天狼正色道：「皇帝也好，胡宗憲也罷，就是小弟，**最恨徐兄和汪船主的，還是你們勾結倭人，來屠殺擄掠自己的同胞**，以前徐兄也和小弟說過，在島津氏那裡過得並不如意，那島津氏對徐兄也是多加防備，只是想利用徐兄作為入侵中原的急先鋒罷了，一旦他們在中原站住腳跟，到時候必不容徐兄。」

徐海臉上現出恨意，「不錯，這幫狗日的就是想利用老子罷了，哼，我早就知道，其實我也一直是在利用他們罷了，島津氏的兵畢竟身經百戰，悍勇能打，比普通的漁民要強上許多，若不是有這些強悍的日本兵，我們也不可能這些年在戰場上有壓倒性的優勢，你看看那陳思盼，原來的實力比我們強多了，可這些年下來，又折騰出什麼名堂出來了？」

天狼心中明白，徐海和汪直這麼多年得了太多日本人帶來的好處，一時半會兒不可能自毀長城，只能慢慢從中離間，他眼珠子一轉，說道：「可是徐兄想過沒有，到目前為止，無論是你徐兄，還是汪船主，手下都沒有絕對忠於自己，絕對可靠的一支精銳部隊，能和這些日本人正面對抗，在島津氏看來，你們說得好聽點是合作的夥伴，說得難聽點只不過是給他們引路，帶他們搶劫的漢奸罷了，這次和議島津氏就極力反對，甚至起了扶持陳思盼之心，以後若是他們真的想踢開你們，另尋合作方，你們又如何自處？」

徐海冷笑道：「不怕被利用，就怕你沒用，我們也不是吃素的，這回汪船主不就是先發制人要去滅了陳思盼嗎，天狼，我也跟你說實話，什麼報仇，大義，都是虛的！根本原因就一個，汪船主和我徐海都不能容忍有一個能挑戰我們的海上勢力存在，這次的事也是給日本人一個警告罷了，離了我們，他們還真就玩不轉了，他們的兵在陸地上確實能打，但到了海上，這幫旱鴨子又如何能與我們爭鋒？更何況，沒了我們引路，這些日本兵就算上了中原的岸也是兩眼一抹黑，不辨方向，哪可能順利搶劫？」

天狼道：「我要說的就是這個，以前你們跟日本人合作，是因為可以各取所需，你們攻擊沿海的城鎮，戰利品按事先約定的分給日本人，尤其是俘虜來的沿海，幾乎全都作價賣給這些日本人作奴隸，所以日本人每次都大賺特賺，更能搶到許多急缺的人口，要知道日本現在是戰國時期，錢帛和奢侈品是無用之物，兵器糧草還有人口才是最重要的。」

徐海點點頭：「不錯，每次去搶劫，錢和財物多數歸我們，島津家要的主要還是人，而我們島上本就人滿為患，要太多人沒有用，所以往往把俘虜就地作價拍賣，從協議的提成裡折算。」

天狼心裡恨得牙癢，如此滅絕人性，喪盡天良之事，徐海說起來卻是稀鬆平常，看來他的心裡並沒有對自己的罪行真正懺悔，但天狼知道，現在還不是為了這些事跟徐海翻臉的時候，以後消滅了倭寇，有的是機會讓徐海嘗嘗這種淪為階下囚，任人宰割的痛苦。

他的眼中冷芒一閃：「現在雖然和議之事暫時中止，但是汪船主和胡總督的目的還是一致的，開禁通商之事還是會繼續，你們不是也承諾不再攻擊和擄掠沿海的城鎮了嗎？那島津氏最需要的奴隸人口就沒了，跟你們的合作基礎也不復存在，你們還有必要繼續對這些日本人卑躬屈膝嗎？」

徐海擺擺手：「狼兄，這件事我們自有計較，持續穩定的奴隸人口是我們跟島津氏維持長期合作的基礎，不瞞你說，這次我們突襲陳思盼，如果一切順利的話，他的大部分手下會在首領給消滅後歸順我們，但核心的成員會跟著陳思盼和蕭顯一起和我們死戰到底，除了殺掉的以外，其他不肯投降的，就準備作為戰俘和奴隸，賣給島津氏了。

「這大半年來我們遵守和胡總督的協議，基本上斷了對沿海城鎮的攻擊，也有快一年沒有向他們提供奴隸人口了，島津氏已經有些不耐煩，所以這個時候我們**必須要打一仗，只有戰勝了，才有擄來的人口可以提供**。天狼，打陳思盼而不是攻擊沿海，難道還不是汪船主給你們留的面子嗎？」

天狼的眉頭一皺：「可這並非長久之計，我先問一下，這次攻擊陳思盼，你們還要島津家的日本兵助戰嗎？」

徐海搖搖頭：「不，天狼，島津家本有意去拉攏陳思盼，這次消滅陳思盼的事，又怎麼可能讓他們知道？只有消滅了陳思盼後，島津家也只能接受這個現實，以後他們就會知道，只有跟我們合作這一條路。」

天狼嘆了口氣：「徐兄，**你們這樣做，無異於跟島津家翻臉，就算他們這次給你們提前黑了陳思盼，也會以後找別人聯手，這個問題，你們就沒考慮過嗎？**」

徐海自信地說：「現在在這海上，除了我們，也就只剩下陳思盼了，包括日本本土的水軍，跟我們的實力完全沒得比，至於南洋的佛郎機人，跟日本人基本上沒有直接聯手的可能，而且島津氏想的是進入中原，跟他們也沒什麼合作的空間，要想找人帶路，只有找我們中國人才行。」

天狼心中暗罵，這時候你這漢奸倒自認是中國人了？但他嘴上卻是說道：

「徐兄可能忘了，有個人倒是有充分的實力和意願，會和島津氏合作。」

徐海的臉色一變：「你是說嚴世蕃？」

天狼點了點頭：「這個可能你沒有想過嗎？嚴世蕃費了這麼大的勁，就是想通過你們跟日本人搭上關係，現在他能直接找上伊賀天長，也許早就暗地裡和別的日本人，包括島津氏有了聯繫。**他想在日本留下一條後路，而島津氏正缺這種重量級的人以為外援，兩邊的聯手合作，不是再順理成章不過嗎？**」

徐海不信地搖了搖頭，眉頭緊緊地鎖著，一雙三角眼裡充滿了疑慮：

「嚴世蕃雖然權勢很大，但手下無兵無將，更沒有水師，又怎麼可能引日軍入侵呢？再說了，他畢竟是朝廷首輔之子，引日本人入侵中原，對他又能有什麼好處？他所要的只不過是在日本留條後路罷了，犯不著在權勢在手的時候就勾結倭人入侵自己的國家吧。他畢竟不像我們這些人，是在中原混不下去，想要搏個生計。」

天狼冷冷地說道：「徐兄，你大概沒聽說過**養寇自重**這句話吧，我前面說過，皇帝不是不知道嚴嵩父子結黨營私，貪汙腐敗的事，上次蒙古入侵，北京都差點陷落，這個事情震驚了皇帝，讓他意識到國家實在給嚴黨敗得不像樣子了，所以才有意扶持仇鸞來牽制嚴氏父子，可是最後嚴黨勢大，連稅收都離不開嚴嵩在各地的黨羽，加上仇鸞實在不成器，所以最後皇帝還是只好選擇嚴嵩父子，扳倒了仇鸞，但這並不代表嚴嵩父子已經過關了，他們很清楚，皇帝已經很討厭他們，所以嚴世蕃才會這麼急著給自己留後路。」

「只是後路已經是走投無路，也就是皇帝已經對他們下手，自己在中原無法立足時的最後一招，而在此之前，最好的辦法就是讓國家內憂外患，不僅是稅收不上來，而且北邊的蒙古和東南的倭寇都要不停地惹事生非，這樣才能讓皇帝雖然恨他，但不得不用他，如果不用他，不要說修仙問道，就是大明的江山，也有傾覆之險。」

「所以從骨子裡，嚴世蕃是不希望你們就此和胡宗憲罷兵言和的，只有東南戰事不斷，但又不至於影響到朝廷每年的稅賦，這樣的結局才是他最高興見到的，所以他要極力破壞你們之間的和議，這次汪船主的和議決心已下，鳳舞的偵察也沒有阻止這一點，我想嚴世蕃接下來就會更進一步，直接和島津氏接上頭，引日本兵攻擊沿海的其他省分。」

第八章

金剛示現

刀法最著名的一招，就是「金剛示現」，
到敵人面前突然蹲下，對手以為他要進攻自己的下盤，
實際上卻是自下而上瞬間爆起，
從左大腿上側斜向上劈，不知有多少成名刀客，
就被這一招硬生生地斬成了兩截。

不知不覺，天色已經漸漸地黑了下來，海島的夜黑得比中原更加快，從太陽落到海平面之下，到天光大暗，也就是一眨眼的事，天狼和徐海聊得入神，完全沒有發現已經入夜了，島上和城堡到處點起了燈火，只有這座小屋還是漆黑一片。

徐海手指一揮，指尖上頓時跳躍起一朵舞動著的火花，天狼認得這正是少林派的彈指神功，黃山派的燃木刀法正是根據此功所演變。

徐海用手上的火焰點燃桌上的一盞燭臺，本來黑暗的屋子一下子又變得亮堂起來，晃動的火苗照著徐海眉頭緊鎖的臉，顯然他被天狼的話所說動，正在思考嚴世蕃與島津氏聯手的可能。

徐海道：「狼兄，你說得不錯，確實有這個可能，嚴世蕃也許已經和島津氏搭上關係了，這次他負氣而去，不可能就這麼善罷甘休的，你說，接下來我們該怎麼辦？」

天狼正待開口，突然聽到外面響起一陣震天動地的響聲，徐海臉色大變，驚道：「不好，是大炮！」

徐海話音未落，就聽到島上到處是炮彈落地的爆炸聲，天狼還是第一次身處這種萬炮齊轟的境界，只覺得兩耳轟鳴聲不斷，腦袋也是給震得一陣陣暈眩，天狼本能地左手一揮，內力從指尖破出，直奔桌上的燭臺，「叭」的一聲，屋子重新陷入一片黑暗。

天狼人也從床上滾了下來，再高的武功被這開花炮彈打到，也會變成一灘肉泥，他縮到床板下，對徐海喊道：「徐兄，快趴下！」

身經百戰的徐海知道天狼打滅燈火是不想給敵軍的炮彈提供攻擊的目標，不用天狼提醒，直接就臥倒在地。

爆炸聲和慘叫聲此起彼伏，大地在劇烈地震動，兩扇木窗早已被爆炸的氣浪炸得不知所蹤，透過窗子傳來的熊熊火光和濃烈刺鼻的硝煙味，盈滿了整個房間，在黑暗中透出可怕的殺意。

天狼問道：「徐兄，這到底怎麼回事，什麼人在攻擊雙嶼島？」

徐海用一隻耳貼地聽了聽，咬牙切齒地道：「是從南邊攻過來的，**一定是陳思盼**，聽起來足有一百多條炮艦，官軍水師絕沒有這個實力。咦，不對，**還有佛郎機人的大將軍炮，難不成是佛郎機人也來攻擊我們了？**」

天狼心中一動，急道：「徐兄，你能聽出島上的情況如何，有沒有在反擊？」

其實在他內心巴不得海賊倭寇和西洋人之間黑吃黑，狗咬狗，可畢竟自己身在島上，萬一跟這幫倭寇一起玉石俱焚就太不上算了，而且前幾天剛剛在談和議，今天就出了這麼大的亂子，**天狼隱隱感覺到此事八成與嚴世蕃脫不了干係。**

徐海道：「我們的大炮原本一向是對著南邊海面的，可為了讓你們見識一下我們的厲害，便把那幾尊巨炮調到了北邊，炮口改為對著朝廷的方向，這幾天還沒有運回去呢，看來**一定是有內賊給這些殺千刀的通風報信**，就是為了打我們一個措手不及。不過，島上的炮臺也開始反擊了，狼兄，你放心，島上的防備固若金湯，就是十萬大軍也未必攻得上來。」

天狼卻沒這麼樂觀，道：「徐兄，陳思盼和佛郎機人勾結在一起聯兵進犯，顯然是有備而來，我聽這炮聲越來越近，是不是他們準備要登陸了？南邊的守備是誰負責的？」

「是上泉信之負責的，難道……」

突然窗外變得亮如白晝，火光帶著巨大的灼熱氣浪掠過整個屋子，屋內的桌椅板凳彷彿被強風刮過，飛到了空中，又在牆壁上撞得粉碎，巨大的爆炸聲如同在耳邊打了個響雷一般，震得天狼的耳朵都開始向外冒血，連近在身邊的徐海說話聲也聽不見了，只看到他臉色蒼白地雙嘴一開一合。

兩人連忙使出千斤墜的身法，手死死地抓緊床腿，這才沒有被這灼熱的氣浪給吹起來。

炸雷般的響聲接連不斷，摻雜著大量帶著濃重硝煙味的粉塵，隨著持續不斷的氣浪一波接一波地捲來，天狼看到徐海那張白淨面皮變得如黑炭一樣。

緩過第一波排山倒海般的衝擊後，天狼總算能開口說話了，一張嘴，便吐出滿嘴的灰塵，他大聲吼道：「怎麼回事，這爆炸為何如厲害？」

徐海抹了一下臉，道：「大事不好了！**一定是狗日的內鬼點爆了島上的軍火庫**，這是十幾萬斤的炸藥爆炸才會有的樣子。」

天狼想到前幾天看到的那些鎖緊的屋子，連忙問道：「這些炸藥是不是放在那些緊鎖著連窗戶都沒有的屋子裡？」

徐海搖搖頭道：「不是，那是故意迷惑你們的，島上的炮彈與火藥，全擺在城堡地下三層的秘室裡，就是為了防備今天這樣的炮戰時，會被敵人打到火藥庫，引起大爆炸，娘的，這賊子一定知道島上的佈置。」

天狼問：「會不會是上泉信之？」

徐海思索道：「不會，他畢竟是東洋人，汪船主對他一直有所防備，平時很少讓他來島上，他是不會知道島上的防備情況，更不可能知道軍火庫何在。」

天狼眉頭一皺，在沒弄明白誰是朋友，誰是敵人之前，他還不打算就這麼衝出去，免得一會兒怎麼死的都不知道。

天狼又問：「我看汪船主的那個衛隊不是日本人就是佛郎機人，這些人應該知道島上的防備情況吧，他們可靠嗎？」

徐海微微一愣，道：「這些都是汪船主高薪招來的異能之士，平時對他們極為禮遇，這些人還保護汪船主從陳思盼的圍攻中突圍過，並沒有反水，忠誠度應該是可以信任的吧。」

天狼一拍大腿：「徐兄，可能毛病就是出在這些人身上，你想想看，對陳思盼動手是你們的絕密情報，連上泉信之這樣的高級頭目都不知道，但是**陳思盼這回帶著佛郎機人一起攻擊雙嶼島，顯然是收到了風聲，知道你們要對付他，這才先下手為強**，我看可能在我來之前，他就知道此事了，不然不可能幾天之內就湊出這麼強大的攻擊隊伍！」

徐海看了眼外面，聽著爆炸聲離這裡越來越近，想了想道：「現在顧不得這麼多了，我的手下絕對是忠誠可靠的，不管怎麼說先衝出去，找到我家裡的私兵再說。天狼，你的傷勢如何，能不能行動？」

天狼從床下一個鯉魚打挺站起了身，抖了抖身上的灰，動動自己的右肩，雖然有些疼痛，但右臂倒是可以活動自如，又運了一下氣，斷的那幾根肋骨處隱隱作痛，但內息的運轉還算流暢，他一咬牙，把肩上的繃帶一扯，只見肩頭那道長約三寸的傷處已經結起一層厚痂，自己超人的癒合能力和伊賀天長給的靈藥果然起了作用。

天狼一邊穿起衣褲，一邊摸了摸內衣兜裡的幾樣要緊之物，尤其是金牌和權杖之類，硬硬的還在，他心裡放寬了心，斬龍刀和莫邪劍也在床頭，他順手一拿，左劍右刀雙雙出鞘，森寒的刀光劍氣讓他立即進入戰鬥狀態，頭腦變得異常清醒，而反應和嗅覺也一下子恢復了狼一樣的敏銳。

徐海這時候也爬了起來，從懷中摸出一根金縷繩，把額前的頭髮束了起來，這是他戰鬥時的標準打扮，而兩把一長一短、非金非鐵的短刀變戲法似地抄在手中。

徐海回頭對天狼道：「天狼，出去後先去主堡救汪船主，然後向城下衝，我的人應該已經準備好逃難的船隻，就算雙嶼島守不住了，我們也能向別的地方轉移。」

天狼點點頭，這個時候如果能救汪直一命，那和議的事還會有轉機，所以就算再恨汪直，也不能在這時候讓他丟了性命。

徐海見天狼點頭，就向門外衝，天狼感覺到一絲異樣，門外殺氣大增，隱約還有刺鼻的火藥味，大叫一聲不好，卻見徐海的手已經搭上了門把，正要拉門而出。

電光火石間，天狼意識到這時候出聲示警已經太晚，右手斬龍刀瞬間變得通紅，「天狼半月斬」破刀而出，紅色刀氣迅速向徐海襲去。

徐海只覺腦後罡風四起，也顧不得拉門了，一個旋身向後，左手的短刀帶起一陣青色的刀氣，直接與紅色的天狼半月斬在空中相撞，「砰」地一聲巨響，兩人各退三步，天狼的後背重重地撞到身後的牆上，徐海也被擊得遠離了大門。

徐海眼中殺機一現，右手長刀一揮，正待上前攻擊，突然聽到一陣爆豆般的響聲，門板處被打出七八個蜂窩狀的小孔。徐海冷汗直冒，要不是天狼急中生智，出手攻擊，只怕這會兒變成蜂窩的就是他了。

他看向天狼的眼神中盡是感激，兩人在眼神交流中達成共識，徐海彎下腰，長短刀連連出手，劈斷門軸，接著大喝一聲，兩塊厚重的門板飛向外面。

趁著槍手的注意力被門板吸引，天狼從沒了窗戶的窗洞裡飛身而出，在躍出去的瞬間，天狼看到二十幾個全身黑衣，忍者打扮的人。

這些黑衣人拿著火槍，分成三排，兩排人正在後面向槍裡裝著火藥，八個人端著槍，單膝跪地，凝神瞄準從房中出來的任何生物。

黑衣火槍手的身邊，還有十二個持著東洋刀的刀客，同樣是蒙面黑衣，只是沒有包頭，**沖天的椎髻和腦袋前剃青的月代頭，表明了這些人倭人的身分。**

天狼迅速地判斷了一下局勢，這十二名刀客都是一流高手，從他們的那種爆發力和氣勁來看，即使自己完好的狀態下，想要擊敗他們也不容易，更不用說現在自己只有七八成的戰力，只有想辦法把徐海也救出來，聯手對敵，才有勝算。

天狼虎吼一聲，體內的天狼戰氣爆發，紅氣盈滿全身，左手帶起一陣紅光，迅速地從斬龍刀身上劃過，剛才還冷豔明亮，如一泓秋水的斬龍寶刀變得無比通紅，倭人刀客與槍手們只感覺到空氣中的熱度一陣提升，帶著一股強烈的殺氣撲面而來。

天狼將內力強行注入到斬龍刀中，一招「天狼破軍斬」，三道刀氣捲起一地的塵土，向倭人刀手們奔湧而去。

他們一看天狼的出手就知道厲害，不敢正面抵擋，紛紛動了起來，或一飛沖天，或左右跳躍，只有擠在中間的三個刀手，沒有跳躍的空間，只能一咬牙，鼓起渾身的真氣，黑氣藍氣一陣暴漲，怪吼著橫刀於胸前，硬擋席捲而來的刀氣。

「砰」「砰」「砰」三聲巨響，一陣塵土飛揚，把二十幾個槍手捲進了狂塵之中。趁著這當口，徐海的身影一閃而過，迅速向另一邊躍去。

徐海知道這是自己活命的唯一機會，十把飛刀在他衝出的一瞬間全部脫手，插在那幾個火槍手的腦門上，還有三把飛刀襲向爆炸中心的三名倭人刀客。

徐海的身形一閃，越過那幾個火槍手的屍體，向後排的十五名火槍手攻去，這些倭兵們一見徐海脫身出來，知道再放槍也無用，便扔掉手中的火槍，抽出腰間或者背後的彎刀長劍，向徐海圍攻而上。

徐海的暗器功夫是天狼見到的人裡最棒的一個，衝出門的那一瞬間，十把飛刀同時出手，打中的位置分毫不差，這份暗器功夫，讓天狼也不由得大喝一聲：

「好！」

十二名刀手見狀，決定先以最快的速度解決掉天狼，再回去對付徐海，才是活命的唯一機會。十二把殺氣沖天的太刀，帶著森森的寒光，從各個方向攻向了天狼。

衝在最前面的一個刀手，人離著還有四尺的距離，森冷的刀氣已經撲面而來，吹得天狼一頭亂髮無風自揚，他的刀尖直指天狼的胸口，天狼冷冷地看著他狂飆突進，左手緊抓著斬龍刀，卻是一動不動，**因為跟倭寇的生死較量就是鬥氣，只要一亂一動，就必死無疑。**

那倭寇刀手眼中閃過強烈的殺意，眼看刀尖離天狼的胸口膻中穴已經不到一尺了，他突然整個身子矮了下來，幾乎貼到地面，那把刀也像是掉到地上似的，貼到地上。

天狼腦子裡電光火石般地想到以前跟柳生雄霸切磋武功時，曾聽他說東洋的各路刀法劍法流派，九州的薩摩藩有一門脫自自顯流的刀法，名叫「**示現流**」，傳說是一個著名的劍客，一生殺人無數，後來因為殺孽過重而棄刀入禪，當了和尚，名曰善吉法師。可是這位法師仍然鑽研劍道，追求劍法的奧義，在他四十歲的時候，收了一個天分極高的徒弟東鄉重位，師徒二人畢生精研能在人體肉身上顯示出金剛之怒的武功，最後終於創出了這套刀法。

此刀法完全捨棄了自身的防守，**講究的是以命換命，以瞬間爆發的強大力量摧毀擋在面前的一切敵人**，據說師徒二人以木刀切磋，結果徒弟不僅擊斷師父的木刀，還以木刀將善吉法師砍成兩段，由此薩摩示現流聞名於世。

這套刀法最著名的一招，就是這一招「**金剛示現**」，到敵人面前突然蹲下，對手多會以為他要使出類似地趟刀法之類的武功，進攻自己的下盤，實際上這一刀要做的，**卻是自下而上瞬間爆起，從左大腿上側斜向上劈**，不知有多少成名刀客，就被這一招硬生生地斬成了兩截。

天狼來不及細想，身形一鶴沖天，只感覺到雙腳剛剛離地，腳底就被一道絕大的力量所刺激，這雙厚底快靴差點要被這股絕大力量隔空劃破，一陣沖天的殺意隨著閃亮的刀光，透過鞋底鑽進天狼的身體。

天狼在空中一扭腰，一招御風千里，身形如風箏一般倒飛三尺，那把太刀還在不斷地上揚，甚至把那名倭寇刀客也帶得向上空飛去，與正在下落的天狼打了個照面。

天狼從這名倭寇刀手的眼神中，看出他的恨意與不甘，卻沒有一絲對死亡的恐懼，天狼嘆了口氣，斬龍刀飛速一轉，只輕輕一揮，毫無任何護體氣勁的這名倭寇，胸前就像是被利刀切過的豆腐一般，冒出一條足有三尺長的傷口，開始只是一條細細的紅線，轉眼間越來越大，當天狼落到地上的時候，那名倭寇刀手已經斷成了兩截，五臟六腑如同下雨一般紛紛落地，這幅血腥的場景，足以讓剛入江湖的少年俠士俠女們嚇得嘔吐當場。

天狼看向另外十一個倭寇刀手，用日語說道：「想不到你們島津家的人居然真的對汪直下手了。」

刀客裡一個為首的蒙面刀客，身形高大挺拔，濃眉如劍，氣場明顯與其他人不同，大踏步地上前兩步，沉聲道：「你就是那個錦衣衛天狼？」

天狼哈哈一笑：「怎麼，你連我都不認識，還要殺我？」

刀客的眼皮跳了跳：「你居然沒有回去，還在島上，真是天不助我島津氏也。」

天狼一下子反應過來，**原來這幫薩摩刀客的真正目標不是自己，而是徐海！**

徐海的聲音冷冷地傳了過來：「島津義弘，**你竟然跟陳思盼勾結，突襲雙嶼島，你們薩摩藩也想嘗嘗被攻擊的滋味嗎？**」

那倭寇刀客被徐海識破了身分，索性也不再蒙面，直接扯下臉上的黑布，露出一張二十出頭，凶悍勇武的臉。

島津義弘沒有接話，眼光在天狼的身上上下打量著：「沒想到中原還有人能躲開金剛示現這一招，天狼，看來我是小瞧你了，只是我不相信我們薩摩藩的刀法會被人這樣輕易破解掉，你告訴我，是不是以前有人跟你提過這示現流的刀法奧義？」

天狼點點頭，即使是面對敵人，他也沒有說謊的習慣：「不錯，我有個東洋朋友，精通刀法，跟我提過日本各個流派的武功，其中就有示現流。」

島津義弘恨恨地說道：「想不到我堂堂大日本的武士，竟然也有這樣的敗類，把本國的武功教給中原人。」

天狼搖搖頭：「島津義弘，你們東洋的武術本就是中土傳入的，空手道由唐手演變，各刀法流派也是出自唐朝的陌刀術，相互間以武交流本是很正常的事，何謂敗類？就像示現流，只限於薩摩一派，但真正的高手仍然對你們的招式一清二楚，這也是我能打敗你們薩摩派高手的原因。

「為人為國，習武從政，都是一個道理，如果是本著互利互惠的心，友好交流，自然利人利己，但像你這樣，野心勃勃，貪心不足還想進犯中原，卻又固步自封，不知取長補短，就只有死路一條罷了！」

島津義弘臉上肌肉跳了跳，**剛才攻擊天狼的，是島津藩內著名的太刀武士井口通明，也是示現流裡能排到前三的高手**，島津氏眾將有不少都跟隨他學習刀法，可就是這樣的高手，碰到天狼，一招下來便成了兩段，實在是出乎他的意料。

今天他本是有備而來，早早地鎖定徐海的下落，一路跟蹤而至，外面的援手開始炮擊雙嶼島後，他料定徐海一定會急著出來救汪直，才布下了這等埋伏，就是要取徐海性命，想不到卻被天狼生生攪局，又折了自己藩裡的名劍師。

島津義弘年紀雖輕，卻是久經沙場，十六歲初次上陣以來，打過的仗也有幾十場，深通兵法，判斷局勢後，知道今天自己是栽了，能全身而退就是最好的結果了，但他不甘就這樣退走，臨走前想向天狼問個清楚。

島津義弘仰天狂笑：「哈哈哈哈，你們中原早沒了唐人的勇武強悍，現在不過是一群病夫而已，我們大日本這麼優秀的民族，卻只能局限在小小的島上，這是上天對我們的不公，你們這些像綿羊螻蟻一樣的劣等種族，卻占著這樣花花錦繡的江山，天下向來是強者得之，你們既然可以向蒙古人稱臣屈服，自然也可以向我們大日本投降，天狼，我看你是個人才，不如加入我們島津家，一定不會虧待你的。」

天狼看了眼正在裹傷的徐海，說道：「同樣的話，你們也跟徐兄說過吧？現在還不是說翻臉就翻臉？再說，你薩摩藩島津氏不過一國之地，也就相當於中原一個州的大小，連九州都沒有統一，就妄想著入侵中原?!我們漢人在衰弱的時候確實有過被異族統治的短暫經歷，但是強大如征服了大半個世界的蒙古，最後還是被我們趕走了，你這小小倭賊卻如此沖天的口氣，就不怕風大閃了舌頭嗎？」

島津義弘氣得臉色發紅，雙眼圓睜，牙齒咬得格格作響，模樣像要吃人。

天狼想到在劉裕墓中看到的歷史，道：

「早在中原的劉宋王朝時期，你們倭人之王就派了使者向當時的南朝皇帝劉宋稱臣納貢，請求冊封，最後宋武皇帝劉裕給了你們的國王，也就是天皇一個鎮東將軍『瀛州刺史』的名號。此後你們倭人一直對中原恭恭敬敬的，唐朝時，你們又貪心不足，想要進攻朝鮮，卻被打得滿地找牙，只好夾起尾巴，一波波地派遣唐使來我大唐學習。

「我們對你們倭人一向寬宏大量，以德報怨，念在你們孤島上生活困苦，慷慨無私地把我們的經驗傾囊相授。可是你們倭人，不學我們中原人的仁義禮節，卻淨是對那些征戰殺伐的東西感興趣，實力稍強了一點就想著入侵中原，就你這樣一個州郡大的地方也敢做入主中原的大夢，送你一句話，叫做**貪心不足蛇吞象**。」

島津義弘再也忍不住了，氣得再次把刀拔了出來，吼道：「八格牙路，我劈了你！」

島津義弘身邊一個個子略矮一些的武士拉住作勢欲衝的島津義弘，低聲說了幾句，天狼聽得真切，那人在說：「二哥，不要上了此賊的當，現在我們不占上風，趕快離開此地，與攻上島的友軍會合，只要殺了汪直，不怕這兩人還能鬧出什麼動靜。」

島津義弘點點頭，對周圍十幾名刀手迅速地下了撤退的命令，這些刀手相互掩護著，向後撤去。

徐海喊道：「你想就這麼走了？你不該對今天的事作出些解釋嗎？」

島津義弘臉微微一紅，一抬手，正在撤離的眾人停了下來，他撥開擋在身前的兩名護衛，沉聲道：「徐海，我們之間沒什麼好說的，你背叛我們島津氏，今天的事情是你們自找的。」

徐海沉聲道：「我怎麼背叛你們了？這一年多來，我們給你們的貢錢可是一文也不少，上次你們派去義烏的那些浪人，戰死後我們也給了兩倍的撫恤，倒是你們島津氏，私下裡跟我們的仇人陳思盼勾勾搭搭的，到底是誰不義在先？」

島津義弘身邊那個個子略矮的人走了出來，他正是島津義弘的四弟島津家久，這會兒也拉下了蒙面的黑巾，他的樣貌和威猛豪放的二哥看起來頗為不同，別有一股陰鬱的氣質，眉眼間只有兩三分相似，看來並非一母所生。

島津家久冷笑道：「徐海，不用跟我們撒謊了，當時的情況我們都知道得一清二楚，分明是你存了害人之心，不想我們知道你們跟胡宗憲和嚴世蕃和議的細節，所以有意不去救援我們派出的那些浪人，當時出手的就是這個天狼，你們非但不殺他，反而跟他達成了協議，還邀請他來雙嶼島談判，這不是背盟是什麼？自己不義在先，就休怪我們出手懲戒於後！」

徐海在此事上畢竟理虧，強辯道：「我們是平等合作的關係，並不是你的下屬，可是你卻一直派人監視我們，還要干涉我們的戰守大事，若不是你們收買了上泉信之當眼線，這些事又怎麼可能知道？」

天狼聽這兩個各懷鬼胎的傢伙在這裡脣槍舌劍，心中只覺得好笑，幾天前還如膠似漆的兩撥人，這回一個個都露出了真面目，把陳年舊事一樁樁地擺出來，可見**利益面前，一切人情世故都是浮雲**。

島津義弘恨恨地道：「徐海，不用多說了，你們的所作所為，我們已經無法容忍，而且對你們不滿意的可不止我們島津家，陳思盼、佛郎機人、還有明朝的官軍這回都加入了對你們的攻擊，你們已經眾叛親離了，念在我們以前打過交道，你也幫我們島津家抓了不少奴隸的份上，這回我們饒你一命，只殺汪直，識相的自己早點逃命去吧！」

徐海臉色一變：「什麼，明朝的官軍也在？」他看了眼天狼。

天狼心中也是一動，但意識到這可能是倭人的挑撥離間之計，於是喝道：「徐兄，休要中了倭人的奸計，大明的水師還沒有訓練完成，胡總督也下了令，浙江的水師不得出戰，這是倭寇在造謠！」

島津家久哈哈一笑，指著北邊相對平靜的海面，說道：「天狼，你連自家的戰船也認不得了嗎？」

天狼順著島津的手看過去，他們身處城堡的瞭望臺上，視野極佳，尤其是北邊的海面一覽無遺，只見十餘里外的海面，一字排開了二十多條中等規模的戰船，甲板上站滿了持槍挎刀的明軍士兵，居中一條最高大的三層戰船上，赫然飄著一面「明」字大旗，旁邊還有一面將旗，上面繡著「福建省游擊參將盧」。

天狼腦袋「轟」地一聲，他萬萬沒有想到這次明軍居然也會出動部隊來攻擊汪直與徐海集團，眼見南邊的炮聲越來越近，喊殺聲漸漸地傳到島上，顯然明軍已經和這次進犯的陳思盼與佛郎機人和島津家形成了同盟，就是要把汪直集團這個共同的敵人斬盡殺絕，徹底消滅。

徐海憤怒地吼道：「天狼，這究竟是怎麼回事？」

趁著這個當口，島津家久的臉上露出詭異的微笑，輕輕一拉島津義弘的胳膊，兄弟兩心領神會，這幫島津家的刀客與槍手們，紛紛消失在黑暗的夜色之中。

可天狼現在卻顧不得追擊這些島津氏的倭人，**他如遭雷擊，難道是胡宗憲出賣了自己？所謂的和議，只是為了爭取聯合進剿的時間？**

徐海衝著天狼厲聲道：「天狼，到這個時候了，你給我說實話，是不是胡宗憲早就想要消滅我們，故意讓你來拖延時間的？」

天狼茫然地搖搖頭，此生他經歷過無數次的背叛，但這次對他的打擊卻是前所未有，即使是沐蘭湘對自己的背叛，至少自己心裡是有準備的，而**胡宗憲在自己面前表現得是那麼慷慨激昂，卻在這時候不顧自己的死活派兵攻島，這讓他人**

生的信念都產生了動搖。

天狼目光空洞，無神地看著海上的戰船，嘴裡喃喃說道：「怎麼會這樣？」

突然間，他的眼光落到那面「福建省游擊參將盧」的大旗，一下子反應過來，興奮地叫道：「不對，徐兄，這中間有玄機，胡總督沒有背叛我們。」

徐海恨恨地向地上「呸」了一口：「天狼，你還睜眼說瞎話，你敢說那不是明軍？」

天狼急道：「徐兄，你看仔細了，來的是福建省的游擊參將，並不歸胡宗憲管轄，這並不是胡總督的水師！」

徐海仔細看去，滿臉的怒容漸漸消散：「對啊，盧鏜是福建的參將，並不是胡宗憲的部下，不過他畢竟還是明軍，沒有福建巡撫的許可，他一個參將又怎麼能出動，直接進攻雙嶼島？」

天狼分析道：「福建總督李天寵是嚴世蕃的人，盧鏜以前在浙江的時候，就是著名的主戰派，反對一切和議之策，只有打仗他才有可能立功升官，所以胡總督嫌他誤了和議之事，就把他派到福建，想不到此人竟然會帶兵進攻。

「不對，盧鏜並不知道雙嶼島的底細，福建的水師並非精銳，多是老弱，借他幾個膽子也不敢單獨進攻，除非他事先就和陳思盼他們聯合到一起。**嚴世蕃！**

一定是嚴世蕃做的，只有他才有這個能力在其中穿針引線，也只有嚴世蕃在最近上過島，知道你們要消滅陳思盼的事，他一定是眼見自己的計畫無法實現，才轉而尋求陳思盼和佛郎機人的幫助要消滅你們，以後直接和島津氏的日本人搭上線。」

徐海一拍大腿，怒道：「這個狗賊，我怎麼沒早點認出他的真面目來呢。天狼，多虧你的提醒，不然我恐怕又要冤枉胡總督了。」

天狼擦了擦腦門上的汗水，這一回把他驚得渾身濕透，比剛才生死搏鬥時出的汗都要多。

他勉強擠出一絲笑容：「不管怎麼樣，這回島上可真是危險了，內有奸細，外有強敵，此島只怕再難防守，島津家的人奔向城堡去了，我們得趕快救出汪船主，然後想辦法突圍，日後再跟這幫狗日的一一算帳。」

徐海看著數里之外已經燃起大火的本城，刀劍相擊的聲音和密集的火槍聲清晰可見，臉色一變：「不好，汪船主那裡只怕是撐不住了，島津家連這個小屋子都能來幾十號高手，只怕城中至少有千餘名內應潛入，我們得趕快過去。」

天狼點點頭，正要提氣向主堡奔跑，卻聽到一個沉穩有力的聲音在背後響起：「阿海，天狼，不要慌，我沒事。」

兩人觸電一般，不約而同地扭過頭，只見身後那間已經騰起熊熊大火的木屋前，汪直一身緊身的黑色水靠，直挺挺地站著，毛海峰拿著那桿足有二百斤重的金鋼巨杵站在他的身邊，火光映著汪直那張陰沉可怕的臉，眼中的復仇之焰足以燃燒整個世界。

徐海驚喜地叫道：「老大！」一邊說一邊奔了過去，眼中閃著淚花。

汪直長嘆一聲：「危難見人心啊，這個時候還陪著我的，除了海峰，也只有阿海你了。」說到這裡，他看了眼天狼，微微一笑，「**想不到錦衣衛天狼，我汪直的死敵，居然在這時候也和老夫同一陣線。**」

天狼收拾一下自己驚呆的心神，今天有太多的意外，一樁接一樁的出現，所以汪直的這次神出鬼沒已經不讓他那麼驚訝了，想來汪直經營此島多年，也會給自己留下一兩條逃生的通道，這個通道的出口，便是這個瞭望哨。

天狼笑道：「汪船主，看來您真的是狡兔三窟，逃生有術啊，只是這裡乃是懸崖，無路可退，我們又有什麼辦法能離開呢？」

汪直哈哈一笑：「老夫既然選擇這裡作為逃生的地方，自然也有萬全的準備，你們看崖邊。」

天狼循聲看去，只見懸崖下面有一個黑漆漆的洞口，洞口外一塊大石上，繫著一條繩索直通崖下，這個懸崖高約三十丈，崖下驚濤拍崖，黑乎乎的看不出什麼動靜，但既然繩索向下，顯然另有安排。

天狼猜想懸崖的洞口一定是剛才汪直逃出來的通道，而他想必早就藏身一旁，在這裡聽了自己和徐海以及島津氏兄弟的對話後才現身。

徐海跑到崖邊向下一看，笑道：「老大，原來你早有安排，害得小海白白擔心了一把。」

汪直冷笑一聲：「縱橫海上這麼多年，無論何時都要給自己留條後路的，想不到我多年前在這島上的佈置，今天竟然起了作用。阿海，情況緊急，你先下去，黑鯊號就在下面。」

徐海二話不說，就要向下順索而下，天狼突然想到了什麼，急道：「徐兄且慢，你的夫人和兄弟們還在下面的鎮裡呢，你不去救他們嗎？」

徐海眼中閃過一絲冷漠：「這時候大家就自求多福吧，連雙嶼堡都沒有守住，那鎮子現在更是去不得了。」說著，縱身向崖下一躍，精赤的上身一下子就消失在茫茫夜色之中。

汪直走到崖邊，回頭看了天狼一眼，說道：「天狼，這回你幫了我們，我汪直恩怨分明，上次的事就算一筆勾銷了，你說得不錯，明軍那邊一定是嚴世蕃的挑唆，你留下，他們一定會要你的命，所以你還是跟我們走的好。」

天狼心裡飛快地盤算了一下，嚴世蕃作出如此安排，不可能不親臨現場，他現在人可能就在盧鏜的戰船上，留得青山在，不怕沒柴山，只要逃得性命，以後再想辦法向嚴世蕃復仇，便點點頭道：「那就多謝汪船主了。」

汪直衝著一邊的毛海峰使了個眼色，天狼心中一凜，只見那毛海峰氣鼓鼓地盯著自己，他的心裡有些發毛，就在這當口，汪直縱身跳下了懸崖。

毛海峰大大咧咧地對天狼說道：「小子，你先下去吧，我還要收拾洞口。」

天狼把心一橫，汪直現在沒有殺自己的理由，就算他真的有這念頭，自己也別無選擇，只有一賭了，因為留下來必死無疑，便也跳下了懸崖。

天狼抓著繩索，很快，十幾個起落後，便落到了崖底，只見黑漆漆的夜色中，怒濤一陣陣地拍打著海邊的礁石，底下赫然是個天然的溶洞。

頭頂傳來一聲巨大的爆炸聲，毛海峰龐大的身形隨後落了下來，趁著天狼錯愕的時候，掠過天狼身邊，喝斥道：「愣著做啥，想給上面的石頭砸死嗎？」

天狼瞬間反應過來，一提氣，向洞內躍入，剛跳進洞裡，只聽外面一陣巨石入水的聲音，他想到這一定是毛海峰在下來前把逃生的秘洞用火藥炸毀，以免敵人找到一行人逃生的通道。

天狼跟著毛海峰，在黑暗潮濕的岩洞裡穿行，岩洞裡的分岔通道極多，也不知道毛海峰是故意繞路，還是洞中本就是如此詭異。

正當天狼走得有些不耐煩，準備開口相詢之時，突然聽到前面響起一聲低沉的號角，毛海峰一個加速，向前快奔幾步，天狼緊緊跟上，拐過一處轉角後，眼前豁然開朗，一個港灣展現在眼前，自己腳下正是碼頭，碼頭上停靠著一條吃水很淺，豎著三根桅桿的快船。

汪直站在船頭，這條船與明軍的水師戰船完全不一樣，船頭有一個方向輪盤一樣的東西，汪直手放在轉盤上操縱著航向，徐海則換了一身大紅色的帆布勁裝，長短兩刀插在小腿兩側的刀袋裡。

船上二十幾個身著帆布無袖短衫，身形矯健的海賊，忙著把碼頭上一箱箱的補給向船上搬。

毛海峰跳上船頭，向汪直道：「義父，事情都辦完了。」

汪直問：「後面有狗跟著沒？」

毛海峰搖搖頭：「我在洞裡轉了四五圈，完全沒有人跟蹤，放心吧。」

汪直轉頭對天狼說道：「天狼，你在這裡是安全的，碼頭上有充足的補給和食物，夠你吃上半年，等到仗打完了，你再出來也行。」

天狼訝異道：「汪船主，你不是要逃出去嗎？」

汪直含恨道：「不，如果只顧逃命，就不是我汪直了，這條黑鯊號是海上最強最快的戰船，陳思盼現在一定正在得意，我可以找機會突襲他的主艦，在這時候幹掉他，也省得和他這樣打來打去沒完。」

天狼半天說不出話來，**這才是海賊之王的風範，在敵人最得意的時候打人家一個措手不及，也深深符合劉裕兵書上所說的攻敵不備。**

天狼道：「汪船主，在下有幸能親眼見識一下這場傳奇的海戰，是畢生難得的體驗，若是您不讓我隨船同行，有點太可惜了，留在洞裡避風頭，不是大丈夫所為，請帶上我吧。」

徐海為難道：「天狼，這可不是普通的航行，你不識水性，到時候是要真刀真槍在海上搏鬥的，你還有傷，打起來我們可顧不了你。」

天狼央求道：「我想我會對你們有幫助的，再說了，也許還會對上嚴世蕃，有親手宰了他的機會，我怎麼能放過？」

「天狼，這可不是兒戲，這次出擊，也許大勝，也許就要下海餵魚蝦了，風險不小，你當真願意捨命前往？」汪直不確定地再一次問道。

天狼朗聲道：「汪船主，我這回來，就沒打算活著回去，現在誰是敵誰是友已經非常清楚，咱們是真正的同舟共濟，只有打敗眼前這些海盜和倭人，大明的沿海才能有真正的安寧，我願意助汪船主一臂之力，就算力有不逮，也是死得其所，絕無遺憾。」

汪直哈哈一笑：「好漢子，不管以後咱們是敵是友，起碼今天讓咱們痛快地並肩戰他一回，天狼，上船吧。」

天狼雙足一動，跳上了船，落地時只覺得腳下一滑，差點沒有站穩，連忙使出千斤墜的身法，才勉強定住身形。

只見滿船的水手，從汪直開始，個個都脫了鞋子，打著赤腳，有幾個水手正向著甲板倒著什麼，木板一片濕滑，極難站住，應該是抹了油之類的東西，但這些水手在如此濕滑的甲板上，卻是奔跑不休，健步如飛，沒有一點重心不穩的樣子。

徐海看到天狼吃驚的模樣，笑道：「天狼，早就叫你別上來了，這不同於接你來時的客船，咱們出去就是要打仗的，不能讓敵人隨便上咱們這條船，我們人手不足，就三十多個人，所以要在甲板上抹油，一會兒在海上橫衝直撞，高速突擊的時候，只怕你就是坐在船艙裡，也受不了那樣的顛簸，這不是逞英雄的時候，我看你還是留在碼頭上吧。」

天狼微微一笑，兩腿連踢，把腳上的靴子給踢到水裡，也赤著腳板，站在甲板上。他運氣於雙足，來回在甲板上摩擦了幾下，適應了許多，又跑了幾步，兒時習武紮馬打下的良好基礎和平衡感讓他很快適應這種滑溜的環境，道：「徐兄，不用為我擔心，到時候你只管全力殺敵即可。」

徐海點點頭：「你自己保重，還有，陳思盼這回和佛郎機人聯手，你當心西洋人的火器，他們武藝一般，可是火槍十分厲害，千萬不可大意。」

說著，徐海一指自己腰間的兩把短柄火槍，天狼發現這兩把短槍和那些倭寇鐵炮兵用的長槍不一樣，不僅可以單手持槍，而且槍的扳機上面好像還有一個鐵疙瘩，鼓鼓囊囊的，透著一絲詭異。

天狼奇道：「徐兄，你這兩把槍怎麼看起來和那些火槍不一樣？這麼短的槍，能用嗎？」

徐海哈哈一笑，掏出一支槍，亮在天狼的面前，這回天狼看得仔細，除了槍身短小，一手可持外，那塊鐵疙瘩是一個可以旋轉的鐵囊，裡面的小孔裝著鉛子，槍身上的引線已經點著了火，只要一扣扳機，隨時就可以擊發。

徐海道：「天狼，你看仔細了，此物名叫轉輪手銃，顧名思義，每次扣了扳機打出槍子後，這個轉輪就會自動旋轉一格，一共三枚鉛子，可以發三槍，是佛郎機人最新的發明，又叫三眼火銃。」

徐海把那一尺長的槍管倒過來抓在手裡，在空中揮了兩下，說道：「此物足有二十來斤重，三槍放完之後，這樣倒抓槍管，也是一塊沉重的鐵傢伙，可以在肉搏戰中使用，對於那些不會武功，沒有內力的普通兵士來說，靠這東西也能和人肉搏。當然，天狼兄武功蓋世，自然是不需要這個，只是你千萬要當心，佛郎機人也裝備了這東西，一會兒如果突擊陳思盼的指揮船時，你千萬要當心這些使轉輪手槍的佛郎機人！」

天狼問：「那些島津氏的火槍手怎麼沒有這個？如果剛才他們也有這種連發槍，只怕徐兄你就衝不出來了。」

徐海笑道：「倭子沒一個好東西，我們向來對他們防一手，這些最先進的武器不會賣給他們。也正是因為這一點，島津家才對我們恨之入骨，寧可勾搭上陳思盼，也要除掉我們。」

說話間，天狼只感覺到船身一動，扭頭一看，發現那些水手們已經解開繫在碼頭上的纜繩，汪直則轉動著那個轉盤一樣的東西，船緩緩地前行駛，即使是在這山洞中的秘密港灣中，水流不算太急，天狼也感覺到來回的搖晃，幸虧他一直用千斤墜固定身子，才沒有像剛上船時那樣狼狽。

天狼眉頭一皺，問向汪直：「汪船主身前的那個圓盤是做什麼用的？像是控制船前進和轉向的東西？」

徐海道：「這個叫作操舵，根據舵的旋轉，可以調整船的方向和速度，我們管操舵的人叫舵主，對了，武林各派不是也有什麼舵主之名嗎，就是由此而來的，所謂『江湖』，以前也多是江河湖海裡跑船掌舵的人，就是掌握了全船人的生死，明白了嗎？」

天狼恍然大悟道：「江船裡的舵是在船尾，鞘公們是前面撐桿，後面掌舵，可這海船的舵卻是在前面用這轉盤來控制，我還是第一次見到。」

徐海點點頭：「那是因為江船不靠風帆，因此要讓船前進後退，必須要靠撐桿到江河底部才行，可大海太深，根本不可能這樣行船，所以行船動力一是靠底層甲板的水手划槳，二是靠掛帆，借著風力而行，所以控制船的行進方向，必須要靠船首的舵才行，汪船主在大海跑了一輩子，論操舵的能力，沒有人能及得上他，駕駛戰船如熟練的騎手騎馬一樣輕鬆。」

天狼見汪直神情自若，一隻手慢慢地移動著舵盤，一隻手打出各種手勢，指揮著船上的水手們划槳或者是掛帆，水手們也全部各就各位，一些人奔到底層的槳艙裡，數十根大型排槳從船身兩側伸出，有節奏地舞動著，一些人則忙碌地掛起船帆，兩側的船洞裡，更是伸出黑洞洞的炮口，指向前方。

天狼驚奇地道：「這些炮是在海戰中要用的？」

徐海笑了笑，指著那十幾門伸出的炮管解說道：

「海戰往往是兩條船接舷，所以炮位都是設在船的兩側，也有些船會把炮放在船首，但這樣一開炮，船就會向後退，影響船速，你們明軍的水師戰船就是如此，一向是船首迎敵，卻不想船首才多大點地方，能裝幾門炮啊?!只有寬闊的船側才能裝上幾十門大炮，到時候一個齊射，就可以打得像你們明軍水師那種級別的戰船直接起火沉沒。」

第九章

群龍無首

徐海道：「那羅德里格斯軍法嚴苛，
一到任就殺了好幾個暗中走私做生意的船長，
所以手下們都很怕他，不敢不遵他的號令，
也因為這樣，一旦打掉羅德里格斯和他的毀滅者號，
這些西班牙人就會群龍無首，不戰自亂了。」

天狼吐吐舌頭：「這麼厲害啊，海戰時用的炮，是那種開花彈還是實心彈呢？」

徐海道：「如果是打船，是以發射實心彈為主，目的是擊穿對方的船板，把對方的船打沉，但有時候接舷戰開始，對方的人會跳到我方的船上，或者是掛著繩索過來，這時候就要在炮口裡灌進鐵釘刀片之物，一炮打過去就能殺傷一大片人。」

天狼心中一動，正好他身後就是下船艙的入口，他向下面的船艙一看，只見甲板下面一層乃是炮艙，炮手們正手忙腳亂地作著準備，有人用一個拖把樣的東西伸進炮膛使勁地摩擦著，更多的人則把一箱箱的炮彈和鐵釘碎片搬到大炮的旁邊。

天狼咋舌道：「想不到海上作戰還有這等講究，我原以為海戰就是兩條船互相撞擊，然後水手們衝到對方的艦船上肉搏而已。」

徐海笑道：「那是五百年前的海戰模式了，那時候沒有洋槍大炮，海戰都是真刀真槍的接舷戰，看的就是哪一邊的船大人多，那時的海戰，船上要配備很多弓箭手，打起來的時候就先向對方的船上放火箭，只要能把對方的船給點著燒沉，就不用接舷肉搏啦。」

天狼又想到了什麼，問道：「徐兄，不是說你們有那種五六層的超大戰船，可以裝一兩千人，還可以跑馬嗎？這條船號稱你們最好的戰船，為什麼沒有那麼大？」

徐海收起笑容，正色道：「你說的那是八艚艦，其實那種船並不適合海戰，因為船太大，裝的人也多，所以速度和轉向不是太靈活，你也看到了，現在的海戰都是用這種遠距離的炮戰模式，早不是以前那種靠著人多一湧而上的肉搏戰了。

「所以用那種八艚艦只不過是運送登陸的士兵而已，並不是作為戰艦，**真正要在海上打仗，靠的是黑鯊這樣吃水淺，速度快又火力強的船，為了追求最快的速度，人越少越好**，平時船上也不放任何雜物，只有到作戰前才搬必要的炮彈上船。」

天狼恍然悟道：「怪不得你們打海戰總是能勝，這船是三層的戰船，最上面一層就是這甲板，中間一層是火炮，下面一層就是划槳的水手？」

徐海點點頭：「正是，真正致命的是二層的三十六門十二磅重炮，別看我們船上人不多，但炮手就有八十人，一直待在二層，發射的實心炮彈就是有十二磅重，差不多相當於十斤，對於普通的三四層大木船，一個齊射就能直接把敵艦給轟成一堆碎木板了。所以甲板上是我們盡量避免與敵人交鋒的地方，這裡的地要弄得越滑越好，最好是讓敵兵無法登船。」

天狼又問：「那汪船主在前面操舵控船，敵兵們不會把火力全向他的身上發射嗎，這豈不是非常危險？」

徐海臉色微微一變，道：「確實，船上最危險的就是老大了，不然怎麼叫船長呢，船長就是得在最危險的地方帶領一船人，天狼，一會兒萬一真打起來，你我二人還有海峰要守在老大的身邊，幫他擋住子彈和炮火。」

天狼點點頭：「從敵船上打過來的鉛子因為距離遠，可以擋住，只是那炮彈如何能擋？」

徐海道：「敵船用的多是實心彈，你看到船頭的那些大旗了麼，到時候你拿起大旗，看到飛來的炮彈，運氣於旗面，把這種實心彈給捲起來，這樣就不會爆炸了。」

天狼哈哈一笑：「連這個辦法都能給你們想到，真厲害！只是這樣還是太危險了，不能讓汪船主換個地方操舵嗎？」

徐海搖頭道：「這條快船的速度是海上之最，足可乘風破浪，所以如果舵的位置靠後，就掌握不了船頭行進的速度，視野也會受到影響，你放心吧，老大駕這條船幾十年，打過無數的惡戰，今天也不可能栽在這夥小丑身上的。」

天狼追問道：「那陳思盼、島津氏還有佛郎機人的戰船又是怎麼樣的？」

徐海道：「島津氏的水軍多是運輸船，他們倭人勝在鐵炮犀利，刀法凶悍，陸戰厲害，可水戰實在是提不起筷子，不足為慮，而且島津氏向來家主島津貴久穩居藩內，派幾個兒子出征，嫡長子島津義久又很少出海，出來最多的就是你看到的島津義弘了，這會兒他們還在雙嶼島上，應該不會參與海戰。

「至於陳思盼，他的座艦是一條佛郎機式的西班牙大帆船烈風號，五層戰艦，有水手三百多人，就是你說的那種高大威猛的八艚戰船，不過只有二十門八磅炮，火力和速度都遠不及我們這條黑鯊，他是習慣了用這種大船搶劫大明海外貿易的大木海船，因為不能把這些商船打沉，所以一向是用這樣的大船去接舷跳幫，今天我們就會教育他什麼才是真正的海戰。

「至於佛郎機人就有點麻煩了，現在我和老大最擔心的一點，就是不知道佛郎機人這次是一些散兵游勇收了嚴世蕃的好處，弄些武裝快船過來打劫，還是出動了呂宋島的遠洋艦隊？如果是他們在呂宋島的總督羅德里格斯帶著軍艦過來，那就非常討厭，佛郎機人船堅炮利，完全不同於陳思盼的這些蝦兵蟹將，主力戰船都是西班牙大帆船，四到五層，前後五根桅桿，大炮也往往有七八十門，那羅德里格斯的座艦毀滅者號，更是七層巨艦，七根桅桿，有水手四百人，十二磅重炮一百零六門，乃是整個東海上最強的戰船了。」

說到這裡，徐海的兩隻拳頭緊緊地握了起來。

天狼的眉頭也皺了起來，道：「三十六門炮打八十門炮，三層船打七層船，百名水手打四百人，這懸殊也太大了，黑鯊碰到了這個什麼毀滅者，只怕是勝算不大。」

徐海笑道：「不，天狼，你錯了，海戰不是這樣算的，火力和人數只是其次，最重要的還是速度，那毀滅者雖然龐大，但失之笨拙，遠不如我們靈活，以前黑鯊也和佛郎機人的五層大帆船交過手，用的戰術就是突然加速從敵船的側面衝過，衝過去的時候萬炮齊發，以最快的速度打出兩到三炮，一個齊射便足以把那種五層大船打癱，由於敵船的吃水太深，他們炮彈是打不到黑鯊的吃水線以下的，所以打起來我們反而有優勢，運氣好的話，一次衝擊就能讓敵船失掉戰鬥力。」

天狼長舒一口氣，又想到了什麼，問道：「只是雙拳難敵四手，猛虎不敵群狼，我們現在就這一條黑鯊，他們卻有那麼多的戰船，剛才我一看，光是炮擊雙嶼島的戰船就不下百艘，只我們這一條，應付得過來嗎？」

徐海豪氣干雲地說道：「天狼，你記住，我們這次出擊的目的不是想消滅整個敵軍的艦隊，而是在失守雙嶼島後作出最迅速的回擊，所以這回我們只求擊沉陳思盼，或者是羅德里格斯的座艦，然後就迅速撤離，等到天明的時候，就會和四處趕來救援的兄弟們會合，到時候大戰他們失去了指揮的船隊，一樣可以大獲全勝，奪回雙嶼島，一雪前恥。」

天狼點了點頭：「雙嶼島上現在還有你們抵抗的人嗎？那麼堅固的城堡，就這麼丟了？那到時候想要奪回來，只怕也不容易吧。」

毛海峰大咧咧的粗獷聲音從天狼身後響起：「哼，這個就不用你擔心了。這回我們被奸人所害，一時大意，義父的衛隊也多數被奸人收買，幸虧守在主城內的幾百名老弟兄忠誠可靠，他們拼死拖住了這些狗賊，給義父爭取了逃出來的時間，回去以後，我們一定要把那些叛徒碎屍萬段，以洩心頭之恨！」

天狼在上島的時候隨口問過這些倭人和佛郎機人的衛隊是否忠誠，當時不過一句戲言，沒想到居然一語中的，心下黯然。只見毛海峰的表情凶猛如厲鬼，雙眼血紅，淚水在眼睛裡滾動著，想來那些老弟兄都是他最親近的部下，這次幾乎毀於一旦，又怎麼可能不痛斷肝腸呢。

徐海拍拍毛海峰的肩膀，說道：「海峰，過去的就過去了，沒什麼，這次你折損了衛隊的好兄弟，只要能過了這關，老大一定會給你補上的。」

毛海峰的鋼牙咬得格格作響，眼睛裡幾乎要噴出火來：「我不考慮補充的事，我只要親手挖出陳思盼和島津義弘的心，去祭奠我兄弟們的亡魂！」

這時，天狼突然覺得眼前光線一片明亮，再一轉頭，只見船開出了長長的海島秘洞，這條數里長的水道直通到島的西南邊，從一個隱秘的出口出來，出口處以垂下的海草作偽裝，外面蓋了帆布，遠遠看去幾乎與礁石一色。

黑鯊號猛的衝破帆布，離洞而出，船頭猛的向下一沉，一個巨大的浪頭打了過來，天狼整個人給淋得透濕，幾乎站立不住，連忙一提氣，雙腳如同在甲板上生了根似的，紋絲不動。

拂曉的晨霧中，遠遠地只見三四里外的海面處一片燈火通明，上百條船隻正緩緩地向雙嶼島靠近，島上槍炮聲與喊殺聲，透過漫天動地的風浪聲，仍然清晰可聞。

天狼回頭看了眼雙頂山上的那座石製日式城堡，高高聳立的主城天守閣，已經燃燒起熊熊的烈火，如同一支巨大的火炬，照亮了昏暗的天空，離最初軍火庫爆炸已經過去了至少兩三個時辰了，此起彼伏的爆炸聲仍然斷斷續續，混合著一陣陣有節奏作響的火槍射擊聲，不時地傳過來。

天狼道：「看來天守閣裡還有人在抵抗，敵軍仍然沒有攻下整個要塞。」

毛海峰恨恨地說道：「當然，義父多年經營的要塞何等堅固，就算強敵進犯，仍然能抵擋至少一天一夜，若不是要急著出來駕駛黑鯊號反擊，我們現在還可以牢牢地守住天守閣。」

徐海嘆道：「海峰，衛隊還有多少人？我看堅持不了多久了。」

毛海峰一拳打在一邊粗粗的桅桿底部，恨聲道：「我們出來的時候還有不到一百個兄弟，他們都是好樣的，留下來的隊長李行水說，最後剩一個人的時候，他會把頂樓的火藥全給引爆了，城堡裡的火藥和大炮絕不給狗日的留下來！」

正說話間，天守閣便爆出一陣巨大的響聲，如天崩地裂一般，那個大火炬的頂端，就像個著火的蓋子一樣，直接飛上了天，然後在空中碎成千百片紛紛落地，天守閣前本來密密麻麻圍著的島津氏火槍手們一陣騷動，也顧不得再放槍了，紛紛轉身向後逃跑，場面說不出的混亂與狼狽。

徐海臉色一變，喃喃地道：「這是……」

毛海峰兩行清淚不覺地流了下來，這個面相凶狠，鐵一樣的男人，居然號啕大哭起來，一邊不停地捶著自己的胸口，呼喊著一個個兄弟的名字，痛心疾首的樣子，讓天狼看了也心生同情。

汪直的聲音隔著狂風大浪傳了過來：「哭什麼哭，死都死了，你再哭他們也活不過來，**是男人就為他們報仇，殺了陳思盼！**」

毛海峰如夢初醒，用袖子擦了擦眼淚，右手提起自己的金剛杵，左手操起盾牌，走到汪直的身邊，提盾戒備。

徐海對天狼道：「海峰負責用盾牌掩護老大，你我就在外面以大旗來捲炮彈吧，至於那些鉛子彈丸，以你我的護體氣勁足以抵擋了。」

徐海眼光看向遠處的敵軍船隊，臉色微微一變：「毀滅者號也在，**果然是羅德里格斯親自率領主力軍艦過來支援陳思盼了**，哼，這回嚴世蕃下的本錢還真不少，居然連佛郎機人也能買動。」

天狼跟著看了過去，只見茫茫的白霧中，有一團搖晃著的燈光格外的刺目，大霧天，敵船為了防止互相撞擊，都點起了火把，而那團燈火比起其他的船隻明顯要高出一大塊，就是比這條黑鯊艦也高了一倍左右，足有六層的巨艦，看起來一定就是那條**遠東第一巨艦「毀滅者」**號了。

天狼道：「這毀滅者號如此顯眼，只是那陳思盼的座艦，這大霧天又如何鎖定呢？」

徐海看了眼遠處搖晃著的燈火，道：「陳思盼這廝鬼得很，這次沒有點火，大概也是怕我們趁霧突襲，所以寧可冒著和自己人撞擊的危險也不想暴露自己，哼，不管他，先打沉毀滅者號再說，只要佛郎機人的主力戰船沉沒，那敵軍的士氣就會下降一大半。」

汪直的聲音也傳了過來：「阿海，你說得不錯，如果佛郎機人不來，那自然是優先打陳思盼的那條海龍號，但現在羅德里格斯既然親自出馬，第一攻擊目標就改成他，這幫佛郎機人早就看中我們的地盤了，就是沒這次機會，也早晚會和我們開戰的，**今天一戰，就要打掉這幫西洋人對我們的野心！**」

天狼小聲對徐海道：「徐兄，若是在這裡把佛郎機人的海軍大將打死了，把船打沉了，那佛郎機人以後還會跟你們做生意嗎？還有日本那邊，島津家這回跟你們成了死仇，以後那邊的生意只怕也不好做吧。」

徐海笑著擺了擺手：「天狼，你不懂這些蠻夷，他們不會跟你講仁義道德，只會看你有沒有實力，如果你示弱，給打不還手，反而去求著他們，那他們只會對你更加趕盡殺絕，**只有堅決擊退他們對我方的進攻，甚至進一步地打擊他們的地盤，才會讓他們心虛，害怕，主動求和，就連做生意也不敢跟我們多還價了。**」

徐海看著凝神思考的天狼，微微一笑：「其實你也是這樣的思維方式，跟我們談判的時候寸步不讓，咄咄逼人，但也正是這樣，加上你身後的胡總督的誠意和軍力，才會讓我們最終接受了你的提議，即使出了鳳舞這檔子事情，仍然沒有關死談判的大門，如果你談判的時候立場軟弱，一讓再讓，只怕老大早就會看出你們的虛弱，直接開打了，對於軟蛋懦夫，你打得越狠，得的越多。」

天狼道：「這是你們的思維方式，只是我還是不太相信，若是你們把羅德里格斯或者是島津義弘也打死了，他們也會跟你們和談？」

徐海正色道：「那羅德里格斯只不過是西洋人派在呂宋的一個總督罷了，西洋中也是諸國林立，羅德里格斯所在的地方名叫西班牙國，此外還有荷蘭國、葡萄牙國、英吉利國等，這些國家在我大明的南邊都建立了殖民地，統治當地的土著，只是離他們本國太遠，因此只能讓一些艦隊的司令，在這些殖民地裡主管軍政財務，由於跟他們本國相隔了幾萬里，所以戰和大事往往是由這些總督自行決定。

「我料那**羅德里格斯看中的並不是嚴世蕃的錢**，**想必是嚴世蕃又進行了什麼賣國勾當**，大概是在廣東省割給這些佛郎機人一兩個小島，允許他們和大明進行貿易什麼的，嘉靖元年的時候，這些佛郎機人可是在廣東省的屯門一帶和大明水師打過一仗，當時明軍是用了火船攻擊的辦法僥倖取勝，西班牙的總督不敢造次，於是就離開了大明的水域，一直老實到了現在。

「這個羅德里格斯是兩年前才來呂宋島，接替前任的總督，此人野心勃勃，一直想打開通往中國的大門，所以才會勾結為禍廣東福建一帶的陳思盼，甚至這兩年來一直在削減跟我們的貿易。

「老大防備他很久了，但這回他親自駕了毀滅者號過來，仍然有些出乎我們的意料之外，畢竟陳思盼和島津氏離我們近，我們若是滅了，他們能得到現實的好處，可這羅德里格斯，是不可能在這裡立足的，所以我想嚴世蕃一定是給了他別的不可拒絕的籌碼，幾乎可以肯定是在廣東一帶允許他們開商貿易。」

天狼點點頭：「想來一定是這樣，嚴世蕃反正也不是第一次賣國了，讓出廣東的幾個小島，他當然點點頭就能答應的，何況廣東巡撫和福建巡撫都是他的人，不像胡宗憲那樣不聽話，自然是不敢違了他的命令。」

徐海咬咬牙道：「今天只要能幹掉羅德里格斯，西班牙就會另派一個總督過來，我見慣了這些佛郎機人的手段，那個新總督一定會把擅自開戰的過失推到死鬼羅德里格斯身上，然後重新與我們開商示好，所以今天無論如何，都要先打敗羅德里格斯，把他和他的那條毀滅者號送到海裡餵王八，這樣才能打出一個以後對我們有利的局面。」

天狼默然無語，心中暗道這些倭寇的行事真的是與眾不同，凶狠強悍，充滿血性，**也許大明缺的就是這種狼性，才會任四方蠻夷欺凌，若是汪直徐海這些人的血性能讓明朝的君臣多少繼承一點，國家也不至於變得如此糜爛。**

只是今天若是汪直徐海能如願以償地反敗為勝，擊斃那羅德里格斯，奪回雙嶼島，**只怕這些倭寇的氣焰會比天還高，到時候是否還願意接受自己的那個和議條件也未可知，讓這隻猛虎越來越肥，尾大不掉，不知是對是錯。**

徐海似乎看出天狼的心思，笑道：「天狼，在想什麼呢，是不是不希望看到我們大獲全勝？」

天狼當然不能承認心中所想，哈哈一笑，道：「不，我是在想，汪船主和徐兄這一戰幾乎跟所有的海上勢力都成了敵人，陳思盼和西班牙人自不必說，那多年和你們聯合的島津氏也是反目成仇，就算打贏這仗，只怕也是四面楚歌，不可能像以前一樣好過了吧。你們若是跟佛郎機人可以重開生意，那跟島津家難道也有和解的可能？」

徐海咬牙切齒地道：「不，我絕不會和島津家講和的，天狼，你說得對，這些日本人根本沒把我們當成自己人，一旦發現我們自立，就會想方設法地害我們，剛才我和老大也商量過了，以後斷絕和島津家的貿易往來，大力扶持現在跟島津家對立的大友家和伊東家，必要的時候，我們會直接攻擊薩摩藩，讓島津家嘗嘗我們的厲害。」

天狼猛的一拍手：「好，徐兄若是真的能反攻倭國，也算是利國利民的一樁大事了，只此一條，我天狼一定會向胡總督，向皇上為你們請功！」

徐海擺擺手：「天狼，不用這樣抬舉我們，我們可沒你說的那麼崇高，向島津氏復仇完全只是出於這次他們背盟在先，主動進攻我們，我們若是不能反擊回去，那也不算男子漢了。」

天狼突然想到北邊的明軍船隊，眉頭又皺了起來：「現在島津氏的部隊上了島，陳思盼和西班牙人的聯合艦隊就在眼前，明軍的水師在北邊一直不動，你們打算如何對付大明的水師？如果一會兒盧鏜也開始進攻你們呢？」

徐海嘆了口氣：「老大剛才說了，如果明軍不動手，我們也不會主動攻擊明軍，但若是他們主動進攻，那我們不可能束手挨打，一定會反擊回去，其實這次明軍跟著這幾股勢力一起來攻我們雙嶼島，已經算是開戰了，我們能做到這一步已經非常克制啦，總不可能讓我們白挨打不還手吧。」

天狼沒有接話，就在二人談話間，黑鯊號已經駛進霧中，船的上甲板只留下汪直和天狼等四人，其他的炮手和槳手們全部各就各位，底層伸出三十多條大型木槳，正有節奏有規律，整齊劃一地在水裡划著，黑鯊號也開始慢慢地加速，在一船船打著燈火的敵軍艦船間穿梭而行，由於霧氣極重，黑鯊號上一片寂靜，悄無聲息。

汪直高超的操船技術讓天狼嘆為觀止，幾十丈長的船，在他手裡如指臂使，說停就停，說倒就倒，加速衝刺起來迅捷如飛，往往是兩條點滿了燈火的敵艦之間只有十幾丈的距離，兩條船不留神都能撞到一起，而汪直卻能操著這條黑鯊號生生從這個狹窄的縫隙中直穿過去，還不被對方發現，這技術實在是讓天狼驚為天人，總算是明白了為什麼是汪直，而不是別人成了這海上的霸主。

霧氣中不停地傳來海盜們得意的狂笑聲，天守閣的陷落太過於明顯，以至於大霧中的海賊們也都看得清清楚楚，一路行來，天狼聽到不少海賊們在興奮地議論著，說是要上島去挖汪直的藏金，去晚了只怕金子都給那些倭人拿光了，陳思盼集團的所有海賊們受了這一利好消息的刺激，彷彿生出無窮的動力，所有的船隻移動的速度明顯加快，相形之下，羅德里格斯的那條毀滅者號倒反而越來越落在了後面。

天狼心中奇怪，對徐海悄悄地問道：「徐兄，怎麼那毀滅者號跑得還沒陳思盼的這些海賊快？」

徐海也小聲地回道：「那條是七層大船，轉向不變，速度也不算快，平時是靠了七根桅桿掛起上百面風帆，借著風力的作用才能在海上奔馳如飛，可現在起了霧，他們不敢在這種情況下掛帆全速前進，怕撞到本方的船口，所以全是靠著划槳前進，那毀滅者號本身槳手就少，比這種人力推進的速度，當然還不如陳思盼的那些普通突擊艦。」

天狼恍然大悟，看著離本艦大約只有百餘丈的那堆格外明顯的高大火團，似乎一陣嘰哩咕嚕的西洋話也傳了過來，天狼豎耳一聽，完全聽不懂，問道：「徐兄，這些西班牙人在說什麼，你可知道？」

徐海微微一笑，道：「你聽到的是附近幾條西班牙大帆船上的水手們說的話，這些西班牙人也急了，在說中國海盜都去搶錢了，他們的速度若是再慢，就啥也撈不到了，有些人還想掛起風帆衝過去，但船上當官的在大聲喝止，說哪個想要錢的就跳下海自己游過去，這種霧天裡掛帆純粹是找死。」

天狼點點頭：「看來這些西班牙軍官還是有些頭腦的，比起陳思盼的那些烏合之眾要沉穩得多了。」

徐海道：「那羅德里格斯治軍嚴整，軍法嚴苛，一到任就殺了好幾個暗中走私做生意的船長，所以手下們都很怕他，不敢不遵他的號令，但也因為這樣，一旦打掉羅德里格斯和他的毀滅者號，這些西班牙人就會群龍無首，不戰自亂了。」

正說話間，一艘巨大的戰艦出現在天狼的視野中，一條通體黑色，高達六層的巨艦正在海面上傲然挺立，黑鯊號即使加上了桅桿，也只及這條巨艦的甲板高度，在這條船的甲板上，百餘名金髮碧眼，身著藍色軍服的西班牙軍人們，正背著火槍擠在前甲板上，看著已經越來越近的雙嶼島。

天狼看到這艘巨艦的前方瞭望高臺上，有一員穿著華麗的大紅燕尾軍袍，戴著三角形高帽子，帽子上插著羽毛的大將，正在六七個親兵的保護下，向前眺望，他的手裡拿著一根長長的銅管，透著這銅管正在向遠處的海島眺望。

天狼心中一動，道：「這便是羅德里格斯嗎？」

徐海哈哈一笑：「正是這冤家，看起來他們還沒有發現我們，正是天助我也！」

汪直的聲音中壓抑不住興奮，對著一條銅管下令道：「二層的炮手全部到右側，開花彈轟擊敵船最底下兩層。三層的槳手全速划槳！」

天狼猜這根銅管一定是汪直用來向水手們下令的東西，他和徐海對視一眼，雙雙走到船頭，拿起兩面大旗，渾身的紅氣緩緩地騰起，周身氣流流動著，做好充分的準備。

汪直也把船頭直接對準了毀滅者號右舷的方向，在他的號令下，三層的槳手們划槳如飛，黑鯊號的速度越來越快，就像一頭脫韁野馬，飛速地向著毀滅者號的後方前進。

毀滅者號上後甲板處一個巡邏的士兵發現了黑鯊號的存在，濃霧中一條全黑的快船，正不聲不響地向著本方軍艦開來，而兩側的炮口已經推出了船艙，黑洞洞的就像是死神的眼睛，他大吼一聲：「敵艦來襲！」

就在最後一個字還在舌尖上打轉的時候，一根長餘四尺的旗桿，從十餘丈外的黑鯊號上飛過來，這個倒楣的小兵還沒來得及躲閃，就給這根旗桿穿胸而過，仰天噴出一口鮮血，撲通一聲栽下了船，落到十餘丈下的海水裡，激起一片浪花，轉瞬間便消失在茫茫的大海中。

天狼又拿過一面新的旗子，道：「出手還是慢了，讓這廝先叫了出來，這下只怕敵船上都知道啦。」

徐海冷笑一聲，眼中殺氣浮現：「知道也沒用，這回連他們的上帝也救不了這毀滅者啦！」

說時遲，那時快，也就這兩句話的功夫，飛速前行的黑鯊號就完全與巨大的毀滅者號齊頭並進，雖然長度不到毀滅者號的三分之二，但所有的炮口都已經瞄準了與自己齊平的倒數第二層，天狼甚至可以看到不少西班牙水手們這時候才開始如夢初醒，手忙腳亂地向著船艙外推那些大炮。

汪直的聲音沉穩而有力地響起：「落錨！槳手停槳，炮手速射，打掉所有的開花彈！」

話音未落，天狼只覺得腳下的甲板一陣地動山搖，整個人不自覺地向著左側栽倒，船體也開始整個向左平移，震耳欲聾的大炮怒吼聲此起彼伏，炮口處騰起的火光，一下子撕開濃霧，讓這艘在瞬間前還悄無聲息，幽靈一般的黑鯊艦，一下子變成了整個海上最耀眼的明星！

一枚枚的炮彈從炮口處呼嘯而出，十二磅重炮發射後巨大的後座力，讓架在輪子上的大炮向後退出了四五米遠，訓練有素的炮手們，拿著那個專門擦炮膛，頂端沾了油的長桿拖把，迅速地在還在冒煙的炮膛裡捅了兩下，拔出拖把的同時，另一名炮手熟練地把下一枚十二磅開花彈裝入炮口，幾乎與此同時，尾端的炮手們已經把炮再推回到了船艙口，順便點起新的引信，兩炮間的時間間隔不超過半分鐘。

三十六門大炮不停地轟鳴著，伴隨著對面接連不斷的爆炸聲和各種慘叫哀號聲，剛才還威風凜凜，不可一世的毀滅者號，其第五層和第六層船艙已經被打得一片稀巴爛，這兩層原來封閉的厚木船艙，已經被打成開放式結構，兩側的木板被炸成片片木屑，混合著人體的斷肢殘臂，在兩船之間那七八丈左右的海裡飄著，而這兩層的木槳和大炮更是不翼而飛，也不知道是變成了破銅爛鐵，還是化為了漫天的木粉。

由於最底下的兩層被轟掉了大約一半，整個毀滅者號已經呈一個奇怪的角度，向著黑鯊號傾斜了過來，船身已經呈三四十度的傾斜，而吱吱呀呀的聲音聽起來讓人不寒而慄，天狼只感覺到剛才明亮的天空一下子變得黯淡了起來，巨大的陰影開始向他的頭上籠罩，而一邊的毀滅者號帶著恐怖的聲音，逐漸地向著自己這條黑鯊艦如泰山壓頂般地歪了過來。

羅德里格斯的聲音嘰哩咕嚕地在上層的甲板迴蕩著，很快，毀滅者號二層三層的大炮開始轟鳴起來，經歷了最初的這陣致命打擊，基本上四到六層已經被完全打爛了，無論是槳手還是炮手都死得七零八落，失去了戰鬥力，可是上面的三層仍然是完好無損，趁著剛才炮戰的功夫，二三層的西班牙炮手們已經把一尊尊巨炮推出了側舷，露出了那一雙雙黑洞洞的死神之眼，從高處俯視著下面的黑鯊號。

天狼臉色一變，預料中的以旗擋炮彈沒有出現，可是現在這麼一來，傾斜著的毀滅者號反而以泰山壓頂之勢把本來高高在上的炮口斜向下地對準了黑鯊號，這樣一來，本來打不到自己甲板的二三層大炮又有了用武之地。

一雙雙重炮後，西班牙炮手們那猙獰的表情映入天狼的眼簾，至少有三十門大炮已經開始在裝彈，只要一個齊射，那自己就算長了八隻手，也不可能擋住這雷霆一擊。

汪直的聲音再次響起，透過傳聲銅管迅速地傳到下層：

「起錨，全速脫離敵船，升桅掛帆！」

在開戰前為了隱蔽而放倒的桅桿，一下子豎了起來，天狼這才發現這些桅桿上早就掛滿了一片片的白色風帆，這會兒風正從船尾方向向著船頭猛刮，這滿桅的順風帆正好能起到極大的助力作用。

毀滅者號大概也意識到了黑鯊要全力地脫離，羅德里格斯瘋狂地不斷吼叫著，那些伸出的大炮顧不得齊射了，甚至來不及瞄準，炮彈裝進了炮口後就迅速地擊發，可是這些心急的西班牙人們忘了，這時候的炮口是向下傾斜的，往往炮彈剛塞進炮口就滾了出來，這一通發射居然沒有一炮是打響的，反而有四五枚來不及滾出的炮彈就在炮膛內爆炸，反而把西班牙人炸了個血肉橫飛。

徐海額頭上緊張得汗如瀑布，剛才哪怕只要有個七八門大炮可以打響，也足以重創這條黑鯊號，還好西班牙人忙中出錯，算是躲過這一劫。

趁著這寶貴的時間，黑鯊號全速衝了起來，由於毀滅者號太重太大，落在最後面，跟前方的本方船隻隔了百餘丈遠，前面那些西班牙戰船聽到後面的炮響，心知不好，這會兒紛紛掉頭轉向，但由於船又大又笨重，霧天又看不清楚狀況，因此喊聲一片，卻遲遲不能趕過來救援。

黑鯊號的船尾眼看就要超過毀滅者號的船首了，突然，天狼等人只覺得船的後方一沉，前甲板幾乎像是要高高的抬起似的，天狼心中一動，暗想難不成是毀滅者號就這樣斜著栽進大海，撞到了黑鯊號嗎？不由得回頭望去，只見後面的甲板上，如下雨般地落下了四五十名西班牙人，而為首的一個，正是那戴著三角形鵝毛帽，身著大紅並排紐扣軍服的敵軍總督羅德里格斯！

再一看這些西班牙人的身後，或者嚴格地說，這條黑鯊號的船尾處，正被幾十根繩索搭住了船幫或者是桅桿，而繩索的另一端則牢牢地繫在正在不斷下沉的毀滅者號，想來是羅德里格斯身經百戰，經驗豐富，眼看本船不保，便使出這些飛爪繩鉤，搭上了還沒來得及完全脫身的黑鯊號，就算這毀滅者號沉沒了，也要作最後一把努力，爭取奪下黑鯊號。

徐海哈哈一笑：「本來還有點遺憾沒來得及轟死羅德里格斯這個王八蛋，這會兒他倒是自己送上門來了，天狼，這廝在呂宋殺了許多下南洋的華人，你不是最顧及我大明百姓嗎，這會兒就是你報仇的好機會了！」

天狼早在胡宗憲那裡就聽說過南洋的佛郎機人心狠手辣，經常有組織地屠殺支南洋做生意的華人華商，所以最早的汪直和許倫等人下南洋做貿易的時候就得武裝前往，慢慢地才成了倭寇，所以這些西洋人也不是什麼好東西，今天正好有這麼個機會能手刃敵酋，也算是為那些冤死在西洋人的火槍長劍之下的同胞們報仇雪恨了。

天狼二話不說，扔掉了手中的旗桿，斬龍刀已經交到了左手，渾身上下騰起了淡淡的紅氣，與徐海對視一眼，雙雙向後甲板衝了過去。

這些西班牙的士兵們這會兒都扔掉了長長的火槍，抽出腰間的長劍，向著二人反衝了過來。

這些西班牙式的長劍與中原的劍完全不一樣，劍身非常窄，劍格很寬很大，又有一個半月形的護手，把幾乎整個劍柄都封閉起來，抓著劍柄的手能得到極好的保護，看他們衝過來的這個架式，這些劍全都是亮著明晃晃的劍尖，準備衝著人直刺，看起來這種西洋劍以是刺為主，不像中原劍法這樣可劈可砍。

天狼雖然沒有接觸過西洋武功，但一看這架式就知道敵人武功的來路，而且這些西班牙兵們一個個身材高大，和自己的個頭相當，可是腳步虛浮，徒有蠻力，顯然並不會什麼內功，只是一個個肌肉發達，活像那些沒有進化完的大猩猩，所謂一力降十會，在這狹窄的甲板上，人數又占了絕對的優勢，倒也不可大意。

天狼的中紅光一閃，身形微微向下一蹲，左手的斬龍刀連揮三下，三道刀氣貼著甲板的平面向著十餘步外的敵兵衝去，這些不會內力的西班牙兵不識好歹，仍然怪叫著向上衝，只覺得腿上一陣劇痛，最前面的三四個人高馬大的洋兵一下子發現自己的下半截不聽使喚了。

這幾個人再低頭一看，只見自己的身子已經和下半身分了家，向前足足衝出了三四步，可腿卻留在原地，這時候才感覺到腹部一陣劇痛，自己的腸子和內臟開始向下傾瀉，等到他們發出恐懼的尖叫時，身子已經落到了地上，兩眼圓睜，到死也沒弄明白自己怎麼就這樣一刀兩斷了。

衝在最前面的那幾個西班牙兵是這群人裡比較凶悍和強壯的，後面的人還沒看清怎麼回事，只見這幾個人一下子變成兩截，空氣看起來在流動和扭曲著，一道無形的氣流穿過這幾個人的軀體後，又擊中了後面的幾個人。

後面那幾個傢伙運氣稍好，這些氣流去勢已經弱了不少，又打在他們穿著的鋼製胸甲上，因此只是把胸甲打得陷了進去，最多只是打斷了兩個人的肋骨。

可即使如此，也嚇得這些西班牙人目瞪口呆，洋人不知道中原武術這種以氣傷人的功夫的可怕，還以為對面的這個中國人使了什麼妖法邪術呢，不過這樣一來，幾十個原本氣勢洶洶一湧而上，想要把對方亂劍分屍的西班牙後人，卻沒有一個再敢向前踏出一步了。

天狼一擊得手，不僅殺了幾個人，更重要的是阻住了對方的全力突擊，他現在的位置是船艙的進口，這點很重要，要解決這些西班牙人並不是難事，但若是打鬥的過程中，讓這些身上有火器的敵兵跑下了船艙，尤其是進了二層的火炮艙，那就一切皆有可能了，沒準一個火星一個炸彈就可以要了全船人的性命。

另一邊傳來一陣尖銳的呼嘯聲，飛刀破空之聲不絕於耳，而另一團西班牙兵的慘叫聲也是此起彼伏，天狼用眼角的餘光掃了一眼，只見徐海傲然立於另一個船艙口，二十口飛刀插在皮袋裡，正掛在他的腰間。

他雙手連揮，一口口飛刀例無虛發，像長了眼睛似的，刀刀插在那些西班牙兵的要害之處，往往不是咽喉就是眉心，要麼是心臟，全都是一刀致命的部位，還有一個個子特別高大，活像頭人熊的傢伙，徐海的飛刀很陰損地直襲他的下身，這名巨漢痛得扔掉了手中的大彎刀，捂著自己血流不止的下身，正在甲板上滿地打滾呢。

羅德里格斯一見情況不妙，哇裡哇啦一通叫，這些西班牙兵們一個個如夢初醒，全都拔出了腰間的短槍，徐海的臉色一變，也顧不得守在那船艙口了，身形一飛沖天，直接躍上了桅桿，躲在了帆布之後。

天狼在戰前聽過徐海的提醒，知道這些是**西班牙人特有的三眼火銃**，在這麼近的距離，幾十支轉輪手炮一通猛射，自己就是大羅金仙，也給轟成馬蜂窩不可，於是腳下施展起玉環步，身子變得搖搖晃晃起來，衝著敵兵直衝了過去。

那些西班牙人看天狼這樣東倒西歪的，不明所以，還以為他是喝醉了，可一瞬間就發現他向前進了五六步，離自己只有七八步之遙了，於是紛紛舉槍便射，扳機連扣，甲板上頓時騰起了一陣硝煙，刺鼻的火藥味從這幾十支轉輪手炮的槍口中噴湧而出。

天狼的身子突然重重地倒在了甲板上，嘴裡慘叫一聲，透過這陣子瀰漫的硝煙，這些西班牙兵們也清楚地看到了這個可怕的中國巫師就這麼給自己亂槍打死了，一個個從剛才的極度恐懼轉而為欣喜若狂，哈哈大笑起來，有兩個傢伙更是興奮得不能自已，居然抱在一起跳起了舞。

就在這些西班牙人們以為打死天狼的時候，躺在地上的天狼卻突然蹦了起來，只見他面目猙獰，披頭散髮，滿身都是鮮血，形如喪屍，嘴角更是鮮血長流，一條血淋淋的舌頭伸出了嘴外，加上他那兩隻通紅的眼睛，活像一頭要吃人的惡狼。

這下子把那些西班牙兵嚇得尿都要出來了，歐洲自古就有人狼和吸血鬼的傳說，**天狼像極了那些神話裡恐怖的人狼**，站在最前面的幾個士兵渾身如篩糠一般，指著天狼，舌頭彷彿打了結，卻是一個字也說不出來。

天狼也不準備給這些人吐字的機會，剛才他早有盤算，當年落月峽正邪大戰的時候，他就見識過烈火宮的火器，雖然遠遠比不上這些西班牙人的獨門武器轉輪手炮，但只要是火槍，擊發的時候都會產生大量的煙霧，擋住發射者的視線，自己只要提前倒地，這些槍往往是向上擊發，不會向地上開槍，便可無事，緊接著只要咬破舌尖，裝成厲鬼，自然能嚇住這些西班牙人，給自己衝上最後這幾步距離爭取時間，只要近身作戰，那就不會有問題了。

眨眼間，天狼已經衝進西班牙兵的人群之中，左手的斬龍刀縮短至二尺長度，在他的手上不停地舞動，旋轉，每一下刀光閃亮，都會帶起一片的腥風血雨和斷肢殘臂，在西班牙兵們的聲聲慘叫和人體仆倒的聲音中，天狼的身上早已經被血跡透濕，也不知道是自己的血還是敵人的。

就這一會兒工夫，天狼就手刃二十多名西班牙兵，這個位置正在二層的炮艙之上，天狼見過那個艙裡到處都是火藥和炮彈，所以天狼不敢暴氣，用那種爆炸性極強的招數直接把這些人炸成肉粉血泥，只微用內力，以一板一眼的刀法殺人。

可是天狼刀法和屠龍二十八式又是何等精妙的武功，這些西班牙人做夢也不曾想到世上竟然還有如此精妙的刀法，往往只是眼睛一花，自己就是身首異處，或是腿斷手折了。

不過趁著這會兒工夫，這些西班牙人也意識過來，天狼並不是殭屍而是活人，由於是在人群中混戰，轉輪手炮也不能再使用，還活著的敵兵們紛紛拔出剛才插回腰間的西式刺劍，和天狼鬥到了一起。

剛才所有的西班牙兵都被天狼所吸引，原來在舉槍瞄準的那另一堆西班牙兵也忘了再管那掛在桅桿上帆布後的徐海了，突然聽到一陣槍聲，兩個西班牙兵應聲而倒，帶隊的一名瘦高個子，黃色八字鬍的軍官大罵了起來：「哪個不長眼的在放槍？」

話音未落，他的右眼便成了一個血淋淋的窟窿，一個冷酷的聲音隨著槍聲一起從上面傳了過來：「你爺爺我放的！」

眾西班牙兵們抬頭一看，只見徐海一隻手抓著帆布上的繩索，另一隻手裡拿著一隻轉輪手炮，槍口還在冒煙，眾人如夢初醒，紛紛想要再次舉槍，徐海的身形卻如一條大鳥般從高空落下，左手拉著繩索凌空而下，帶起了整個帆布也被拉起，他右手一揮，手中那支已經放完三槍的轉輪手炮如閃電般飛出，砸中一個倒楣的西班牙兵的腦袋，頓時白白的腦花子和紅色的血液流得滿頭都是。

徐海手往腰間一探，另一支轉輪手炮一下子抄在手中，就在這時，下面西班牙兵們手中的傢伙也紛紛響起，空中鉛子一陣亂飛，徐海輕舒猿臂，身子在空中滴溜溜地一轉，一下子又轉到了粗粗的桅桿後面，只聽到那些鉛子打在桅桿上的「劈哩啪啦」聲不絕於耳，卻是沒有傷到躲在桅桿後的徐海一根毫毛。

一陣手炮亂響之後，徐海就像坐滑桿一樣，在一片煙霧繚繞中落到地面，就地一個滾翻，右手一抬，轉輪手炮連發三下，五六名西班牙洋兵慘叫著倒下，因為距離太近，子彈穿透人體後去勢未衰，又新打中了後面的幾個人，所以這三槍等於是穿糖葫蘆，一槍奪了二到三條性命了。

三槍放完，這堆西班牙兵也是一個個東倒西歪，沒中槍的人也給那幾個中彈倒地的倒楣鬼們撞得站立不穩，還有幾個受傷未死的傢伙出於本能，一陣亂抓亂抱，加上這甲板在戰前就倒過油，異常的滑溜，這些穿著大皮靴的西班牙兵們個個都摔了個狗吃屎。

徐海的嘴邊露出一絲得意的冷笑，從兩隻小腿外側的刀袋裡運氣一提，長短兩隻雪花鋼刀抄在手中，刀柄上則彈出了一把長約半尺的分水峨嵋刺，殺進了這堆西班牙兵之中。

第十章

海上梟雄

汪直狂怒之後，冷靜地思考起來，沉吟道：
「只要消滅了陳思盼，那西班牙人就只能和我們合作，
不管他喜歡不喜歡中國人，都要和我們打交道，
最多我給出以前陳思盼給他的條件就是。」

徐海的武功非常特別，異常的邪惡凶殘，正面的刀法虎虎生風，配合著內力，過處無不是斷首殘肢橫飛，而刀柄的峨嵋刺則像一把暗中潛伏的匕首，有些西班牙兵想要近身格鬥，衝上來企圖抱住徐海，卻被他輕輕轉動刀柄，以這枚水刺狠狠地一戳，刺在背上，貫穿心肺，登時就變成了一具趴在甲板上抽搐的屍體。

徐海和天狼二人如虎入羊群，殺人若割茅草，雖然不敢用爆炸性的內力衝擊，但只憑著精妙的招式，就殺得這些西班牙人人頭滾滾，死傷枕籍，衝上來的敵兵沒有一個能接他們兩招的，多數是一個照面後便小命不保。

天狼的斬龍刀這樣的神兵利器更是在這種場合大發神威，那些西洋兵的刺劍給他輕輕一削，便像木刀竹劍般地斷裂，緊接著就是握著劍的手，再接下來就是項上人頭。

天狼哈哈一笑，**徐海的出現讓他豪氣干雲，今天是他人生中第一次海戰，在這裡與海戰高手徐海比殺敵的本事，也是人生一大快事。**

天狼「唰唰唰」地打出一輪組合刀法，又是奪命三刀，把三個洋兵直接卸成了十幾塊，空中血肉橫飛，內臟鮮血流了一地，場面異常的血腥。

他剛才一直不動的右手這回也不再顧忌，或掌或爪，拳擊掌劈，打得敵兵們一個個口血狂噴，直接從甲板上飛出，慘叫著落入大海，成為魚蝦們的美食。

這場海戰雖然只是兩條船之間的格鬥，但死者數百仍然已經把這一片海水染得通紅，鯊魚的背鰭在血紅的海水中若隱若現，幾個未死的傷者被生生拖入水面下之前發出的恐怖慘叫聲，足以讓人魂飛魄散。

羅德里格斯的臉脹得通紅，抄起一根轉輪手炮，吼道：「所有人聽著，向人群無差別射擊！」

天狼重重地「哼」了一聲：「羅德里格斯，汪船主要饒你的命，我可沒答應，你是我一手抓到的，你的生死也是由我來決定。」

汪直臉色一沉：「天狼，這可是我的船，羅德里格斯也不是你的俘虜，是徐海抓到的，若不是徐海，你這會兒已經是具屍體了，這兒輪不到你來發號施令！」

天狼的脾氣一下子上來了，抗聲道：「汪船主，你可是說了要擊斃這敵酋，為給他殺害的我大明百姓和商人們報仇，我才跟你一戰的，可現在你卻要背信棄義，跟此人重新勾結到一起，這豈是男子漢大丈夫的所為？」

汪直冷冷說道：「男人和男孩的區別就在於男人有理智，有判斷，不會意氣用事，大明那些去南洋的商人和百姓，給西班牙人殺了，連大明的皇帝都沒什麼可惜的，也沒派兵去追剿，這些人違反海禁令，私自下海與洋人通商，本就已經是大明棄民，用你們官府的話來說，那叫自絕於國家，死不足惜。

「我汪直當年就是這樣的人，如果我死在了呂宋，那也只能自認倒楣，違令下海的人都會有這樣的覺悟，哪有什麼報仇之說，如果你想報仇，那我們集團這麼多年來殺的大明的軍民也不少了，是不是連我們也不想放過？」

天狼的鋼牙咬得格格作響，拳頭緊緊地握著，內心深處他很想殺了羅德里格斯，理智也告訴他，一旦汪直和佛郎機人真的合流，以後想要消滅他只怕就更困難了，但現在的情況看來，自己很難在汪直和徐海兩大高手的眼皮下要了羅德里格斯的命，就算成功，只怕在這船上也待不下去了，還得另尋他法才是。

天狼正想著，突然耳朵一動，聽到一聲細微的脆響，顯然是扣扳機的聲音，心中暗叫一聲不好，一個箭步閃過，只聽「砰」地一聲，羅德里格斯的胸口多了一個大血洞，而他得意的微笑還掛在臉上。

三人不約而同地轉頭看向天狼身後，徐海那把剛剛插回到袋裡的飛刀再次出手，寒光一閃，只聽到一聲慘叫，那個最早給天狼打量的黑髮少年的眉心之間插上了這把飛刀，雙眼睜得大大的，而他倒下的時候，扣著轉輪手炮的手指出於生理反應又按了一下扳機，只聽到「砰」地一聲，又是一枚子彈，打得一邊的船幫上木屑橫飛。

天狼只覺得背上冷颼颼的，剛才自己只要慢半秒鐘，只怕已經被這枚子彈取了性命，他轉頭一看羅德里格斯，只見他雙眼圓睜，嘴角邊口血長流，一滴滴的血珠子串成了線，順著這條血線流到甲板上，胸口那個大血洞直通後背，這一槍正中心臟。

天狼能從這個血洞裡看到他那顆暗紅色的心已經停止跳動，顯然直到死時，他也不相信自己會是以這樣的方式走完這罪惡的一生。

天狼嘆了一口氣，喃喃自語道：「想不到居然會用這樣的方式解決了羅德里格斯。」

汪直臉色鐵青，走到那個已經死去的娃娃兵身邊，徐海也站在他的身邊，擦著剛從他腦門上拔下來的飛刀。

汪直指著那娃娃兵沉聲喝道：「這是怎麼回事！天狼，你經過的地方怎麼還會有活著的敵人存在？」

天狼嘆了口氣：「這只是個孩子，剛才我出手前，他的眼神在求饒，我心一軟就沒取他的性命，把他打暈在地，想不到他居然醒過來後摸槍反擊。」

汪直氣得飛起一腳，那具屍體凌空飛起，直接落進海中，幾隻游了很久的鯊魚一聞到血腥味，馬上就湊了過來，那具屍體瞬間就給拖到水面以下，很快，除了一串血泡上湧，啥也不剩了。

汪直怒吼道：「天狼，就是因為你的婆婆媽媽，才壞了我們的大事！」

天狼冷笑道：「這會兒你倒是說我不夠心狠手辣了！汪船主，這些西班牙人你也看到了，就是一個孩子，醒過來第一個要殺的就是我這個饒了他一命的人，你就算今天跟羅德里格斯達成什麼協議，以為他就會遵守嗎？」

汪直一愣，厲聲道：「等我滅了陳思盼，也由不得他不跟我們合作，今天我們也狠狠地教訓了西班牙人，讓他見識到了我們的厲害，他回去後再也不敢生出二心。」

天狼擺擺手：「汪船主，我可沒你這麼樂觀，今天只不過是我們利用了濃霧突襲，又占了西班牙人在大勝之餘沒有防備的便宜，如果換在晴空萬里的大海上，如果這毀滅者號是處在一堆戰艦中間，您捫心自問，有這麼容易得手嗎？」

汪直咬咬牙道：「可到了那時候，老夫也不會是孤軍作戰，照樣身邊會有幾百條裝備精良的戰船，根本不會怕了西班牙人。」

天狼哈哈一笑：「是的，正面打你也許會贏，但自己也會損失慘重，汪直，在海上混，實力就是王道，你若是把自己的船打沉了，人打死了，又怎麼去武裝搶劫呢？」

汪直怒道：「所以我要和羅德里格斯講和，現在你把他弄死了，接下來西班牙人才會和我們死戰到底，這才是你們朝廷想看到的事，對不對？」

天狼擺了擺手：「汪船主，我要殺羅德里格斯，純粹是想為死在他屠刀下的下南洋的大明百姓們報仇，沒別的意思，而且這個人恨我們中國人，他漢話說得很好，完全可以跟我們做生意，卻選擇了屠殺我們的商人與百姓，因為搶來的東西是沒有成本的，也不需要付出什麼，**你今天抓了他，他會一時忍辱負重，對你笑臉相迎，回去之後肯定就要對你進攻，以報今天之仇，汪船主不信嗎？**」

汪直的語氣平和了些，經歷了剛才一開始的狂怒之後，這位海上梟雄冷靜地思考起來，沉吟道：「不，天狼，我還是那個觀點，只要我們消滅了陳思盼，獨霸這東海和南洋，那西班牙人就只能和我們合作，這很現實，不管他喜歡不喜歡中國人，都要和我們打交道，最多我給出以前陳思盼給他的條件就是。」

天狼哈哈一笑，看了一眼遠處正在沉沒的毀滅者號上，那些看著水下游來游去的鯊魚尾鰭，發出聲聲恐怖慘叫的西班牙水手們，說道：

「汪船主好大的忘性，這麼快就把誰才這是這次的主使忘了個乾淨，嚴世蕃既然和你們撕破了臉，號召了這麼多勢力來圍攻你們，勢必一不作，二不休，只怕你們想吃掉陳思盼都不是件容易的事，更不要說跟西班牙人合作了，如果嚴世蕃能給羅德里格斯通商貿易的好處，那羅德里格斯還可能跟你們做朋友嗎？」

汪直給天狼說得無言以對，最後只能長嘆一聲，看著還趴在船沿上的羅德里格斯的屍體，說道：「你說得不錯，羅德里格斯不可信，事已至此，後悔也是無用，想想接下來的舉動才是正途，阿海，你說現在怎麼辦？」

徐海微微一笑，道：「老大，這回我們雖然丟了雙嶼島，但是也擊沉了毀滅者號，打死羅德里格斯，重創了敵人的氣焰，現在我們最要做的，就是趕往外洋，跟我方其他的船隊會合，在這幫狗東西還沒來得及撤退之前，狠狠地給他們一擊。」

汪直道：「你的意思是今天下午或者夜裡就開戰？」

徐海搖搖頭：「不，現在的敵軍是警戒最強的時候，如果我們今天沒有出擊，他們也許還會在島上大肆搶劫，可是現在我們打沉了毀滅者號，固然讓他們見識到了我們的厲害，但也會提高他們的警惕，只怕接下來這兩三天裡，他們會防備得非常嚴密，我們這時候去進攻，一是可能會被他們利用急於奪回雙嶼島的心理，中了他們設下的埋伏而損失慘重，二來，雙嶼島上的炮臺和重炮對於我們的船隊也是巨大威脅，即使能攻下，也是損失慘重。」

汪直和天狼都聽得連連點頭，天狼暗道：這徐海果然深通兵法，劉裕的那本兵書上也有著類似的觀點，看來兵法大師們想法都是不謀而合。

只聽徐海繼續說道：「我們現在最好的選擇，不是奪回雙嶼，而是反過來去抄截陳思盼的老巢，然後進一步南下，去攻西班牙人的呂宋島，這回他們主力盡出，連羅德里格斯和毀滅者號都來了，呂宋的守備必然空虛，如果我們抄了他們的老家，那他們就一定會急著趕回去，這時我們再選擇臺灣海峽之內的那片海域作為戰場，在這海峽裡方便我們的快速小船機動，而對他們這種巨艦大炮不利，必可一戰而勝。」

汪直哈哈一笑：「阿海，你的想法和老夫想的一模一樣，這時候攻雙嶼乃是下下策，現在嚴世蕃不見蹤影，陳思盼和島津義弘雖然各懷鬼胎，但在我們強大的壓力下一定會暫時抱成團，我們此時攻擊，只會讓他們聯手對付我們，實乃下下策，我瞭解島津家，他們這回搶了一通，又出了氣，接下來一有機會就會急著回日本，若是把這幾千精銳都折在雙嶼島上，那他們島津家在九州都不一定能站穩腳跟了，這回先讓他們回去，以後再慢慢跟他們算帳，第一個先收拾陳思盼。」

天狼突然道：「那嚴世蕃怎麼辦？此人詭計多端，既然一手策劃了這次的行動，一定不會善罷甘休，只滿足於攻下了雙嶼島，**他的目標還是汪船主你和徐首領，只有你們死了，他才能高枕無憂。**嚴世蕃既然可以向羅德里格斯開出能讓他親自出馬的價碼，自然也能向新來的繼任總督開出同樣，甚至更高的價碼，沒準直接開放幾個沿海的港口城市以作通商之用都是可能的，西班牙人不是日本人，沒有在內地惹過事，只要能給朝廷帶來貿易的好處，想必皇帝也不會拒絕，到了這時候，你們怎麼辦？」

汪直聽得頭上冷汗直冒，與同樣有點失色的徐海對視一眼，沉聲道：「那你說怎麼辦？我現在也想幹掉嚴世蕃，可是他畢竟是小閣老，是當朝重臣，要是傷到了他，那他爹肯定會說動皇帝起大兵來消滅我們的，到時候無論輸贏，和議之事就永遠沒戲了，再說了，現在我們連嚴世蕃在哪裡都不知道，就是想要他的命，也找不到他的人啊。」

天狼哈哈一笑：「這次的大場面，嚴世蕃又怎麼可能錯過？如果我所料不差，他現在不是在島上，就是在艦隊裡，只要我們不要急著脫離這裡，跟賊人們追擊的船隊若即若離，那嚴世蕃一定會跟陳思盼還有島津義弘一起追過來的，到時候如果能把他和其他的賊人們，尤其是島津義弘一起生擒，那麼他通倭賣國的事情就是鐵證如山，任誰也不可能救得了他啦。到時候正好把他們嚴家父子一網打盡，豈不是為天下除一大害?!」

汪直點了點頭，反問道：「可是你以前也和徐海說過，嚴黨勢大，控制了朝廷大半的官職，所謂牽一髮而動全身，皇帝就是有意想罷嚴嵩的官，也無法施行，你就這麼肯定這個通倭之罪能一擊致命？」

天狼肯定地道：「汪船主，你不瞭解我們的皇帝，他極好面子，若不是為了自己這張臉，早就應該依胡總督的提議，開海禁，和你們通商了，嚴世蕃作為朝廷重臣，私下裡卻直接和正宗日本人勾結，而且島津氏一向有入侵中原的野心，這樣的重罪，不要說那些清流派大臣們會群起攻之，就是嚴黨的其他官員，也不敢再和嚴世蕃扯上關係了，所謂樹倒猢猻散，就是如此。」

汪直眼中光芒一閃一閃，沒有回話，一隻手托著下巴，思考了一會兒，最後說道：「天狼，我覺得還是不太可能如你所願，因為抓嚴世蕃的是我們，到時候他反咬一口，說是你和我勾結，陷害他，把他抓住，再和日本人一起送到官府做成冤案，你如何解釋？」

天狼道：「這回我來跟你們談判，可是奉了皇帝的旨意，哪能說是勾結呢？再說，嚴世蕃作為重臣，這時候跑到東南一帶，還私自出海，本就不正常，稍一推敲，就可以戳破他的謊言。」

汪直嘆了口氣：「天狼，我覺得你還是太低估這位小閣老了，此人詭計多端，絕不打無把握之仗，我們現在也不知道他藏身何處，那島津義弘和島津義久兄弟，羅德里格斯都出來了，陳思盼應該也不難找，**可是這個組織策劃了這麼大行動的主謀卻是影子都不見，你不覺得奇怪嗎？**」

天狼眼睛一亮：「**你的意思是，嚴世蕃還躲在暗處，準備引誘我們出手後，再將我們一網打盡？**」

徐海道：「正是如此，嚴世蕃這會兒應該已經知道我們逃出了雙嶼島，一旦與主力艦隊會合，他這回的策劃就付之東流了，所以剛才我們攻擊羅德里格斯的時候，本來那些笨重的西班牙大帆船不能及時掉頭救援，這不奇怪，可是陳思盼那些輕便迅速的突擊艦也沒一條過來救人，這只怕就有玄機了。」

汪直臉色突然一變：「不好，賊人們該不會是在我們船隊回來救援的路上設下埋伏，要把我們的外海艦隊一舉消滅吧！」

徐海的臉色也一下子變得煞白：「老大，糟了，陳思盼的主力只怕大部分並不在這裡，攻島用西班牙人的炮艦和島津家的陸戰隊，加上早就收買的內鬼就足夠了，**陳思盼的海軍主力一定是去了大陳島那邊**，那裡水流湍急，礁石密佈，適合陳思盼的突擊艦打伏擊，我們的船若是急著要回來救援，勢必經過大陳島，唉呀！我怎麼就沒想到這點呢！」

汪直再也顧不得多說話，掉頭就向船頭處跑，頭也不回地說道：「快，掛帆，轉舵，全速向大陳島前進！」

天狼的心也是猛的一沉，急忙說道：「等一下，汪船主，我們現在就這一條船，就算趕到了大陳島，對幾百條船的大海戰，又能起到什麼作用？」

汪直怒道：「天狼，你若是怕死不想去，我現在給你條小船，你愛上哪兒上哪兒去，死的不是你的部下，所以你不著急，還是你巴不得我汪直的部下這戰全損失光？」

天狼正色道：「汪船主誤會了，我怎麼可能希望嚴世蕃那個賊子得逞，別忘了，我們現在是同一條船上的戰友，自然心要往一處想，到大陳島時，我看今天的天氣應該是晴空萬里，再想重演這次的霧中突襲，直取得旗艦的好事，只怕是不可能了。」

汪直咬咬牙：「總得試一試，不然叫我這麼白白地扔下兄弟們，於心何忍？」

天狼道：「汪船主，你說老實話，如果真如你剛才所說的那樣，陳思盼的主力在那裡設了埋伏，而嚴世蕃本人正在那裡指揮，且不說他會不會留下專門防範你突圍的力量，就說你能順利地加入戰場，又有多少勝算？」

徐海面沉如水：「老大，我們外海的兄弟們就算接到消息，也是三三兩兩地回來，而且肯定是全速掛帆前進，一旦中了埋伏，那根本沒法反擊的，天狼說得對，**我們沒有一點勝算，只有另尋他法。**」

汪直的身子搖了搖，一張嘴，「哇」地一聲，吐出了一口鮮血，可見他方寸已亂，對這位縱橫海上一世的霸主來說，只有存在的艦隊才是最重要的，雙嶼島丟了還可以另尋基地，金銀財寶沒了還能再去經商或者搶劫，可是賴以起家的艦隊要是沒了，那一切也就完了，所以前面雙嶼島淪陷，雙頂山城要塞失守的時候，他還能鎮定自若地指揮反擊，可是若是外海的艦隊有危險，他立馬就急火攻心，甚至在天狼面前也如此失態了。

汪直擦了擦嘴角的血跡，站直身子，平復一下情緒，道：「老夫總不能眼睜睜地看著弟兄們送命吧，多少得做點什麼，就算打不贏這仗，強行穿越戰場，給還沒進入埋伏的兄弟們報個信，也能減少損失。」

徐海點點頭：「老大，我們繞一點路，從大陳島西邊十五里的小陳島繞過去，然後攔在路上把還沒有來得及進入的我方船隻給攔下來，能救一條是一條吧，留得青山在，不怕沒柴燒，就算還能救個百十來條船，以後慢慢跟陳思盼打游擊，也能慢慢扳回來。」

天狼突然開口道：「**如果北邊的明軍戰船，也就是盧鏜所部加入戰局呢？**」

汪直和徐海一下子都愣住了，徐海很快反應過來，怒道：「天狼，你是嫌不夠亂嗎？明軍的戰船擺明了是衝著我們來的，他們就算到了大陳島，也肯定是攻擊我們的船，你指望他們會攻擊陳思盼？」

汪直也道：「天狼，你是不是想把明軍的戰船引到戰場，然後誘他們不分敵我地攻擊陳思盼，以給我們爭取時間？那樣太冒險了，而且作用不大，明軍肯定是向著我們這條黑鯊號來的，就算有陳思盼的艦隊在一邊，也肯定是不顧一切地攻擊我們，更不用說他們也肯定受了嚴世蕃的命令，就是要取我們的命。天狼，你的想法不可行，現在雖然形勢不妙，但也不能病急亂投醫啊！」

天狼微微一笑：「汪船主，徐兄，你們只要從專業的角度告訴我，北邊那支明軍盧鏜所部的福建水師，一百多條戰船，現在去對付大陳島陳思盼的主力艦隊，能不能打贏？」

徐海皺了皺眉頭，道：「明軍戰船雖然火力和噸位遠不如西班牙大帆船，但也有些火炮，不像陳思盼艦隊那樣幾乎全是突擊艦，靠著衝撞和肉搏取勝，在大陳島那片狹窄，水急，礁石眾多的水域裡，炮船施展不開，明軍戰船卻是如魚得水，船上的明軍裝備比陳思盼的那些海賊要精良，船體也更為堅固，加上從後面襲擊，這一仗明軍是能打敗陳思盼的。

「可你說的這一切都沒有意義，明軍不可能聽我們的話去攻擊陳思盼，只會如老大所說，跟著陳思盼一起來對付我們，天狼，你還是別胡思亂想了，哦，對了，你是來談判的使者，盧鏜要抓的是我們，不是你，我們給你一條小船，你這就去找盧鏜吧，謝謝你這次幫我們做的事，如果我們還能活下來，以後再想辦法找你聯繫。」

天狼擺擺手：「**我倒是確實想跟你們要一條小船，不過不是想離開這裡，而是準備去說服盧鏜，讓他聽我們的號令，一起攻擊陳思盼。**」

徐海睜大了眼，道：「天狼，你腦子沒有壞掉吧，盧鏜怎麼可能會聽我們的號令？」

天狼正色道：「你們忘了一件事吧，我身上有皇上給的御賜金牌，見牌如見皇上本人，這個可比嚴世蕃的假傳旨意要強多了，就算嚴世蕃也在船上，我當場讓盧鏜斬了他，盧鏜也不敢說半個不字！」

徐海眉頭舒展開來，哈哈一笑：「天狼，真有你的，這時候還想到這辦法，哦，對了，你剛才一番打鬥，那塊金牌還在嗎？還有，你出來的時候衣服是匆忙穿上的，沒有落在雙嶼島上吧。」

天狼微微一笑，從懷中摸出那塊御賜金牌，笑道：「我提這個建議的時候，已經摸過這塊牌子了，若是不在身上，又怎麼會貿然說要去和盧鏜接觸呢？現在的情況很危險，也很複雜，敵友之間都可能會有變數，只有我大明的官軍會認這塊牌子，現在唯一能幫上我們的，也就是盧鏜的這支船隊了，也是我們最後的希望，不管如何，我都要去試一試。」

汪直點點頭：「好吧，那就讓你試一下，如果成功了，你就讓盧鏜打出三面紅旗，每面連揮三下，如果不成功，你就讓他打出三面白旗，也是每面連揮三下，我們如果看到白旗，就會加速撤離的。」

天狼道：「好的，汪船主果然心思縝密，看到紅旗就是我已經得手，你們再過來。」

商議已定，汪直親自操舵，掉頭向北，只行了約莫小半個時辰，便來到離盧鏜船隊大約只有二里處的地方。

這時海面上的霧也散得差不多了，對面百餘艘船隻已經佈滿海面，黑壓壓地一大片，數百面明軍的旗號更是迎風飄揚。

天狼下到小船裡，船很快被放到海裡，天狼只覺得一陣搖晃，幾乎站立不住，心中感嘆這小船的抗風浪能力遠比大船要小，這片海域裡還有不少鯊魚，雖然現在都游到了剛才海戰那個地方，但萬一自己落到海裡，衝著自己渾身上下的血跡肉沫，沒準也會吸引一些沒吃飽的鯊魚呢。

天狼看到船後方果然有幾條鯊魚跟了過來，心一橫，斬龍刀和莫邪劍往腰間一插，操起兩隻木槳，兩臂運起真力，運槳如飛，小船也迅速地離開黑鯊號的艦身，向著北邊那依稀可見的盧鏜船隊划去。

海上的風浪極大，看起來只有二里，可是這無帆的小船走起來卻是很緩慢，由於逆風的緣故，往往天狼一運力划出一槳，船頭向前鑽出兩三丈，然後天狼換槳重新運行的時候，又會給吹得倒回來一丈多，就這樣慢慢地向前移動，用了半個多時辰，天狼才划到明軍的戰艦半里左右距離。

只見明軍的戰艦陣營中也划出十餘條小船，船上的明軍都端著火銃，搭著弓箭，一名為首的軍官厲聲喝道：「倭寇，還不速速投降！若敢反抗，就地格殺！」

船上的明軍也跟著一起鼓譟起來：「放仗（放下兵器）不殺，放仗不殺！」

天狼棄了手中的雙槳，高高舉起那塊金牌，運起內力，中氣十足地說道：「眾軍看好了，我乃錦衣衛副總指揮使天狼，並非倭寇，這塊是皇上親賜的金牌，授我便宜行事之權，有要事要與盧參將聯繫，爾等速速帶我去見盧將軍，誤了正事，定取爾等項上人頭！」

為首的那個軍官瞪大了眼睛，看著天狼手上的那塊金牌，隔了二十多丈遠，風浪又大，他看不清金牌上的字，略一思忖，高聲道：「對面那人，我看不清你的權杖，盧參將交代了，要嚴防奸細，你若真是什麼錦衣衛的副總指揮，當有腰牌證明你的身分，先把腰牌扔過來，驗明正身後，自當為你引見！」

天狼心中暗讚這名軍官心思縝密，滴水不漏，沒有被唬住，強將手下無弱兵，看來這盧鏜治軍確實有些手段。

他把金牌抓在手上，探手入懷，又摸出陸炳給的錦衣衛腰牌，沉聲喝道：「接好了！」運起滿天花雨的暗器手法，凌空把那腰牌擲了過去，去如流星，生生地嵌進了那軍官身前一名護衛舉著的皮盾上。

船上的明軍們個個臉色一變，不少人咋舌不已，顯然這些普通的軍士沒有見過如此神功，那軍官倒也有幾分見識，排開了擋在他面前的幾個親衛，上前取過盾牌，拔下權杖，仔細一看，一個大大的「錦」字映入他眼簾，他點點頭：「天狼大人，剛才卑職多有得罪，職責所在，還請見諒。」

天狼大聲道：「軍情緊急，還請速速引我去見盧參將。」

那軍官不敢怠慢，馬上吩咐船隻掉頭，天狼繼續向前划行了十幾丈，離他們的船還有六七丈遠時，凌空躍起，一下子跳上那軍官的座船，落下時採用浮萍訣的身法，幾乎沒有任何重量，船也是四平八穩，彷彿沒有多一個人。

那軍官笑道：「大人好俊的功夫，屬下佩服，盧將軍就在後面第二條船上，請隨我來。」

說話間，小船已經向後划了一陣，越過第一排的戰艦群，到了第二排，一艘明顯比周圍的戰艦高大一圈的戰船，船頭畫著一個猙獰可怕的鬼頭，青面獠牙，吐著血紅的舌頭，船頭上一員全副武裝的大將，正拄劍而立，長鬚飄飄，紫紅色面膛，威氣逼人，正是天狼以前有過兩面之緣的前浙江水師提督，現福建水師提督，參將盧鏜。

天狼顧不得船上再慢慢放下繩梯讓自己上船，直接雙足一點小船，一個梯雲縱，身形如旱地拔蔥一般，凌空而起，暴起七八丈，然後在空中一個大旋身，如同一隻大鳥一般，瀟灑地落在了盧鏜的面前，微微一笑：「盧將軍，好久不見。」

盧鏜也不抬手，仍然拄著那把寶劍，冷冷地說道：「甲冑在身，恕本將不回禮了，天狼將軍，聽說你奉了皇上的密旨，上島跟倭寇和議，只是為何你的副使已經回了寧波港，你卻滯留未歸？難道你真的如傳言所說，跟倭寇有所勾結了嗎？」

天狼眼中寒芒一閃：「這個傳言是誰傳的？嚴世蕃嗎？」

盧鏜冷冷地道：「無可奉告，天狼，你只需要回答是或者不是就行了，剛才你來的那條船，應該就是傳說中倭寇頭子汪直的座艦黑鯊號，請問汪直和徐海兩個賊首是否在船上？」

天狼點點頭：「汪直和徐海都在船上。」

盧鏜哈哈一笑：「天狼將軍如此渾身浴血，想必是經過一番惡鬥，將二賊都拿下了吧，盧某佩服，一定會為此事上奏朝廷，為天狼將軍請功！」

天狼搖頭道：「不，盧將軍誤會了，汪直和徐海現在都完好無損地在黑鯊號上，我這回是過來請求盧將軍與汪直聯合行動，討伐奸賊的。」

盧鏜臉色變得沉靜如水，兩條臥蠶眉也豎了起來，手不自覺地按在劍柄上：「天狼，你什麼意思，難道你真的通倭了嗎？」

天狼道：「汪直和徐海已經答應胡總督提出的條件，願意接受招安，痛改前非，可是有些賊人卻不願意看到海上平靜，糾集了日本薩摩藩的正宗倭人島津氏，南洋呂宋島的西班牙人羅德里格斯的艦隊，還有福建廣東一帶的海盜頭子陳思盼，再加上您盧將軍的水師，想要把準備歸順朝廷的汪直一舉消滅，盧將軍，

您覺得這人是朝廷的忠臣，還是奸賊？」

盧鏜臉上肌肉跳了跳，沉聲道：「天狼，口說無憑，如果和議已經達成，為何你的副手回寧波時，卻對此事絕口不提，反而說汪直不願意和議，說和議之事作罷？」

天狼心中暗罵鳳舞真是把自己坑慘了，不僅在島上幾乎攪壞了和議，這會兒又讓盧鏜不信自己的話，嘆了口氣：「在島上的時候發生了一些意外，汪直當時願意說過和議作廢的話，甚至我還和他們動起了手，受了重傷，盧將軍，你看看我的右肩。」

天狼說罷，把右肩頭的衣服一撕，露出了半個胸膛，那道酒吞童子切安綱寶刀造成的創口，經過了剛才的惡鬥，早已經瘡口迸裂，這會滲血不止。

盧鏜也是久經戰陣之人，一看這創口，臉色便是一變：「想不到你在島上竟然受了這麼重的傷，為何那鳳舞回來後隻字未提？」

天狼道：「其中頗多曲折，一言難盡，我留下也是為了爭取汪直能收回決定，重新和議，畢竟戰事一開，死傷無數，沿海也將不得安寧，終於功夫不負有心人，這次我跟著汪直等人一路突圍，贏得了他們的信任，他們也答應重新跟我們展開和議談判了。」

盧鏜哈哈一笑，語氣中豪氣頓生：「天狼，形勢已經變了，你說得不錯，小閣老已經調集了多方力量，甚至連那福建海賊陳思盼，也答應洗心革面，從此效忠朝廷，這次就是他們自告奮勇地打先鋒，引大家攻擊雙嶼島，這會兒陳思盼的主力艦隊已經到大陳島伏擊汪直的回援部下了，一旦把汪直的手下全部吃掉，那汪直集團就被徹底剿滅，也不需要再跟他談什麼和議了。

「天狼，我記得你對汪直徐海集團是深惡痛絕的，在胡總督帳下軍議之事，也多次表示要剿滅這些為禍沿海，勾結外寇的漢奸，雖然後來我被調到了福建，但仍然聽說你在義烏大敗倭寇的事，印象中，你對倭寇是絕不容情的，現在有這麼一個剿滅倭寇的機會，為何要捨近求遠呢？」

天狼急道：「盧將軍，你還是不瞭解這其中的玄機，汪直和徐海已有悔意，心向朝廷，現在跟他們講和，是有利於朝廷的，可是那陳思盼，還有島津氏和西班牙人，沒有一家是好鳥，那陳思盼做慣了海盜，根本不可能真心效忠朝廷，盧將軍，你可千萬不要分不清敵我啊。」

盧鏜臉色一沉：「天狼，你不會是跟汪直徐海待久了，內心開始同情他們了吧，你可要記住，他們是在東南沿海殺人如麻，造了無數孽的倭寇頭子，宗禮將軍也是死在他們手下的，以他們的罪，殺一百次都不為過，現在就是消滅他們的絕好機會，不管陳思盼以後如何，今天滅了汪直，總不會有錯的！」

天狼抗議道：「盧將軍，滅了汪直後，這片海域仍然不可能被我大明水師所收復，你很清楚，陳思盼、西班牙人和島津氏會聯手瓜分汪直剩下的地盤和財產，這些人是不可能跟朝廷講和的，**我們打死一隻狼，反而養肥了三隻惡虎，以後再想消滅他們，就困難了。**」

盧鏜不耐煩地擺了擺手：「天狼，你只是負責和汪直談和，但在你跟汪直和議的同時，小閣老也是不辭辛苦，冒了極大的風險去聯絡島津氏，羅德里格斯和陳思盼，這些人都答應以後不會攻擊沿海，會好好地和大明做生意，我大明的海禁令只針對日本人和倭寇，並不針對西班牙人，那島津義弘跟小閣老表示，說以前誤信汪直，得罪了天朝，以後會嚴格約束日本的浪人和武士，不會讓他們再進犯中原，只希望能暫時通過西班牙人跟我們大明做點生意。

「天狼，你看小閣老都已經把工作做到這份兒上了，不比你的成效強得多嗎？陳思盼在福建和廣東從來就是小打小鬧，跟汪直的聲勢不可同日而語，**今天可能是唯一一次能徹底消滅汪直集團的機會了，錯過今天，不知道還要讓這幫惡賊為禍多少年**，這件事上我信小閣老的，任你舌燦蓮花，也不可能阻我半分！」

天狼沒想到盧鏜竟然如此信任嚴世蕃，急道：「盧將軍，嚴世蕃是什麼人，你不會不知道，**嚴黨父子禍國殃民，他又怎麼會打什麼好主意？**他完全是想要自己獨霸與陳思盼和西班牙人，島津式的走私貿易，才要消滅汪直的，你可知道，就在他跟這些人秘商之前，也曾同時現身雙嶼島，和汪直也談過交易？當時我正上島和議，親眼所見！」

盧鏜冷笑道：「天狼，小閣老那是孤身入虎穴，暗中買通汪直衛隊裡的日本人和西班牙人，又摸清楚了島上的防備虛實，若非如此，這次的攻擊怎麼會如此順利呢？好了，我現在要下令全艦隊攻擊汪直的黑鯊號了，若是能在此擊斃或者擒獲汪直，那陳思盼那邊一定更容易得手了。」

天狼心知暫時和盧鏜講不清楚道理，這人腦子也是一根筋，現在滿心想的都是擒殺汪直、徐海，立下頭功，根本不可能聽進勸，他咬咬牙，從懷中掏出那塊金牌，沉聲道：「聖上金牌在此，福建水師提督，參將盧鏜還不速跪迎旨？」

盧鏜臉色一變，兩道目光射向那塊金牌，只見牌面上分明寫著一個「御」字，紋著九龍圖案，盧鏜曾經在胡宗憲那裡見過這面金牌，哪還敢怠慢，推金山倒玉柱，單膝下跪，右手仍然撐著劍，恭聲道：

「臣盧鏜見過聖上，吾皇萬歲萬歲萬萬歲！」

天狼心想，早拿出這金牌就完事了，還用得著費這麼多口水麼，正色道：

「盧將軍請起，現在我代表皇上下令，水師艦隊即刻跟隨汪直所在的黑鯊號前往大陳島，然後突擊陳思盼的艦隊，務求一戰消滅陳思盼集團。」

盧鏜臉上肌肉跳動著，一張臉脹得通紅，從地上蹦了起來：「天狼，你不要假傳聖旨，如果皇上知道你今天放過汪直，一定會滅你九族的，我勸你考慮清楚後果！」

天狼毫不猶豫地道：「後果我當然清楚，這個決定是我深思熟慮後作出的，我天狼比任何人都要痛恨倭寇，上島之前也恨不得能手刃汪直徐海，可現在形勢已經變了，**跟奸賊嚴世蕃勾結在一起的陳思盼，還有島津家和西班牙人，才是我大明最危險的敵人**，盧將軍，這些是非曲直，以後我們有時間再討論，現在你只需要聽令行事即可！」

盧鏜心中暗罵幾句，咬了咬牙，重重地一跺腳，扭過頭對著身後不知所措的親兵們大聲吼道：「沒聽到天狼大人的話嗎，給黑鯊號發信號，全艦隊起錨，趕往大陳島！」

天狼微微一笑：「信號是打起三面紅旗，然後每一面旗都連揮三下。」

黑鯊號上，徐海正緊張不安地在端坐於船邊的汪直身邊走來走去，汪直給他晃得有點煩了，睜開眼道：「阿海，不要這麼沉不住氣！」

徐海停下腳步，重重地一拍船沿，沉聲道：「天狼已經去了半個時辰了，那邊一點動靜也沒有，會出什麼事嗎？」

汪直微微一笑：「少安勿躁，天狼不僅武功高絕，而且智謀過人，絕非等閒之輩，不要說一個盧鏜，就是嚴世蕃在船上，他有金牌在手，也一定可以化險為夷的，就算退一萬步，他沒有說動盧鏜，至少也會想辦法騙盧鏜打出三面白旗，通知我們迅速撤離的，阿海，你跟天狼這麼熟悉，覺得這個人會欺騙我們，利用我們嗎？」

徐海微微一笑：「這個世上，我除了老大還有翠翹外，就只信任這天狼了，雖然和他接觸不多，可是這個人總讓我有一種莫名的信任感，跟他在一起，會感覺到很安全，他即使捨了命，也會保護我們的。」

正在這時，兩個水手驚喜地叫了起來：「老大，快看，紅旗，是紅旗！」

汪直彈身而起，轉頭看著對面盧鏜旗艦上升起的三面正在被揮動的紅旗，長嘯一聲：「孩兒們，轉頭去大陳島，咱們跟陳思盼做個了斷！」

天狼站在靖海號的船頭，他這會兒已經脫掉了那一身遍是血汗的衣服，還用水沖洗了一下身子，順便請船上的醫師過來處理了一下傷口。

那醫師身前的白色大褂已經被鮮血染得通紅，滿頭大汗，手都在微微地發著抖，正一針一針地縫合著天狼的那道深深的創口，剛才打鬥太過激烈，血液和汗水早已經把那傷口處昨天晚上抹著的藥膏給沖走，天狼正好利用這難得的戰前時間，把傷口重新換藥包紮一下。

太陽已經升到正中，照耀著天狼那一身古銅色的皮膚，這一身陽剛健美的肌肉，線條分明，如銅澆鐵鑄一般，看得船上的軍漢健兒們也一個個羨慕不已。

天狼似乎感覺不到銀針穿過傷口的疼痛，也感覺不到腋下放著的一個銅盆裡已經滴了半盆的血與膿瘡，他用手指著前方一里左右的黑鯊號，對著一邊的盧鏜問道：「盧將軍，依你看，我大明水師中，可有能勝過這黑鯊號的船隻？」

盧鏜沒好氣地說道：「天狼大人，你既然已經和汪直成了朋友，以後這汪直的倭寇集團也要被招安成為我大明水師，只怕盧某只能解甲歸田，給汪先生退位讓賢了，還管這個做什麼？」

天狼微微一笑：「盧將軍，不必介懷嘛，我實話跟你說吧，之所以要你幫著汪直消滅陳思盼，並不是我真的把汪直當成了自己人，他仍然是這片海域上最危險最致命的敵人，將來仍然有和他翻臉一戰的可能。」

盧鏜哈哈一笑，笑聲中充滿了嘲諷的語氣：「天狼大人，您可真會開玩笑呢，您動用皇上的金牌，破壞小閣老苦心佈置的計畫，為汪直消滅了陳思盼，這會兒卻又說以後還要跟他為敵，你這番說法，只怕皇上要是聽了，定要先取你項上人頭吧。說養寇自重都是輕的，就是定你個通倭之罪，你也無話可說。」

天狼知道盧鏜的氣還沒有消，對自己更是成見頗深，嘆了口氣：「盧將軍，你知道嗎，**我選擇汪直而不是陳思盼，完全是出於公心，只是因為兩害相衡取其輕，陳思盼是不可能跟我們講和的，他得到了倭人和西班牙人的支持，只會更凶殘，更瘋狂地搶劫沿海城鎮**，攻擊我們運往南洋的遠洋貿易船，你是福建水師提督，跟陳思盼打過交道，應該清楚他的為人才是。」

盧鏜重重地「哼」了一聲：「陳思盼是什麼樣的人我當然清楚，我也知道他不可能真心歸順朝廷，但就他那點本事，跟汪直比那是一個天上，一個地下，要消滅陳思盼很容易，可消滅汪直的機會，也許只有這麼一次了，天狼，你是真不明白還是假不明白？」

那個醫生總算縫完了最後一針，擦著頭上的汗水，他的助手則開始給天狼的肩膀上纏起厚厚的繃帶，順便抹上黃色粉末的行軍補氣散。

天狼等這些人處理完了，退下之後，前甲板上只剩下他和盧鏜地二人，才低

聲說道：「盧將軍，陳思盼固然不可怕，**可怕的是嚴世蕃**，你明白嗎？」

盧鏜臉色一變：「此話怎講，天狼，小閣老這回也是為了平倭之事四處奔波，不管他在朝中如何陷害忠良，但這次，我真沒覺得他是在為自己打算。他富可敵國，有必要賺這通倭錢嗎？」

天狼冷笑道：「嚴世蕃早已經富可敵國，這點不假，但只要皇上想要對他下手，那萬貫家財，連同他嚴家上下的性命，一夜之間就會化為泡影，所以**嚴世蕃通倭，不是為了賺錢，而是為了給自己找一條以後避難日本的退路**，他上雙嶼島也是為了這個，想要汪直幫他引見島津家的人。」

盧鏜半天說不出話來，最後嘆了口氣：「你們彼此敵對，互相說對方的壞話，我姓盧的，粗人一個，不知道你們誰說得對，但我還是認為，陳思盼好對付，可以留著以後收拾，汪直勢力太強，這次是難得的機會，消滅他最好不過，要不我們先滅了汪直，再消滅陳思盼，如何？」

天狼把身旁一套乾淨的紅色無袖勁裝套到身上，又再套上一層軟皮甲，一邊道：「不可，汪直的雙嶼島雖然被攻陷，可是他外海的手下眾多，如果汪直被我們所擊殺，手下群龍無首，無人能控制，一定會打著為汪直報仇的名義瘋狂攻擊沿海各城鎮，到時候要消滅這些流寇，不知道會有多麻煩，所以這次我選擇了救汪直和徐海，而不是趁機取他們的性命。」

盧鏜沉聲道：「可是我們可以先讓陳思盼伏擊消滅掉汪直的手下，然後再滅掉陳思盼，這樣不就不用擔心這些海賊了嗎？」

天狼站起身，海風吹拂著他的一頭亂髮，他摸了摸臉上的面具，仍然很牢固，心中放下心來，笑道：「盧將軍，可能你只想著軍事上剿滅倭寇，但天狼自從來到東南以來，所見的事情很多，深知只要海禁令存在一天，即使消滅了汪直和陳思盼，新的倭寇還是會出現的，沿海漁民靠海吃飯，不讓他們下海謀生，他們必然就會在汪直、陳思盼這樣的頭領煽動和帶領下，下海為盜，現在勾結日本人和佛郎機人的路子已經有人走過，再有人這樣做，也是駕輕就熟，**所以胡總督說得好，消滅倭寇，還是得斷其根本，剷除倭寇出現的土壤，才算治標治本。**」

盧鏜若有所思，還是搖搖頭：「話是不錯，可是你就這麼放了汪直，又指望他以後能這麼聽話，可能嗎？」

天狼深吸了一口氣，道：「汪直已經是海上霸主，金錢權勢樣樣不缺，唯一想做的，就是能榮歸故土，不再做海上的孤魂野鬼，徐海也差不多是同樣想法，所以他們這兩個首腦人物是願意接受招安的，這一年多來也確實沒有再攻擊過沿海的城鎮，可以看出他們的誠意，這次雙嶼島一戰，汪直多年苦心經營的老家毀於一旦，而積累的財富也盡被倭人和西班牙人所瓜分，就算打贏，他也沒了外援，更沒了和朝廷討價還價的本錢，所以讓汪直幫我們收拾海上的群寇，慢慢招安，清除他們的勢力，這是最穩妥的辦法。

「一方面讓這些海賊也能做些生意養活自己，一方面讓汪直的手下慢慢地解散回家，成為良民，這是現在我所能想到的解決倭寇問題的最好辦法了。盧將軍，這個時刻，**可千萬不能作錯誤的選擇啊！**」

請續看《滄狼行》13 心腹之患

滄狼行 卷12 群龍無首

作者：指雲笑天道
發行人：陳曉林
出版所：風雲時代出版股份有限公司
地址：10576台北市民生東路五段178號7樓之3
電話：(02) 2756-0949
傳真：(02) 2765-3799
執行主編：朱墨菲
美術設計：許惠芳
行銷企劃：林安莉
業務總監：張瑋鳳

初版日期：2021年05月
版權授權：閱文集團
ISBN ：978-986-352-992-7
風雲書網：http://www.eastbooks.com.tw
官方部落格：http://eastbooks.pixnet.net/blog
Facebook：http://www.facebook.com/h7560949
E-mail：h7560949@ms15.hinet.net
劃撥帳號：12043291
戶名：風雲時代出版股份有限公司

風雲發行所：33373桃園市龜山區公西村2鄰復興街304巷96號
電話：(03) 318-1378
傳真：(03) 318-1378
法律顧問：永然法律事務所 李永然律師
北辰著作權事務所 蕭雄淋律師

行政院新聞局局版台業字第3595號 營利事業統一編號22759935

定價：270元

國家圖書館出版品預行編目資料

滄狼行 ／ 指雲笑天道 著. -- 初版 -- 臺北市：風雲時代，2021.01- 冊；公分

ISBN 978-986-352-992-7（第12冊；平裝）

857.7 109020729